ハヤカワ文庫NV
〈NV1481〉

エンド・オブ・オクトーバー
〔下〕

ローレンス・ライト
公手成幸訳

早川書房
8668

THE END OF OCTOBER

by

Lawrence Wright

Translated by
Shigeyuki Kude
First published 2021 in Japan by
HAYAKAWA PUBLISHING, INC.
This book is published in Japan by
direct arrangement with
THE WYLIE AGENCY (UK) LTD.

目次

第二部　パンデミック（承前）

第三部　イン・ザ・ディープ

第四部　十月

上巻目次

エンド・オブ・オクトーバー
〔下〕

登場人物

ヘンリー・パーソンズ…………疾病予防管理センター《CDC》の感染症対策専門家
ジル……………………………ヘンリーの妻
ヘレン…………………………ヘンリーの娘
テディ…………………………ヘンリーの息子
マギー…………………………ジルの妹
マジド王子……………………サウジアラビアの保健大臣。ヘンリーの友人
ヴァーノン・ディクソン………潜水艦ジョージアの艦長
サラ・マーフィー………………潜水艦ジョージアの衛生兵
マルコ・ペレーラ………………ＣＤＣのエピデミック情報サービス職員
ジェイン・バートレット………保健福祉省公衆衛生局の少佐
マティルダ・〝ティルディ〟・ニチンスキー……国土安全保障副長官
トニー・ガルシア………………《ワシントン・ポスト》紙の記者
リチャード・クラーク…………リスク・マネージメントのコンサルタント
ユルゲン・スターク……………ヘンリーのフォート・デトリック時代の上司

第二部　パンデミック（承前）

28. アイスクリーム

外に出ないようにという警告が出されていたが、それでもジルは、母に会いに行かなくてはいけないと心を決めた。もうまる一週間、会っていないし、きょうは母の日だから、母のノラがきちんと世話をしてもらっているかどうかをたしかめておきたかったのだ。自宅の庭でキンギョソウを摘み、それを持っていく。母が入居している施設に着くと、正面玄関に、以前は見たことのないサインが掲げられていた。面会謝絶。

ジルはマスクをし、手袋をはめていた。固定電話で連絡をとることはずっとできなかったし、ノラは携帯電話を持っていない。ジルは、〝面会謝絶〟に家族は含まれていないだろうと独り決めし、なかに入っていった。受付は無人だった。それだけでなく、どこにも人影が見当たらない。彼女はエレベーターに乗り、ノラが腰の骨を折ったあと移された三階へあがった。そこの部屋はどれもまだ入居者がいることは見てとれたが、廊下はけげんに感じるほどがらんとしていた。

「ヘイ！　ヘイ、そこのひと！」後ろから男性の声が聞こえてきた。「助けてくれ」

ジルがふりかえると、ひとりの老人がこちらを見つめていた。その顔は激しい感情でゆがんでいたが、ジルはすぐ、老人の鼻から血が流れていることに気がついた。

「ここで働いてるひとか？」老人が問いかけた。「助けが必要なんだ」

ジルはそちらへ一歩、足を戻した。

「だれかを呼んできます」彼女は言った。

「だれも来ちゃくれん。だれも来ちゃくれんのだ。あんたが助けてくれにゃ。わしはあまり気分がよくないのに、だれも交換してくれんのだ」

「すみませんが、わたしは母を見舞いに来ただけなので」

「ほんとに交換が必要なんじゃ。あそこにおむつがある」骨張った指でキャビネットを指さしながら、老人が言った。

「助けてあげられたらいいんですが、ほんとに」とジルは言い、急いでそこを離れた。老人の情けない声があとを追ってくる。「助けてくれ！　だれもわしを助けちゃくれんのか？」

ジルが母の部屋に入ると、ノラはテレビを観ていた。

「なんでこんなに遅くなったの？」ノラは厳しい口調でノラが言った。「おなかが空いたわ」

「ママ？　わたし、ジルよ。あなたの娘」

ノラが彼女をじっと見つめた。ばらばらになっていた記憶が、この新しい情報によって、まとまってくる。これまで、母はもっといい状態だった。マスクのせいで混乱しているのかもしれない。ほかのいくつかの部屋から叫び声があがり、追いつめられた犬たちのような惨めなコーラスが廊下にこだました。

「気分はどう、ママ？」

「言ったでしょ。おなかが空いてるの」

「いいわね。それはよき兆候」ジルは言った。「なにも持ってきてくれないの？」

ノラが否定するような声を出す。

「こんなのはどうかしら」ジルは、ヘレンがサマーキャンプで絵付けをした陶器の花瓶にキンギョソウを生けながら、言った。「わたしがここのキッチンへひとっ走りして、なにかもらってくるとか。なにか食べたいものはある？　シリアルはどう？　アイスクリームとか」

「アイスクリーム」ノラが決めた。

「オーケイ！　すぐに戻ってくるから」

ジルはもう、ここの入居者たちは実質的に放置されているにちがいないと気づいていた。施設の管理事務所も無人のように見えたが、施設長のオフィスのドアが開いているのが目に留まり、そのなかにジャック・スパーリングがすわっている姿が見えた。彼の両目のまわりに黒い隈《くま》ができていた。絶望しきった顔だった。

「ジャック、ひとりきりでここにいるんですか？」ジルは問いかけた。

「インフルエンザの最初の患者が出たときに、スタッフのほとんどを失ってしまったんだ」彼が言った。「なかにはほんとうに病気になった者もいるんだが、ほとんどは怯えただけだと思う。彼らはこの種の医療緊急事態に対処する訓練は受けていないからね」

「でも、だれがここのみなさんの世話をしているんですか？」

「職員がひと握りほど残ってくれてる。みなさんの世話をしてまわるのに、ちょっと時間がかかるんだ。きみのお母さんは、申しわけないが、まだ食事を与えられていないんだろう」

「まだ食料は残ってるんですか？」

「農務省から多少の緊急支援はしてもらっているが、必須食品とか、ピーナッツバターやストリングチーズやチョコレートミルクといったソフトフード、みなが好きなものが不足している。エンシュア（摂食困難者の栄養補充に使われる補助食品）は完全になくなった。しかし、ほんとうの問題は医薬品なんだ」彼はデスクの上にある書類の束のほうへ手をふってみせた。「入居者のほとんどがなにか重い病気を患っていて、投薬されているんだが、電話をかけてみた薬局はどこも薬品を配給制にしていた。わたしは糖尿病と心臓の薬を手に入れようと、まる一日かけて、あちこちをまわってみた。抗鬱剤をぜったいに必要とするひとたちもいるんだが、重病者の手当てがすむまで、待っていてもらうしかないありさまでね。ほかにもまだ、きみにまで心配をかけたくない問題があるんだが」

「コンゴリウイルスとか？」ジルは言った。

　スパーリングがため息をつく。

「三階と認知症棟の全体に蔓延しているよ」

「なぜ電話してくださらなかったんです？」

「どうだろう、ジル、きみはほんとうにそうしてほしかったんだろうか？　お母さんを家に連れ帰りたかった？　もしそうなら、ぜひそうしてくれ。われわれとしては、食べさせる口がひとつ減り、バスを使わせたり、トイレへ連れていったり、薬を与えるために夜中に起こしたりしなくてはいけない相手がひとり減るから、うれしいけどね。そうしてくれたら、きみはわれわれをおおいに助けたことになるだろうが、きみの家族は、お母さんがウィルスに曝露《ばくろ》されていたことを知ったら、助けになろうとはしないだろう。そこのところをよく考えてくれ」

ジルは地階に行って、厨房を見つけた。調理人の女性がひとりで、いくつかのバットにオートミールを注いでいるところだった。彼女がちょっとした動作をし、ジルは、それはそばに寄らないでと注意する動きだと判断した。

「アイスクリームは？」ジルは問いかけた。

女性が首をふる。

「とっくになくなった」彼女が言った。「よければ、オートミールだったら用意できるけど」

ジルは、プラスティックのスプーンが添えられたボウルを持って、ノラの部屋へひきかえした。さいわい、ノラはアイスクリームのことを忘れていた。ジルは母のベッドの端にすわって、オートミールを食べさせた。

「マギーのところへ旅した話はしたかしら？」とジルは言い、その名を記憶から探りだそうとしている母の目を見つめた。「お母さんのことをいっぱい話したわ。マギーのことをおおいに誇りに思ってね。彼女とティムは、あの農場ですごいことをしたの。あそこが名所になったのよ！」ノラがすべてを理解しているような調子で、いろいろと話をした。ジルは、さまざまな名前や事柄の記憶がとうの昔にちりぢりになっていたとしても、親密感を醸しだすのが重要なことを知っていた。それでも、しゃべっているあいだも、心の奥で別の声が話していることは意識していた。〝ああ、ママ、あなたになにをしてあげたらいいの？〟

子どもたちが学校を離れ、家に閉じこもるようになると、ヘンリーは毎朝十時にサウジから電話を入れ、ジルが外出できるようにした。現金を用立て、食料品を見つけるようにすることが、日々の戦いになっていた。ほとんどの業種が店を閉じていたが、近隣のあちこちに闇市が立ち、あらゆる商品が販売されていた。だれもが現金を貯めこむようになり、ATMの現金が払底してきた。連邦政府が経済を押しあげるために膨大な通貨を供給したが、その通貨の大部分は、ATMでは利用できない二ドル札で発行されていた。

この伝染病はコミュニティの良識を崩壊させた。ジルはほかの天災、たとえば子どものころにノースカロライナに襲来したハリケーンのことなどを思いかえした。あのとき、ウィルミントンの街は即座に、よく組織された人道主義装置に変身した。父はバス釣り用ボートを所有していたので、街路が洪水になると、自宅に閉じこめられていたひとびとをボートで救出した。ノラは娘たちといっしょに、困っている人へ配る食料品を詰めたカゴをいくつもつくった。住民たちが協力し、だれもがたがいを気づかっているように見えた、あの目的がはっきりしていてドラマティックな日々を、ジルとマギーは愛していた。

疾病の襲来は、あんなふうにはならなかった。近所のひとびとはたがいを恐れるようになった。食料を貯めこむようになった。だれもが武装するようになったように見え――最後までドアを閉じずに営業しているのは銃器店だけとなった。もっとも肝のすわったひとびとは、強欲な闇市店主たちだった。そこで販売されている商品のほとんどは盗品にちがいないとジルは思っていた。店主たちは計算していた。これは大儲けするチャンスだと。疫病が終息したときには、自分たちは王様になっているだろう。生きのびさえすればいいのだ。ジルは一本の真珠の首飾りと引き換えに、ひと袋のトマトと一ポンドのリガトーニ（パスタの一種）を手に入れた。

政府は絶え間なく、あらゆる可能な手立てがなされているとして市民を励ましていたが、その励ましはもっとも悪質な陰謀論に真実味を与えただけだった。たがいを恐れるようになったひとびとは、災厄にさらされた社会に安全をもたらす、日常の人づきあいから身を遠ざけるようになった。真実の欠如と信頼感の崩壊が恐怖への扉を開け、それが社会をずたずたに引き裂いていた。

ある朝、ジルはチャンスを捉え、いつもしていたラルウォーター公園をめぐるランニングに出かけていった。このところの雨で、そこの小道はまだ少し湿っていた。街にはひと気がなくなり、まだそこに残っているひとびとは生死の狭間で身を震わせているとあって、自分がゾンビーになったような気分だった。なんにせよ、いまのところ、自分は生きているんだ、と彼女は思った。まわりにだれもいなかったので、彼女はマスクを外した。

最初の丘をまわりこんだとき、一羽の鳥の死骸に出くわした。彼女はちょっと立ちどまり、それをしげしげと見た。体はオリーブ色と黄色で、頭部と首のところが黒い。美しかった。アメリカムシクイの一種だろう、と彼女は思った。マギーならよく知っているだろうが。この小鳥はここの森では珍しくないのかもしれないが、ジルはこれまで見かけたことがなかった。この災厄を生きのびられたら、もっと周囲に注意を向けるようにしよう、と彼女は思った。

思いかえせば、前の冬、この湖は一部に氷が張っていた。このごろは、湖面が完全に凍りつくことはない。そのとき、ジルは子どもたちを連れて散歩をしていて、氷の下に犬がいることにテディが最初に目を留めた。「かわいそうに。きっと、あの犬はあそこを歩こうとしたのね」とジルは言い、テディが死に遭遇したのはこれが初めてだと気がついた。その光景を見て、テディは身を震わせていた。木の枝を見つけ、それで張った氷を割ろうとした。「テディ、それをやっちゃだめ」ジルは言った。「氷が溶けるのを待つしかないわ。ここのメンテをしているひとたちがあとの処理をしてくれるでしょうから」だが、テディは氷を割るのをやめようとしなかった。「飼い主のひとのことを考えて」と彼は叫んだ。「ピーパーズのことを考えてよ」

「わかってる、スウィーティ。悲しいことよね。でも、あの犬は死んでしまったんだし、わたしたちが連れ帰ってあげるわけにはいかないの」

テディも死がどういうものかを――子どもたちがセックスのことを話すのと同様――おぼろげに知っていたが、そのとき初めて、それがどういうものかを知り、ほんとうに知り、それを理解したことで身を震わせていた。いま、あのときの会話を思いだし、ジルはテディとヘレンに、死についてほかにどんなことを言えばいいのだろうと考えた。子どもたちは死を恐れていて、それは彼女にしても同じだった。いま彼女は、棄ててしまった信仰心を、幼少期にはいつも覚えていた神と天国があるという安心感に似たものを、求めるようになっていた。子どもたちはそれを持ちあわせていない、と彼女は思った。わたしたちは子どもたちに宗教を与えなかった。たぶん、宗教はすべて欺瞞《ぎまん》か、あるいはいま感じている死への恐怖から逃れるためにつくりあげられた虚構なんだろう。迷信を真に受けず、立証できる事実から成る世界に生きるのは、それなりに誇らしいことではある。ヘンリーは宗教をひどく嫌っているので、神への願望という話題を彼に持ちかけようとはけっして思わなかっただろうが、いまはそれをしたい気分だし、それにどう対処すればいいのか、よくわからなかった。

公園内の本道に近づいたとき、迷彩服を着た数人のひとびとが、鴨に餌をやっているのが目に入った。ジルが二、三日前、世界が一変する前に、立っていたのと同じ場所に、立っている。彼らのようすには、ジルには奇妙に感じられるところがあった。湖の向こうにある丘の斜面に目をやると、カナダガンの一群が見えたが、その鳥たちはすべて地面に倒れていた。

「そこのみなさん、なにをやってるの?」鴨に餌をやっているひとびとのひとりに、彼女は叫びかけた。そのジャケットにバッジがあるのが見てとれた。

「あー、奥さん、申しわけないが、これは見ないようにしたほうがいいですよ」

「その鳥たちを殺してるの?」

「これは命令でして。だれもよろこんでこんなことをしているわけじゃないんです」

ジルが鳥の殺処分をしているひとびとと話をしているとき、白鳥が湖からもがき出て、舗装された小道に出てくるのが見えた。ジルにはその白鳥に見覚えがあった。フリトスやパンのかけらをくれないのなら、こうしてやるとばかりに、ジルの靴をつっついたり、あざけるように大げさに羽ばたいたりした、あの白鳥だ。いま、その白鳥は死の重みに耐えかねたように頭を垂れ、酔っぱらったようによろめき歩いていて、ついには道の向こうの草地に倒れ伏してしまった。

ジルが外出しているあいだ、ヘレンとテディはフェイスタイムを使って、自分たちの計画や、いま読んでいる本のことをヘンリーに話し、ヘンリーのほうは夕暮れになったサウジのがらんとした街路を歩きながら、それを聞いていた。サウジの太陽はそれほどまぶしくなく、アトランタの市民たちと同様、すべてのひとびとが屋内に閉じこもっているその国の重苦しい光景を、画面を通して子どもたちに見せることができた。

テディはそのあいだ、ほとんどずっと腹を立てていた。それは、テディにはあまり似つかわしくないことだった。

「パパはどうでもいいんだろうけど」テディがつくっている鉱石ラジオのことをヘンリーが尋ねてみると、テディはそう言った。

「いや、興味津々だよ」とヘンリーは言った。「わたしもジュニアハイスクール時代にそれをつくろうとしたんだけど、まったくうまくいかなかったんだ」

ヘンリーでも失敗したことはあるんだと思って、テディは気を引かれたが、反射的にこう問いかけた。

「なんでパパはこの病気を治せないの？　パパはこういうのをどうしたらいいかをよく知ってるひとだと思われてるんじゃない？」

「そのようだ」とヘンリー。「そして、できるかぎりのことをやろうとしてる。ところが、それがひどくむずかしくてね」

ヘレンは、自分の番がまわってくると、別の心配ごとを話しだした。

「ママがオーケイじゃないの。いつもびくびくしてて」と彼女は言った。「なんの問題もないようなふりをしてるけど、いっぱい泣いてるみたい。わたしたちの前でじゃないけど」

「いまは恐ろしい時だからね」ヘンリーは言った。「いまは、だれもがこんなことに直面するとは思ってもいなかった時なんだ。おまえにもそれはあてはまってると思う。でも、おまえが強い子なのはわかってるし、ヘレン、たぶん家族のなかでおまえがいちばん強いだろう。ママとテディはおまえを頼りにしている。自分がそういう子だってことはわかってるんじゃないか？」

ヘレンはとても穏やかな声でそれに答えた。

「そうでしょうね」

「また小さな女の子を相手にするようにおまえと接することができるようになればと思っ

てるし、まもなく、そうなれるチャンスができるだろう。でも、いまは、ちゃんとしたおとなのようにしてくれていなくてはいけないんだ」

ヘレンがそのことばの意味を呑みこんでから、言った。

「パパは天国というのを信じてる？」

ヘンリーには、彼女が画面から目をそむけるのが見てとれた。たぶん、ひどくぶしつけにそんな質問をしたことを恥ずかしがっているのだろう。その答えを聞くのが怖いのかもしれない。

「それを信じていないわけじゃない」ヘンリーは言った。

「ほんとうはどう考えてるのか、教えて。子どもを相手にするみたいなことは言わないで」

ヘンリーは、いまの質問をはぐらかしたことに気がついた。それは、ヘレンがこれまで問いかけたことのない、重要な質問だったにちがいない。

「わたしが宗教的な人間じゃないことは、おまえも知ってるね」彼は言った。「わたしは科学者だ。宇宙を、自分が解き明かしたい謎として見ている。それでも、生命のことは、知れば知るほど、ますます謎めいて見えてくる。なぜわたしたちは存在しているのか？だれにもわからないし、これからもけっしてわからないだろう。神はいるのか？　顕微鏡を通して、生命のかぎりなく小さな単位を見るとき、わたしはその美しさとその働きにひどく驚愕し、あとずさって息を継がなくてはいけないありさまになってしまう。どうして、ひとはみんなこんなふうになったのか？　なぜわたしたちは、テディのロボットのようにマスターから命令されるだけではなく、こんなふうに会話ができるようになったのか？　わたしはいま、自分でもまだまったくまとめられていない考えを、おまえに語ろうとしているんだ。こんなふうに言ってみよう。わたしは表面的には、生命を驚くほど単純なものとして見ている。たとえば、おまえはさまざまな色の名を言える。なにかを口にすれば、その味わいがわかる。音を聞けば、すぐに、それが音楽なのかそうでないかがわかるだろう。鏡を見たら、ひとの姿が見え、それが自分だとわかる。けれども、もしある人間の内部を見たら――もしヘレンの内部を見たら――それはひどく込みいってることがわかるだろう。ヘレンはたったひとつの細胞から始まったんだけど、いまはそのオリジナルのヘレンの細胞からつくりだされた何兆個もの細胞でできていて、そのすべてが異なる働きをしている。ヘレンはすごく高齢の女性になるまで生きつづけるだろうし、そのあいだも一分ごとに何億もの細胞が死に、その代わりに新しい細胞ができてくる――それでも、ヘレンはずっとヘレンなんだ」

「死んだ細胞はどこへ行くの？」ヘレンが問いかけた。

「体に吸収され、それが新しい細胞を生みだすためのエネルギーになる。そして、そのすべてがヘレンの細胞なんだ。もしそれらの細胞のなかを見たら、ものごとはますます込みいっていることがわかるだろう。前にわたしのラボに連れていったとき、電子顕微鏡を見せてあげたのは憶えてるね？」

「う、うん」

「あれを使うと、細胞が一千万倍も大きく見えるようになる。想像がつくかい？　より深く観察するにつれて、わたしの驚嘆の思いは大きくなるんだ。しかも、そこにはつねに、わたしには開くことのできない扉が待ち受けている。そこには、わたしにはけっして錠を解くことができそうにない秘密がある。もしその扉を開けられたら、魂みたいなものを発見できるかもしれない」

「天国のことはどうなの？」

「わたしにはわからないね。正直、だれにもわからないだろう。手術台の上で亡くなって、生きかえった患者たちのなかには、以前に亡くなった友だちや親戚に会ったという話をするひとたちがいるという話は聞いたことがある。それは、わたしの見るところでは、わたしたち医師が〝境界〟と呼んでいる状態で、興味深くはあっても、立証するのは困難なんだ。できるものなら、死後の生命はあり、そこには自分が大事に思うひとびとがいて、みんなが永遠にいっしょにいられるんだと言いきれたらとは思う。でも、それがあるのかないのか、わたしには証明することができないんだ」

ヘレンがうなずく。ヘンリーは、娘をがっかりさせたのだろうかと心配した。そのとき、彼女が言った。

「わたしは天国を信じる。それがみんなの夢だと思うから」

「どういう意味なんだろう？」

「こんなふうな。わたしたちは生きてるあいだに、そういうひとたちといっしょになり、すべてを経験して、夢のなかであらゆることを再構成し、それで新しい経験をしたり、ときには新しいひとたちに出会ったりして、みんなですばらしい冒険に乗りだす。それが天国みたいなもので、ときには悪いことがあったり悪夢を見たりするのが、地獄みたいなものってこと。なんていうか、なぜ、天国は死んだときにしか行けないところだと考えなきゃいけないのかしら？　もし人生の半分は目覚めた状態で地上にあり、あとの半分は天国にあるとしたら、けっきょくは、人生はすべて天国にあって、死んだときにすっかりそこへ行くことになるんじゃない？」

「それはとてもすばらしい理論だね」ヘンリーは感嘆して、そう言った。

29. おばあちゃん《グランマ》のビスケット

ジルはふたたび高齢者介護施設に行って、母に会った。今回、ノラは、ジルが入室するなり、それと見分けた。

「手袋をはめて」というのが、ノラの最初のひとことだった。ジルは窓台に置かれている箱から使い捨ての手袋を取りだし、それをノラの手にはめた。それから、母の手を取った。

「いまから家に連れて帰るわね」ジルは言った。

「ううん、帰らない」

「最後に食事をしたのはいつ？」

「おなかは空いてない」

「あのね、いいものを持ってきたの」ジルはポリ袋に手をつっこんで、アイスクリームの一パイント・カップを取りだした。それを買うには、入手できた現金二十四ドルの大半を費やさなくてはいけなかった。

「ここに来ちゃいけなかったのに」ノラが言った。

「つべこべ言わないで。食べさせてあげたい気分なんだから」

ノラがほほえむ。母の笑顔を目にしたのは、何カ月ぶりのことだろうか。ジルはスプーンでアイスクリームを少しすくい、母の口に入れた。

「ヴァニラが好きだったでしょ?」

ノラがうなずく。最初のひとくちのあと、彼女はむさぼるように食べた。

「あなたの子どもたちは……」おぼつかない感じでノラが言った。

「ヘレンとテディ。ふたりとも元気よ。退屈してる。あなたを連れて帰るのを待ちきれなくなってるの」

「わたしはあのふたりを愛してる」

「わかってる。そして、ふたりもちゃんとわかってるの」

「いまは帰れない」

「ママ、あなたをここに置いておくわけにはいかないの」

「わたしは帰れない。病気なの」

ジルは平静を保とうとしたが、心臓がどきどきしていた。

「ママ、わたしがあなたの世話をしたいの」

「やっぱり、ここに来ちゃいけなかったわ」ノラが言った。そういったとき、その顎が震えていた。「どこかに、遺言だのなんだのを書いた書類があるわ。あなたと妹の……」ノラが狼狽《ろうばい》したように天井のタイルを見つめた。

「マギー」

「あなたとマギーにすべてを与える」ノラはしばらく考えていた。「わたしはまだ自動車を持ってたかしら？」

「ママ、その話はやめときましょ」

「大がかりな葬式は要らない」

「オーケイ」

「オークランドの、あなたのパパの隣に。墓地の区画を持っているのは知っているでしょ」ノラが思いだしたのは、このうえなく意外な事柄だったが、もしかすると、いまの彼女にとって大事なのはそれだけなのかもしれなかった。ノラは、自分の牧師に——グレン・メモリアル・ユナイテッド・メソジスト教会の牧師のことだとジルは察した——追悼の辞を述べてもらうのを望んだ。それは、かりにその教会がいまも活動していて、あの牧師が生きていたとしても不可能だろうが、ジルはそんなことは告げなかった。

「愛してるわ、ママ」涙を浮かべながら、彼女は言った。

「愛してくれてるのはわかってる」

ジルはまたヴァニラ・アイスクリームをすくって、母の口に入れた。

その三日後、ジルはオークランド市の南地区に昔からある美しい場所、オークランド墓地に、ノラを埋葬した。彼女が用意していた区画ではなかった。埋葬すべき遺体がひどく多いために、深くて長い溝が用意されていたのだ。ほかの数多い遺体と同様、ノラの遺体はシートにくるまれていた。感染の恐れと棺の不足のせいで、死体安置所は閉じられている。多数の遺体がレンタル・トラックで運ばれてきた。白布を掛けられただけの遺体ですら、わずかしかなかった。寝間着のままの遺体もあれば、全裸の遺体もあった。タイベック・スーツを着た埋葬係のひとびとが遺体をトラックからパレットに載せ、フォークリフトがそれを溝のなかへ降ろした。会葬者はひと握りほどしかいなかった。これは見せるためにおこなわれる儀式ではなかった。

一瞬、ジルはマネシツグミの鳴き声に気を取られた。その鳥はモクレンの木にとまっていて、さまざまな音色でよろこびの歌をさえずっていた。生命の歌を、とジルは思った。生命の尊厳を、その継続性を歌っている。わたしたちがいるかいないかには関係なく。そのあと、彼女は激しく身を震わせて泣いた。

そのとき突然、肘にだれかの手が触れたのが感じられた。そのひとの顔がマスクで覆われていたので、だれと見分けるのに少し時間がかかった。それはヴィッキーだった。ジルのお気に入りの園児、クニーシャの母親だ。ことばが交わされることはなかった。ジルが見守るなか、タイベック・スーツを着た男たちのひとりがヴィッキーのニッサン車のトランクから小さな包みを取りだし、ほかの遺体も積まれているパレットの上にそれを置いた。

ジルの指がソーセージのように腫れあがっていた。なにをつかんでも落としてしまう。いまは、レンジの上にレンズ豆をばらまいてしまった。

「ママ、ゆうべもこれを食べたんじゃない？」ヘレンが問いかけた。ジルはきついことばを返しそうになったが、それを抑えこんだ。「今夜はちがうわ」軽い調子で彼女は言った。「今夜は、ホットソースをかけたレンズ豆」

「へえ、そうなんだ」

ジルは食料貯蔵庫を調べてみた。なにか、レンズ豆に添えられるものがあるにちがいない。心配なのは、子どもたちにちゃんと食べさせていないことだが、この疫病が自然に終息して、店舗が営業を再開し、ATMが動きだし、だれもがふだんの生活に復帰するときまで、自分たちの食料を確保しておく必要がある気がしていた。食料貯蔵庫にはまだ缶詰の食品がいくつかあり、冷凍庫には――アイスキャンディのポプシクルと袋入りの冷凍豆、消費期限が不明のマスなど――食品がいくつかあったが、これではせいぜい二、三日しかもたないだろう。

冷蔵庫の奥に、小麦粉がひと袋、見つかった。母がいつも、南部の習慣のひとつとして、ワタミゾウムシがつかないように小麦粉を冷蔵庫のなかに保管するようにと強く言っていたのだ。ビスケットをつくるのにちょうど間に合う量のクリスコ（ショートニングの商品名）が残っていた。小さな女の子だったころ、ジルとマギーは何度となくストゥールの上に立ち、ノラが生地をこねて、クッキーやパイ、そしてビスケットをつくるのを手伝ったもので――とりわけビスケットは、焼きたてのパリッとした感じの香りがキッチンを満たし、そのにおいはいまもジルの記憶のなかに残っていた。だがいまの彼女は膝の力も弱っており、倒れないようにカウンターをつかんで身を支えなくてはいけなかった。

「ミルクがない」うつろな声で彼女は言った。

「ママ、だいじょうぶ？」ヘレンが問いかけた。彼女はつねに母親の心の状態に気を配るようになっていた。

「ビスケットをつくろうと思ってるんだけど、ミルクがなくなっちゃって」

「どうしてもミルクが要るの？」後ろめたそうにテディが訊いた。最後に残っていた分を彼が飲んでしまったのだ。

「グランマのビスケットが食べたかったら、そうなの」

ヘレンがぞっとするような提案をした。

「二階のミセス・ヘルナンデスに、少しのビスケットと引き換えにミルクを分けてもらうように頼んでみるとか」ヘレンとテディは心ひそかに、ミセス・ヘルナンデスは魔女だと考えていた。

「なぜ彼女はミルクを持ってると思ったの？」ジルは問いかけた。

「彼女は猫を飼ってる。だからミルクを持ってる」

ジルはメジャーカップをヘレンに手渡した。

「テディをいっしょに連れてって。このカップに四分の三ほど注いでもらうようにしてね」

ヘレンは自分がすることになるとは予想していなかったが、ジルの取り乱したようすを見て、不安になった。彼女はなんとしても母親を元気づけたいと思った。口には出されないが、なんとなく深刻な気配がしていた。

子どもたちがキッチンから出ていくなり、ジルはキッチンテーブルの前にすわって、涙に暮れた。

だれもが彼女をミセス・ヘルナンデスと呼んでいたが、結婚歴があるのかどうか、家族の面々はだれも知らなかった。社会保障年金とそこそこの恩給で生計を立てているのだろうと——リサイクル用分別箱に入れられる瓶や缶の大半がアルコール類とキャットフードということから判断して——ジルは推察していた。四六時中、テレビの音がしている。食品やピザがしばしば配達されてくる。というか、配達されていた。小さなフォード・フォーカスを所有しているが、それがガレージを離れることはめったにない。広場恐怖症なんだろうか、とジルは疑っていた。

テディがヘレンの手をつかみ、ふたりはそろって暗い階段をのぼっていった。ミセス・ヘルナンデスは電球を交換するのが得意ではないのだ。子どもたちはこの階段をのぼったことは二度しかなく、どちらもハロウィーンの時で、ミセス・ヘルナンデスはふたりにマーズ・バー（チョコレート・バーの一種）をくれた。階段をのぼりきると、ガラス張りのドアがあった。ヘレンがノックをした。ミセス・ヘルナンデスが部屋のなかを歩きだして、床板がきしむ音が聞こえ、そのあとドアが開いて、ブルーのバスローブを着た白髪頭のふっくらした女性が姿を現した。

「あら、ハロー、子どもたち」と彼女が言い、そのあと、「あっ、ブラッキー！」と叫んだ。大きな猫がするっとドアを抜け、階段の上に出ていったのだ。猫がためらったようにそこに立つ。「一分もしないうちに戻ってくるわ」とミセス・ヘルナンデス。「ようすを探ってるだけ」

「わたしたち、ビスケットをつくろうと思ってるんだけど」ヘレンが言った。「少し分けてあげましょうか？」

「へえ、とっても気が利くのね！」

「でも、ミルクがなくなっちゃって」

トラ猫がテディの脚をかすめて通りぬけた。こんなによく晴れた日にミセス・ヘルナンデスがブラインドをすべて閉じているのが、奇妙に感じられた。

「ミルク？　ミルクが入り用ってことね？　でも、わたしの猫たちにはミルクが必要だし」ミセス・ヘルナンデスが厳めしい目でヘレンを見据える。「ビスケットをどれくらいいただけるの？」

「どれくらいほしいんですか？」

「六個」とミセス・ヘルナンデス。

「四個」

「ミルクがないとビスケットはつくれないでしょ」

「小麦粉とバターがないと、やっぱりビスケットはつくれないでしょ」ヘレンが言った。

「五個」とミセス・ヘルナンデス。

「四個」ヘレンが頑固に言い張った。そこでやりとりが中断すると、彼女は向きを変え、テディをひっぱって、ひきかえそうとした。

「ミルクはどれくらい必要なの？」

「一カップ。ママがそう言ったの」

テディがなにか言いかけたが、ヘレンにつつかれたので、口を閉ざしていた。

ミセス・ヘルナンデスが冷蔵庫を開く。ヘレンがそのなかへ目をやると、ミルクのボトルが三本あり、ほかにはほとんどなにもないことが見てとれた。ミセス・ヘルナンデスがちょうど一カップのミルクを注ぐ。

「ビスケットを四個ね」と彼女が念を押してから。カップをヘレンに手渡した。「ところで、黒猫ちゃんはどこに行ったのかしら？」

ブラッキーは逃げ道を探して、外に通じるドアをひっかいていた。ミセス・ヘルナンデスが猫をすくいあげた。

夕食が終わり、ヘレンが皿洗いを終えたところで、ジルは、リヴィングルームに来るようにと彼女とテディに言った。三人で話をする必要があった。

ジルは自分の口調が重苦しいことを自覚していたが、それはどうしようもないことだった。

「このインフルエンザは恐ろしくて、ほんとうに危険なことはわかってるわね？」ジルは言った。ヘレンとテディがうなずく。「知り合いのなかに病気になったひとはいる？」

「ぼくのクラスの男の子が四人」テディが言った。「たぶん、もっといるんだと思う」

「もっといるわ」とヘレン。「もっとたくさん」

「わたしもそうだと思う」ジルは言った。「テレビで、たくさん報じてるし。世界中のひとびとがほんとうに病気になってるの」

「パパはオーケイ？」ヘレンがその意味を汲みとって、問いかけた。

「うん、ハニー、パパは元気よ。みんなが安全でいられるように、できるだけのことをやってる。わたしたちはパパのことを心から誇らしく感じるべきだとは思わない？」

ヘレンが大まじめにうなずく。テディが言った。

「ぼくはパパがここにいないことに腹を立ててる」

「気持ちはわかるわ」ジルは言った。「わたしも彼がここにいてくれたらと思ってるし。パパはどんなことを言えばいいか、よくわかってる。ほんとうに頭がいいの」

「なにかよくないことがあったの、ママ？」ヘレンが強く言った。

ジルはこれのリハーサルをしていた。

「たくさんのひとびとがほんとうに病気になり、なかには回復しないひともいることは知ってるでしょ。なかには死んでしまうひともいる。それがどういう意味かは理解できるわね？」子どもたちがうなずく。ジルがふたりの目を見ると、不安の色が浮かんでいるのがわかった。「マギーおばさんが電話してきたの。あなたたちのいとこ、ケンダルのことで。彼女が病気になったの。よくならないんだって」

ヘレンが真っ青になった。

「そうなったのは月曜日。病気がひどくなって、どうすることもできなくなったの」

「どうして彼女が病気になっちゃったの？」テディが訊いた。

「だれにもわからないの、テディ。ただ、なかには、豚のなかにその病気があると言うひともいるけど」

「クイーン・マーガレットが病気になった？」ヘレンが問いかけた。

「あの子も死んだの」ジルはそれだけを言い、マギーがすべての家畜を集めて遠い牧草地へ連れていき、そこで射殺したという話はせずにおいた。ティムおじさんも病気にかかったこと、そして自分がこの朝、子どもたちの祖母を埋葬したことも、伏せておいた。知らせるのは、一度にひとつだけでいい。

30 あなたはどう助言する?

ウイルスが変異し、毒性を増し、流行が再燃したために、それを抑えこむことができない研究者たちは意気消沈していた。

「あらゆる対応がうまくいかなかった」ヘンリーはスカイプを使っての自分のチームとの会議でそう言った。「NIHの一般的なインフルエンザ・ワクチンの検討はしたのか?」

「あれはA型およびB型インフルエンザのワクチンで、いまはまだ治験の最中です」マルコが言った。

「それで、その志願者たちは生きているのか? 生きているようなら、コンゴリウイルスを無害化する交差免疫が獲得された可能性があるんだが」

「チェックしましょう」

「ファイザーのワクチンはどうなった?」ヘンリーはスーザンに尋ねた。彼女は最高の研究員のひとりと入れ替わりに、チームに組み入れられたばかりの若い研修医だ。その研究員はラボに来なくなっていた。彼女になにが起きたのかはだれも知らない。

「最初の動物実験の結果は有望のように思えます」スーザンが答えた。

「その程度の収穫しかないのか？」ヘンリーは語気を強めた。「それは二日前のことだろう！」

「われわれにはまだ――」

「基準値も、着手点もないと――」

「そのようなものはなにもわかりません！」泣きそうになりながら、スーザンが言った。

「ヘンリー、われわれはみんな、くたくたになるまで働いているんです」マルコが言った。「だれも睡眠をとっていません。家族に会えず、半分ほどはラボに泊まりこんでいます。われわれはできるかぎりの手を尽くしているんです」

「わかってる、そうなんだろうとわかってる。すまなかった」ヘンリーは言った。「みんながわたしと同じようにいらだってることは察しがつく」

いましばらくの猶予が必要だと言ったところで、意味はない。そんなことはだれもが知っている。そして、猶予などないことを、だれもが知っていた。

ティルディは年老いたペキニーズの飼い犬、バスキンとともにカウチに身を落ち着け、アメリカの歴史的瞬間をながめていた。大統領がなにを言うかは、とうに知っている。あす、連邦軍部隊がアメリカの各都市に入り、そこの地所や政府のオフィスの防衛にあたることになっていた。医療は国の管轄になる。ショッピングモールのパーキングロットに診療所テントが設営されるだろう。膨大な人数から成る志願者プログラムの運営は、赤十字に委ねられる。製薬会社が政府に接収され、終生の免疫をもたらすワクチンの――コンゴリ用にかぎらず、インフルエンザのあらゆる変種用のワクチンの――開発に専念させられるようになる。大統領は第二次世界大戦における連合国軍の勝利と、当時は現在と同様、不可能であるように思われた天然痘の撲滅を、例に挙げて訴えるだろう。そして、合衆国政府はその強大な力を全面的に行使して、アメリカ国民と世界中のひとびとを、人類がかつて遭遇したことのない最悪の疫病から守りぬくと保証するはずだ。

すべてのテレビ・チャンネルが、大統領執務室《オーヴァル・オフィス》から放送される大統領の演説を流すだろう。CNNでは、居並ぶコメンテイターの全員が、白いマスクとゴム手袋をしていた。それらの物品は、病院内での支給ですら払底するようになっていたため、反発をひきおこしかねなかった。コメンテイターたちは陰鬱な声でしゃべっていたが、それだけでなく、この事態にぞくぞくしていることも明らかに見てとれた。数年後には、このコメンテイターたちの光景は回顧録の一部となるだろう。コメンテイターたちはずっとこの、歴史的瞬間と結びつけられるのだ。死亡告示にも書き記されるだろう。

ようやく、大統領がオーヴァル・オフィスの大統領執務机《レゾルート・デスク》に着いた。日焼け用ベッドで追加の時間をすごしたのか、それともメイク用のファウンデーションをよぶんに塗りすぎたのか、よく日焼けしているように見えた。それでも、彼は神経質になっているように見える、とティルディは思った。たぶん、この難題に恐れをなしているのだ。そしてまた、その家族への抗体接種をティルディがひそかに伝えて《ワシントン・ポスト》紙が報じたために持ちあがった、世間の激烈な反発も意識しているのだろう。

「アメリカ国民のみなさん」いつもより半音高い声で、彼が言った。「われわれはふたたび、きわめて大きな難題に直面しています。世界がふたたび、この難題に対処できるのはアメリカだけということで、この国に目を向けています。そして、われわれはそれをやってのけ、この疾病を征圧することを、わたしが保証しましょう」大統領がうるさい蠅をはらいのける。

「今夜、わたしは、この恐るべき危機に直面したわが国がどのような大規模な変革を実施するかについてお話しします」彼がつづけた。「まず言っておくべきは、この国の政体はこの試練を乗りきるであろうということです」そのあと大統領は、いまから実行に移させるつもりの行動について長々としゃべりつづけ、活力が増してきたように見えた。「戒厳令」力強くデスクをたたいて、彼が言った。「これがどう聞こえるかは、よくよくわかっていますが、かつてこのオフィスで執務したかの偉大な男はこう言いました。われわれはなにも恐れはしないが――」

演説をしているあいだに、大統領の頬を涙のようなものが伝うのが見えた。大統領はこっそりそれをぬぐったが、また涙が出てきて、まさにその瞬間、ティルディも大統領も、そしてアメリカの国民も、それは涙ではなく、血であることに気がついた。大統領の目から血が流れていた。彼がそのことばを言い終えずにいるうちに、放送が中断された。

その二十秒後、ティルディのセキュア電話が鳴った。

「COOPを要請する」声が言った。それは連邦政府存続計画《Continuity Of Operations Plan》の略語だ。大統領はまだ生きているが、統治をおこなうのは不可能であると見なされ、副大統領が執務を代行する。まさにその瞬間、副大統領とその上級顧問たちがマウント・ウェザー緊急事態指揮センターへ移動させられることになった。それは、ヴァージニア州のブルーリッジ山脈の地下に建設されたミニチュア都市で、二十の地下オフィス・ビルディングがあり、そのいくつかは三階建てだ。マウント・ウェザーには下水処理施設や発電所に加え、ラジオとテレビのスタジオ（緊急警報システムの一部として）や、火葬場や大統領と閣僚、そして最高裁判事たちのための寝室区があった。彼らはワシントンから四十八マイルの距離を空路で運ばれる。そのなかの数人は、たんに家族から離れるのを拒み、ひとりはすでに発病して移動をするのが困難になったために（症状を示した者はいかなる場合もそこに収容することはできないので）、そこへ行かなかった。副大統領のつぎの代行者にあたる下院議長は、キャンプ・デイヴィッドへ移されることになった。そこもまた、大統領の別荘アスペンロッジの地下にあり、メリーランド州のカトクティン山脈を掘り抜いて建設された巨大な国防総省施設にアクセスできるようになっていた。

ティルディはのちに知ったのだが、副大統領は大統領の疾病に曝露していたので、マウント・ウェザーに到着したとき、生物兵器攻撃から身を守るために大使館で使われている、大きなプラスティック製球体のなかに収容された。いま、世界でもっとも大きな権力を持つようになった副大統領は、チューブを通して食事を与えられ、衛生的なその球体の内部で、アメリカの行政を仕切ることになった。

ティルディが、ウォーターフロントに面したコンドミニアムの自室の窓から外へ目をやると、がらんとした埠頭と、なにごともないように流れる川が見えた。自然が人類に仕返しをしたのだ。

第三部　イン・ザ・ディープ

31. アイダホ

前の夏、ヘンリーはまったく彼らしくない行動をした。小型スクールバスほどのサイズがあるサバーバンの新車を購入して、それに寝袋やテント、アイスボックスや釣り竿を満載し、家族を乗せて国を横断していき、ホリデイ・インに宿泊したり、やがて山脈にたどり着くとそこの国立公園でキャンプを張ったりしたのだ。ジルがコールマン・ストーブで調理をするやりかたを覚え、朝食にはその鉄板《グリドル》でブルーベリー・パンケーキを焼き、夜になると、みんなでキャンプファイアを囲んで、その炭でポテトをあぶり、ヘンリーとテディは、どこからが水面なのか判断がつかないほど澄みきった小川でつかまえたマスをグリルした。ヘレンはむっつりしていたが、それでも自然を満喫していた。よくひとりきりでどこかへ出かけ、読書をしたり音楽を聴いたりし、子どもたちの姿が見えなくなるのをいやがるジルを悩ませた。ヘレンは、そういうことをしたあと、髪に花をつけて、ぶらぶらとキャンプにひきかえしてきたものだ。

そこには、いたるところに美があったが、危険も——都市生活になじみきっている家族にはまったく経験のない危険も——あった。けれども、へんぴな未開の地へ家族を連れていくことこそがヘンリーの意図したところだった。対処しうる範囲の困難を味わうことによって、人生に待ち受けるより大きな難題に対する免疫が獲得されるだろうという仮説を立てていたのだ。西部の山脈で——ネットフリックスやWi-Fiや冷蔵庫やトイレといった文明の利器とは縁遠いところで——不便な生活をすれば、人間の内なる資質が発現するだろう。さまざまな機器を遠ざけ、星ぼしの下で眠るということをしないかぎり、自分がどういうものでつくられているかを知るようにはならない。コロラドのアンコンパーグレ峰の山麓《さんろく》にある小さなキャンプ場で、それを初めて試したとき、テディが「クリスマスツリーの下で眠ってるみたい」と言った。ヘレンが子鹿に顔の塩気をなめられて、目を覚まし、悲鳴をあげた。驚いた鹿たちが、別世界から来ていた亡霊のように、森のなかへ消えていった。

文明は人間をその本性から遠く離れたところ、自分のほんとうのありようがまったくわからなくなるところへ、導くものだ。少なくともヘンリーはそう信じていた。そんなわけで、ヘンリーはテディとヘレンに木の削りかたや紐の結びかた、そして火の熾《おこ》しかたなどを教えることに時間をふりむけた。テディはカブスカウト（ボーイスカウトの幼年部門）に入っていて、すでに基本的なやりかたを知っていたし、四歳年上のヘレンはいともすばやく弟に追いついた。ヘンリー自身は恐怖をいだいてもいた。蛇に嚙まれたり崖から落ちたりではなく、自分が危険とすれすれの場所へ家族を連れてきておきながら、彼らを守ることに失敗するのが心配だった。

それでも彼は、地図上では道路が突き当たりになっているあちこちの場所へ行き、そこからさらに奥へ向かうことを主張した。イエローストーンとグランドティートンに行ったあと、彼は、予約が必要で、すてきなシャワーやトイレやキャンプサイトがある国立公園から離れることにした。そして、西部の大半を覆っている国有林の木材搬出道路に分け入って、あてもなく車を走らせた。地図に広がる緑色の領域は公有地で、かぎりなく広く、踏査のしがいがあった。ヘンリーは体に障害があるので、長距離のハイキングはできないが、大きなサバーバンでも走行できる、地図には記載されていないジープ道を見つけだすコツを知っていた。ジルは絶え間なく、ヘンリーが変速機とか車台の重要な箇所とかを壊して、自分たちはどことも知れない場所で遭難してしまうのではないかとやきもきしていたが、タンクに燃料があるかぎり、ヘンリーはなんの心配もしていなかった。道に迷っても、どうということはない。というより、それが彼の目的であるかのようだった。助手席にすわっているジルが、減速してとか方向転換してとか、ぶつぶつ言ったようだが、そのときだしぬけに、ヤナギラン（濃紫色の花をつける多年草）とゴールデンアスター（金色の花をつける菊科植物）から成る、目のくらむような草原に出た。ヘンリーがつぎつぎにそういう壮麗な場所を発見するという幸運に恵まれたのは、ある意味、狂わしいようなことではあった。花々であったり、山々であったり、生みだされたばかりのように見える氷河湖であったりと、さまざまだったが、そのそれぞれに特有の壮大さがあった。だれもが高揚し、疲労し、睡眠不足になり、バスタブに浸かりたくてたまらない気分になった。

ヘンリーが、馬を借りて、ネズパースの森に乗り入れようというアイデアを思いついたのは、アイダホ州に入ったときだった。それまでにハイウェイ・マップを検討し、その道の突き当たりにエルク・シティと呼ばれる魅力的な場所があることを突きとめていた。そこはかつての鉱山町の跡地で、酒場《サルーン》とカフェがあるだけの——まさしくヘンリーが期待していた——ろくになにもないところだった。ネイティヴ・アメリカンのガイドがいて、小道を進んでいき、メドウ・クリークというへんぴな場所へ彼らを連れていくことに同意してくれた。

「この先、あんなに美しい場所を目にすることはないでしょう」と彼は請けあった。「なかには、聖地と言うひともいるんですよ」一本の前歯と二本の指がない男だったが、どうしてか名前はラッキーだった。

彼らが出発したのは夜明け前だったが、その薄闇のなかでも、馬たちは小道の進みかたを心得ていた。彼らが乗るための馬が五頭、テントや寝袋、一週間分の食料を運ぶためのラバが二頭。それまでテディもヘレンも馬に乗ったことはなく、テディの足はあぶみに届かなかったが、それもまた、彼らはこうした経験を味わうべきだというヘンリーの考えに完全に合致するものだった。ヘンリーは、ラッキーが熊やアメリカヘラジカ《ムース》、毒草や森林狼のことを警告しても、無頓着だった。そもそも、ヘンリーがここに来たのは、そういうさまざまな危険があるからだった。それでも、ジルはつねに注意をはらっていた。この山中に取り残されて、すっかり文明から切り離され、なじみのない危険に取り囲まれるのではないかという悪い予感に苛《さいな》まれていた。彼女はヘンリーの妄想的な考えを推し量れず、馬がトウヒやモミやロッジポールマツの森を抜ける峻厳《しゅんげん》な小道をよろめき進むにつれ、不安を募らせ、それとともに、子どもたちを危険な場所へ連れてきたヘンリーへの怒りも募らせていった。ラッキーが拳銃を携えていることも、彼女を神経質にさせていた。理由はふたつ。そばに銃があるのは好まないこと、そして、自分たちはほんとうに必要になってもそういうものを持つつもりはないことだった。何時間も馬に乗っていたせいで、鞍ずれを起こすと、彼女は馬を降り、馬を引いて歩かなければならなかった。ヘンリーはジルの性格をよく知っているので、彼女の気をなだめようとはしなかった。

ヘンリーはラッキーのようすを観察した。彼は楽々と鞍にまたがり、自然に親しみ、一刻一刻に楽しみを味わっている。それにひきかえ、自分はいつも仕事に追われているのだ。わずらわしさから完全に逃げだして、この冒険のよろこびと家族への愛に、身を浸しきりたかった。それもまた、この未開の地の奥へ奥へと踏みこんでいく動機の一部になっているのはたしかだった。

一行は、岩を掘ってつくられたその隙間から泉が湧いている場所のかたわらでランチを摂った。ラッキーがテディに、苔が生えているところに頭をつっこんで、水を飲むやりかたを教えた。テディは、ラッキーがやったひとつひとつを同じやりかたでしようとしていたので、滝のような水を顔に浴びて、くすくす笑った。そのあと、ヘレンがそれを試し、すぐにみんなが冷たい湧き水で元気を取りもどした。そして、その未開の地はそれほど恐ろしいところのようには思えなくなった。澄みきった冷たい水が、別の世界への洗礼のようだった。

みんながまた馬に乗ったとき、ラッキーがジルを先頭に立てて、子どもたちをつづかせ、そのあとにヘンリーを行かせて、自分がしんがりになり、小声でヘンリーと話ができるようにした。

「おれでもここに来ると、ちょっぴりびくつくんだ」ラッキーが言った。「一週間は恐ろしく長い時間だぞ」

ヘンリーは、ラッキーがいい助言をしてくれているんだろうと察しをつけたが、心のなかでは、この原野ですごす一週間こそが必要とする冒険の最適日数なのだと勝手に決めこんでいた。それが家族を……まあ、なにかから……救うことになるはずだと。

「三日後にあんたらを拾いに来るんなら、料金をまけとくよ」ラッキーが提案した。

ヘンリーは少し考えてから、言った。

「五日後がいいと思う」

「イエスサー、適切な長さだろう。あんたはそれだけの日数を必要としてるんだね」

ヘンリーは、妥協して日数を減らしたことで、ジルが機嫌を直してくれたらいいんだがと思った。

やがて子どもたちが落ちつかなくなってくると、ラッキーが歌を歌い始めた。低く快い声の持ち主で、ヘンリーはその歌をおぼろげに憶えていた。

丘を越えて、川を越えて、

泥濘《でいねい》に轍《わだち》を残し、
ケーソンは進んでいく。
行進せよ、回れ右、
ほら野戦砲兵が叫んでいる。
その間にケーソンは進んでいく。（アメリカ陸軍の公式軍歌）

「ケーソンってなあに？」テディが尋ねた。

「おれもすぐにはわからん」ラッキーが白状した。「おれが陸軍にいたとき、みんなが歌ってた歌としか言えないな」

「馬が引く弾薬輸送車のことだと思う」ヘンリーは言った。

「イエスサー、それが当たっていそうだ」とラッキー。

彼がそのあと二度、その歌をくりかえして歌うと、テディがラッキーをまねていっしょに歌いだし、すぐにみんながそろって歌うようになった。そうしているうちに時が過ぎ、ヘンリーの壮大な実験をだいなしにしそうな懸念を吹き飛ばしていた。

ヘンリーは父方の祖父母のことはなにも知らず、正直なところ、彼らのことをそんなに知りたいとは思っていなかった。彼らはなにかにつけ、ヘンリーの支えになってくれたことは一度もない。彼は、ハンガリー動乱をソ連が暴力的に押しつぶした一九五六年に、その国から亡命してきた母方の祖父母、フランツとイロナのボシク夫妻の家で育てられたのだ。フランツはのちにヘンリーの母となる、当時二歳のアグネスを肩に担いで地雷原を抜け、オーストリアへ逃げこんだ。フランツは、命を落とす可能性より自由の完全な消失のほうがひどいことだと信じていた。

フランツとイロナは持っていたすべてを失い、アグネスだけを連れて亡命した。他国の言語を学び、さまざまな文化を体験し、気まぐれに訪れる数かずの機会をつかんで、最終的にインディアナポリスに落ち着いた。動乱の勃発地、ブダペスト工科大学で経済学の教授をしていたフランツは、家具職人になった。イロナはピアノを教えた。彼らは、たぶん英語がいつまでたっても流暢に話せなかったせいで、口数が少なかった。ヘンリーが彼らの人生のなかに入りこんだときは、すでに六十代になっていて、どちらも健康に不安があった。そのとき、ヘンリーは四歳だった。彼らには、新たな子どもを人生に迎え入れる準備はできていなかった。

イロナは親切だったが、計画していた人生がずたずたに引き裂かれたために心に傷を負っていて、いつも受け身だった。どこなら、そしてどうすれば、自分が適応できるのか、わからずにいた。彼女の採った手立ては、他人を励ますことだった。ヘンリーは、彼女がピアノ教室の生徒たちを、たとえ彼らがうまく弾けなくても、賞賛したり、褒美にクルミのクッキーやコラーチ（ジャムや果肉、ナッツなどを入れて焼いた菓子パン）を出してやったりするのを見聞きして育った。そして、彼女はヘンリーにも同じようにした。彼女は激励の泉ではあっても、自身の人生はほとんどなかった。それでも、庭やキッチンで、彼女なりのよろこびを見いだしていたが、最大のよろこびは音楽だった。家にはつねに、それが生徒たちが拙《つたな》く奏でるシャーマー社の楽譜のどれかの曲であれ、イロナ自身が人生のほかの部分では発揮できない情熱をこめて奏でるハンガリー人——リストやバルトークといった——作曲家の曲であれ、音楽に満ちあふれていた。彼女のお気に入りの作曲家は、郷愁を誘う作風のオーストリア人、シューベルトだった。ウラジミール・ホロヴィッツが奏でる、陰鬱なシューベルトの即興曲をよく聴いて、泣いていた。彼女の親切さは、悲嘆の高貴な表しかただったのだろう。

その一方、フランツはその激烈さや辛辣さでヘンリーを怯えさせることがよくあった。たぶん、自分の家族に強いることになった人生を後悔していたのだろう。ブダペスト時代の、地位が安定した尊敬される教授という立場を失ったことを悔やんでいるにちがいなかった。彼は往時を人生が終焉を迎えることになるまで、ヘンリーに語ろうとはしなかった。

そのときはまるで失恋を思いだすかのようだった。実際、喪失はボシク家の決定的な要素だった。彼らはみなヘンリーの母を失っていたのだ。

フランツはふたつのことをヘンリーに打ち明け、それがヘンリーのその後の人生を方向づけることになった。ひとつは宗教への憎悪であり、それが娘の心をつかみ、破滅へと導いたことを、なじった。「彼らは娘を盗んだ！　強盗のように、娘を奪ったんだ！」なまりの強い英語で、フランツは言った。ハンガリーが共産主義に屈したことについても――信念体系が理性的なひとびとの心を乗っ取る危険性について、混乱した怒りを交えつつ同じ調子でしゃべった。

フランツがもうひとつ、ヘンリーに教えたのは、覚悟を決めろということだった。フランツは、ヘンリーは小柄で、病弱で、恐怖心のかたまりだが、それだけでなく長所も持ちあわせていると認識していた。ヘンリーには知性と好奇心があると見抜いていたのだ。のちにヘンリーは、それらの特性は母も持ちあわせていたものだと思うようになった。「おまえのお母さんは賢くて、才能があった」とフランツはヘンリーに言った。彼は娘をその名で呼ぼうとはしなかった。ヘンリーを人生において出くわす脅威に対して武装させることだけに熱意を向けていた。ヘンリーは、肉体的に強くなる必要があるだろう。疑い深く、そして知的な面で厳格な人間にならなくてはいけない。生活費を稼いでいけるようなキャリアを形成しなくてはいけないと。

なによりヘンリーは、自分のなかの恐怖に対峙《たいじ》しなくてはならない。ヘンリーはすぐにぎょっとし、対決を嫌がった。ヘンリーがまだほんとうに幼かったころでも、フランツはよく彼をあざけり、「ブー！」とどなりつけたり、宙に放り投げたりしたものだ。やがて、フランツはヘンリーの考えかたを非難し、嘲罵《ちょうば》に立ち向かうことを強要するようになった。フランツは心臓病で死にかけていて、その教えはときに残忍で、ひどく切迫感に満ちていた。時が尽きようとしているのをわかっていたからだ。ヘンリーがハイスクールの二年生のころ、フランツは逝去した。

ヘンリーはこれまでの人生のなかで、自分に近しいひとびとを何人も失ってきた。そこから引きだされる教訓は、他人は自分たちを守ってはくれないこと。それはまさに、フランツが語り伝えようとしていたことだった。ヘンリーも彼と同様、放置されたままの過去を修復する必要があった。祖父の死は、彼を医学の道へ向かわせた。カネがないなら、最高になるしかないというわけで、彼は学習面で抜きんでた生徒になり、パデュー大学とジョンズ・ホプキンズ・メディカルスクールに通っているあいだずっと、奨学金を受けた。もし両親が生きていたとしたら、ヘンリーはいま自分がなったような人間にはなれなかっただろう。自分に生きるすべを教えてくれたのは、フランツとイロナなのだ。

ボシク家で育てられた日々を要約するならば、彼らは少なくとも、家族の概念を教えてくれたということだ。ヘンリーは、自分が生まれつき、特にひとを気づかう人間ではないことを自覚していた。いちばんしあわせなのは、ラボにいるときや、読書チェアにすわっているときだ。非凡な知性の持ち主の多くがそうであるように、彼もまた、自分を取り巻く現在の生活から離れて、思考に没頭しきることができる。にぎわうコーヒーショップの椅子にすわっていても、すぐ後ろから聞こえる会話をまったく意識せず、暗算をやってのけることができるのだ。ひとり暮らしでも苦にならないだろう。実際、それが自分の生きる道だろうと考えていた。だが、やがて、ジルを見つけ、人生をともにするようになり、子どもたちができ、愛がヘンリーをこの世界に呼び招いたのだった。

その小道は、七月の初旬になってもまだ雪が積もっていた。ラッキーが獣の足跡を指さすと、ヘンリーは、ラボの外にある自然界のあれこれを自分がろくに知らないことを思い知らされた。自分は、ひどく多くの面でミニチュアの世界に生き、顕微鏡を通して生命を見てきた。いま、木々と山々に囲まれ、みずからに課したのはいいが、罠に掛かったような気分になりかけている危険な課題を考えると、自分自身が顕微鏡を通して見る矮小な存在になったように感じられた。

森の木々がまばらになり、小道が左右に大きく曲がりながらつづくようになってきた。馬たちは岩だらけの草原を縫う道を進み、ナキウサギがあちこちの岩でかくれんぼ遊びをしていた。

「もしとびきり運がよければ、狼に会えるかもしれない」ラッキーが言った。「もしそうなったら、おれのことを考えてくれ」

「なぜなの？」ジルが問いかけた。

「それが、おれのインディアン・ネームなんだ。イエロー・ウルフ。おれの種族の連中は、ウルフなんだのって名を持つやつが多い。おれたちは狼様を、とても賢くて狡猾《こうかつ》な存在と見なしているんだ」

ようやく木々が背後に遠ざかり、丈高い草と花々からなる広大な草原に出た。地平線のかなたに、冠雪した峰嶺の連なるぎざぎざしたビタールート山脈があった。ジルが息を呑む。

「なんて壮麗な」彼女が言った。

「金鉱が発見されて、あらゆることが変わってしまう前は、こんなふうだった」ラッキーが言った。モミの木の下にある支柱に馬を繋ぎ、小川が大きな淵になっているところへ一家を案内する。カワマスが水門のところで餌を食べていた。彼がヘンリーに手を貸してテントを設営し、そのあと食料ボックスにロープを巻きつけて、地面から十五フィートほどのところに張りだしている大枝にそれを持ちあげた。「灰色熊《グリズリー》が通りかかっても、容易に手が届かない高さなんだ」

「グリズリーがいるの？」ジルが問いかけた。そんなことは予想していなかったのだ。

「いや、ちょっとちがう。いるのはアメリカクロクマだ。グリズリーを見たって報告が一、二度あったようだが、おれたちは一度も見たことがない。あいつらは臆病なんだ。それでも、手の届かないところに食料を置いておくのがいちばんだ。あいつらをその気にさせちゃいけない」

ラッキーは暗くなる前に山を越えて戻らなくてはいけなかったので、すべての馬をひとまとめにし、ヘンリー、ジル、ヘレン、そしてテディだけを残して、帰っていった。それこそが、ヘンリーが望んでいたことだった。もっとも、馬がいなくなったので、彼らは楽園に置き去りにされたも同然なのだが、少なくとも、ヘンリーはこのようにしたかったのだ。

最初の夜、彼らはキャンプ・チェアにすわり、小川にやってくる動物たちをながめてすごした。対岸で、エルクの群れがむしゃむしゃと草を食べ、そのあと体長が六フィートほどもある一頭の巨大な雄のヘラジカ《ムース》がのしのしと淵に入っていった。ヘンリーはこのとき初めて、ああいう枝角がいかに危険なものであるかに気がついた。指先の尖った両手を大きく開いたような形状で、長さが一フィートほどに達するものもあった。ムースがトランペットのような声でいなないて存在を誇示したので、最初の夜、子どもたちはあわててテントに逃げこんでしまった。そのムースは毎晩、暗くなりかけたころにやってきて、あの勇猛な雄叫びをあげた。テディがそれをブルウィンクル（アニメに登場するヘラジカのキャラクター）と呼び始めた。一羽のハクトウワシが近くの大岩の上に降り立ち、一家がいることなど気にも留めず、羽繕いをした。すべての動物が臣下に接する王侯のような無頓着さを示し、パーソンズ一家の存在を許してやっているだけのように見えた。ひとたび見つめられると、それと同じ好奇心を浮かべて見返してくる。ここではみんなが動物なんだ、と彼らは言っているように思えた。

三日目の夜、激しい雨が降り、頭上で稲妻がひらめいて、そのひどくまばゆい光がフラッシュライトのようにテントを明るく浮かびあがらせた。ヘレンは寝袋のなかに身をうずめたが、テディはその壮大なショーを楽しんでいた。やがて近くに雷が落ちて、みんなが跳ね起きた。ジルはヘンリーに身を押しつけ、子どもたちは寝袋を彼のほうへさらに近寄せた。ヘンリーは、嵐が離れていき、雷鳴が遠い山中のつぶやき程度になるのを、歩哨のように寝ずに待っていた。ようやく眠りに落ちたとき、これぞまさに自分が意図していたことだと思った。家族を、怖くはあっても死ぬとはかぎらない状況にひきこみ、実際に体験させることが。

テディが問いかけた。

「ぼく、ラッキーみたいなんじゃない？」

ヘンリーは雨のあと、息子を連れて、薪にする木を集めているところだった。ヘンリーはテディに、濡れていても内部は乾いている枝の皮を剝《は》ぎとるやりかたを教えてやった。

「それは、どっちもインディアンという意味かい？」

テディがうなずいた。

「まあ、そうかな。どちらも同じ種族集団に属しているけど、異なる点がいっぱいあるね。ネスパース族は、おまえの属するブラジルの種族の居住地から何千マイルも離れたところに住んでいるんだ」

「でも、彼らはいまも生きてるんでしょ？　ラッキーの種族は」

「うん、そうだよ。彼らの多数がいまもこの地域で暮らしているのはまちがいない」

「じゃあ、ぼくの種族は？」

「シンタラルガ族のことだね、それは〝幅広ベルト〟という意味なんだ」

テディが顔をしかめる。

「変な名前」

「まあ、それは彼らが好んで着るものから来た名前なんだろう。とにかく、外部の者にどう呼ばれるかについて、彼らに選択の余地があったとは思えない。彼らがみずからをどう呼んでいるかは、わたしはよく知らないんだ。ネスパースが〝ピアスをした鼻〟を意味するようなものだ。それは彼らが宝飾品で顔を飾るのが好きだからということから来ているんじゃないだろうか？」

「ぼくの種族のひとたちはいまも生きてる？」

「まだブラジルのジャングルのあちこちに少しずつ残ってるよ。何人いるかは、わたしにはわからない。おまえはいつかあそこに戻って、彼らに会いたいと思ってるのかな？」

「そうは思わないよ」テディが言った。「彼らはみんな、実際には死んじゃったと思ってる」

「なんでそんなことを言うんだ？」

「パパがママにそんなことを言ったんじゃない？　彼らはみんな死んでしまって、残ったのはぼくだけだって」

「ママがそんなことを言ったのか？」

テディがうなずいた。

「それは、おまえがいた村のひとたちが死んだという意味だと思う。種族全体が死んだわけじゃない。あの村のひとたちはある病気にかかったんだ」

「そして、パパは彼らを救えなかった」

ヘンリーはことばを返そうとしたが、声にならなかった。彼は黙って、枝の皮を剝ぐ作業を再開した。


燃えあがる石炭をつかんだような感じで、彼ははっと目を覚ました。

「どうしたの？」張りつめた声でジルがささやいた。

「なんでもない」彼は言った。「悪い夢を見たんだ」

「汗まみれになってるけど」

「寝直してくれていいよ」彼は言った。「わたしはオーケイだから」

彼女には、オーケイでないことがわかっていた。結婚して間もないころ、ヘンリーは安眠ができず、ひどい悪夢で身を震わせることがよくあったのだ。それでも、ふたりは徐々にふつうの生活を営むようになったのだが、いま彼は寝返りを打ち、寝たふりをしている。ジルはやっとのことで眠りに落ちていった。

ヘンリーは眠らず、身を横たえたまま、合唱のようにまとまった家族の寝息に耳を澄ましているうちに、自分を未開の地へ引き寄せた動機はほかにもあり、それは妻や子どもたちとはなんの関係もないことだと気がついた。自分はいまも、最大の恐怖を味わった瞬間へひきずりもどす、思いだしたくもない記憶と戦っているのだ。ヘンリーは、過去の心の傷がもとで、なにもできない人間になってはいけないと考えていた――それなのになぜ、実際にはおのれの恐怖と失敗にまつわる旅に家族をひきずりこもうとしたのか？　ジルは最初から警告していた。ヘンリーがなぜこんなことをしようとするのかについて、ふたりはどれほど会話を重ねたことか？　彼は、この冒険は子どもたちをもっとタフにし、家族の絆をさらに強めてくれるだろうと言った。これはジルと子どもたちを、前途に――祖父に教えられたように、いずれ自分がいなくなったときに――待ち受ける予期せぬ苦難に立ち向かう準備をさせるためだと、自分に言い聞かせた。ジルたちは、思いがけない危険から自分を守るための技術も本能も持ちあわせていない。アトランタのすてきな煉瓦造りの家にいれば、ジルたちは安全で、大事に守られている。だが、ヘンリーはジルに対しても、自分に対しても、正直ではなかった。ここに来たのは、自分自身に動機があったのだ。未開の地に舞い戻れば、それがきっかけとなって恐怖に満ちた記憶がよみがえるだろうという。

ジルがテントのなかで横になっているあいだに、周囲にコーヒーのにおいが漂ってきた。彼女は、文明から完全に切り離されたのを恐れていたが、ヘンリーがここまでやりとげたことはきちんと認めなくてはいけなかった。どうしてか、気持ちが新たになったように感じられた。家族がこれほど親密になったことはなかった。それぞれが自信を深めていた。彼女は寝袋のなかでぐずぐずしながら、ヘンリーの計画が目標を達成したことは認めざるをえないと思った。午前中はみんなでハイキングか魚釣りに出かけ、午後にはいつも、それぞれが本を手に取って、二時間ほどひとりきりですごす。早熟の読書家、テディは『ハリー・ポッター』シリーズの二巻目を読んでいて、ヘレンは『ハンガー・ゲーム』に熱中し、ヘンリーはマリーとピエールのキュリー夫妻の新しい伝記を持ってきていた。ジルはというと、旅が終わるまでもつだろうと思っていたアイリス・マードックの小説を二冊とも読み終えていたので、野の花をスケッチして楽しい時間をすごしていた。彼女はネスパース族インディアンのことを考えた。彼らはヴィジョン・クエストの儀式のためにこの山々のなかへひとりきりで分け入り、自分たちの人生を最後まで守ってくれるであろう、動物や鳥たちの形態を取った守護神を捜していたのだ。いまもそんなふうにしているんだろうかと彼女は思った。ラッキーが自分たちをここに連れてきたのは、それがひとつの理由だったのだろうか。

彼女がようやく、肩にタオルを掛けて、テントから出てきたとき、ヘンリーにはその寝起きの姿が魅力的に見えた。彼女は体をきれいするようにと強く言ってきて、毎朝、子どもたちが起きる前に、勇気を奮い起こして冷気と戦い、小川に身を浸して、エコフレンドリーのシャンプーで髪を洗い、焚き火のそばでとかしながら乾かしていたのだ。

「ゆうべは寝つけなかったんだね」彼が言った。それは四日目の朝のことで、翌日にはラッキーが迎えに来ることになっていた。

「生理が始まっちゃって」彼女は言った。「わたしだけだと思ってる？　ヘレンもそうなの」

「ヘレンが？　もうすでに？」

「あの子は十一歳よ。珍しいことじゃないわ」

「ふたりともというのが妙な――」

「そうよね」

「あの子はオーケイなのか？」

「恥ずかしがってる。ある意味、誇らしくも感じてるでしょうけど、あの子はもともと外でトイレをするのが嫌だったでしょう。さらにこれにも対処しないといけない。あすの夜は、モーテルに泊まりましょう」それは命令だった。

ヘンリーがコールマン・ストーブに火をつけ、ジルがパンケーキの生地をこね、そのあと彼が子どもたちを起こした。ここでまる一日をすごす最後の日とあって、朝食をすませると、彼らはすぐさま大胆なハイキングに出かけた。ヘンリーはいつもの杖に代えて、カバの枝を削ってつくった歩行杖を使ったため、その姿は旧約聖書に出てくる預言者のように見えた。まだ早朝とあって、鳥たちがかまびすしくさえずっていた。嵐のあとなので、ポンデローサマツからしたたる樹脂の刺激的なにおいが漂っている。ヘンリーは足もとがおぼつかなかったが、選んでおいたメドウ・クリーク沿いの道は、その小川がセルウェイ川と合流する地点まで、うねうねと北の方角へつづく、なだらかな下り坂になっていた。彼らは、ビタールート山脈とクリアウォーター山脈の尾根にはさまれた谷間の地をハイキングした。やがてヘンリーが休憩をとらなくてはいけなくなると、彼はジルとともに川岸にすわり、その間、子どもたちはハックルベリーの実を摘んだり小川のなかを歩いたりした。いまこのとき、彼らにとって世界はここだけになっていた。

下り坂が急になるにつれ、小川の水が渦巻き、川幅がひろがっていった。傾斜がひときわ強い場所では、ヘンリーは杖で身を支えながら足を運んだ。行く手から滝の音が、ハイウェイを行き交う車の音のように、かすかだが絶え間なく聞こえ始め、それが徐々に大きくなって、ついに小川が川に合流し、それが古代に黒っぽい花崗岩の丘をえぐってつくりだされたいくつもの流れから噴きだして、それらがからみあうように激しく流れ落ちる光景が見えてきた。斜面を滑り落ちた岩や落下した木々の残骸のあいだを、川の水が流れくだり、ところどころで、渦巻く淵をつくったり、恐ろしい災害から逃げていく膨大な群衆のように白く泡だちながら長くまっすぐにのびたりしていた。

一家がでこぼこした道をくだっていくと、滝をはっきりと見てとれる地点に行き着き、そのときテディが、鮭が空中に身を跳ねあげて尾びれをばたつかせるのを目に留めた。その鮭は体長が三フィートか四フィートはありそうなほど大きかったが、流れが速すぎて遡上するのはむずかしいように見えた。

「鮭はもう産卵を始めてる」ヘンリーは言った。

「それ、どういう意味？」テディが問いかけた。

「鮭はこの急流のなかで卵を産むんだけど、まず自分が生まれた場所に戻らなくてはいけないんだ。ここの鮭たちは太平洋からはるばるやってきて、一千マイルほど川をさかのぼっていく。目的地にたどり着くと、鮭たちは卵を産み、受精し自分たちは死んでしまう。これは彼らの最後の旅なんだ」

「ワオ！」ヘレンが叫んだ。ものすごく大きな鮭が空中に高く身を跳ねあげ、急流に落下する前にしばらく重力に抗して、そこに浮かんでいるように見えたのだ。

「おまえたちはこの光景を見られる最後の世代になるかもしれない」ヘンリーは言った。「この川にはダムが建設されているし、海水の温度があがったせいで鮭の数が減っているんだ。こんなに英雄的な鮭たちの姿を見ていると、それは胸が痛くなることなんじゃないか」

ヘンリーがしゃべっているあいだに、一羽のミサゴが渓谷の崖に沿って滑るように舞い降り、上流に遡上したばかりの鮭をすくいあげた。もがいている鮭はミサゴより大きいように見えたが、ミサゴは強力な翼をはためかせて、鮭をくわえたまま渓谷の崖の上へ舞いあがり、森のなかへ消えていった。

キャンプへ歩いて帰るあいだ、子どもたちは黙りこんでいた。ヘレンの目がちょっぴり潤んでいた。その夜、彼らは最後のホットドッグを食べ、そのあと子どもたちが寝袋にもぐりこむと、ヘンリーとジルは一時間ほど外にすわって、バーボンを飲み、宇宙を埋めつくす星ぼしをながめた。ヘンリーがもっとしらふであったなら、たぶん、食料ボックスを木の上に戻していただろうが、残った食料はほんのわずかだったので、それは無意味なように思えた。

テントのなかではいつも安眠ができなかったので、ガサガサという音がすると、彼はすぐに目を覚ました。熊が立てた音にちがいなかった。熊が食料ボックスを放り投げ、それを壊して開こうとして、いらだち、ヘンリーには怒りの声に聞こえるようなうめき声を漏らしていた。

「パパ！」テディが焦った声でささやいた。

「シイッ！」

もう全員が起きていた。熊は、その足音のひとつひとつが聞きとれるほど間近にいる。熊が木をひっかき、そのあとまた何度か食料ボックスをたたく音が聞こえた。いまはそのなかには、シリアルと粉ミルクしか残っていない。ヘンリーは、留め金がついていても熊があれを壊せればいいんだがと思ったまさにその瞬間、そうなった――硬いプラスティックが強力な鉤爪《かぎづめ》で引き裂かれたことを物語る、衝撃的な音が聞こえてきた。その熊の激しい息づかいとうめきに、テントの反対側から応じる声があがり、それにつづいて咆哮《ほうこう》が聞こえて、全員が恐怖で身を凍りつかせた。外に熊が二頭いるんだ、とヘンリーは気がついた。飢えで凶暴になり、残った粉ミルクを奪いあおうとしているのだ。

やがて、熊たちが静かになった。二頭がテントのまわりを動きまわる音が家族のみんなに聞こえてくる。ヘンリーは行動方針を決めた。テントの出入口のファスナーを開いて飛びだし、小川へと走って、熊たちの注意をできるかぎり家族から引き離そう。いよいよとなったら棍棒代わりに使おうと、彼は懐中電灯をつかみあげた。

そのとき、一頭の熊がテントのすぐ外で立ちあがり、鼻面をテントに押しつけて、薄いナイロンを通して熱い息を吐きだした。そして、それまでだれも聞いたことがないほど大きな咆哮をあげた。その咆哮に、テントの反対側から応じる声があがる。突然、テディが歌いだした。

丘を越えて、川を越えて、
泥濘に轍を残し、
ケーソンは進んでいく。
行進せよ、回れ右、
ほら野戦砲兵が叫んでいる。
その間にケーソンは進んでいく。

一頭の熊がまた咆哮をあげたが、テディは歌いつづけ、そのあと家族のみんなが、大声で決然と、いっしょに歌いだした。

それ、ハイ、ハイ、ヒー！

野砲の前で点呼開始だ。
元気に大声で！
そうすれば何時でも何処でも、
ケーソンが進んでいくのがわかるだろう。

みんなで歌いつづけていると、やがて外の音は聞こえなくなった。

翌日の正午ごろ、ラッキーがやってきた。彼はキャンプのあちこちを歩きまわり、足跡を読んで、不思議そうに首をふった。食料ボックスはばらばらになっていた。この足跡はグリズリーのもので、一頭は雄で一頭は雌だとわかる、とラッキーが言った。いまは交尾シーズンの終わりごろにあたっている。雄の足跡は爪先から踵《かかと》までの長さが、鉤爪を省いても二フィートを超える。彼にはこの状況がよく呑みこめないようだった。

「あんたらはなにをやったんだ？」彼が問いかけた。

「テディがびっくりさせたの」ヘレンが誇らしげに言った。「歌って」

「歌った？」ラッキーが問いかけた。

「うん、あなたに教えてもらった歌を」テディが言った。

馬に乗ってキャンプから文明の地へひきかえすあいだ、彼らはそろって寡黙だった。全員が生きていたが、あらゆることが変わっていた。これまで、彼らは自分がどういう存在なのか、はっきりとはわかっていなかったのだ。ようやくエルク・シティに帰り着くと、ラッキーは料金をもらうのを拒んだ。

「あれはきみの落ち度じゃない」ヘンリーは言った。「わたしは退《ひ》きさがらないぞ」彼は現金を取りだし、指が三本しかないラッキーの手に押しつけようとした。

「そういうことじゃない」ラッキーが言った。「あんたらが経験したことを、おれたちは神聖なものと考えるんだ」そのあと彼はこう付け足した。「おれたちはこの先何度も、このことを語りあうだろう。そして、あんたらを〝熊の人たち《ベア・ピープル》〟と呼ぶようになるだろう」

32. わたしを思いだすよすがとして

「この国のひとびとは、つねに天に予兆を求める」マジドが言った。

それは、ヘンリーが、タイフにあるマジドのいとこの宮殿の屋上にあがって、その姿を見かけたときのことだった。彼らはそこに避難していて、マジドは望遠鏡で空を見ていた。星ぼしがまばゆく輝いている。

「なにかつかめたのか？」

「わたしに対するお告げはいつも、わたしの人間としての欠点についてのものになる。星ぼしはわたしの義理の母なんだ」

新たな挑発行為があれば、すぐに戦争が勃発する状況になっていたときに、サウジがカーグ島にあるイランの原油積み出し基地に一基のミサイルを撃ちこんだ。それは、マジド王子の宮殿への自爆テロと、サウジ国家警備隊司令部への攻撃に対する報復だった。イラン軍の駆逐艦がペルシャ湾からの原油輸送ルートを遮断すべく、ホルムズ海峡の封鎖に動いていた。戦争が始まったのだ。

「きみはとても親切にしてくれた」ヘンリーは言った。「いま、もうひとつ頼まれてほしいことがあるんだ。わたしは家に帰る方法を見つけなくてはならない。自分であらゆる手を尽くしてみた。きみもできるかぎりのことをしてくれたのはわかっているが、わたしはもうこれ以上は待っていられない。どうしても家に帰らなくてはならない。すぐにだ」

マジドが悲しみに満ちた顔で、彼を見つめた。

「同感だ。きみは帰らなくてはならない。ここはあまりに危険だからね。この戦争はひどく残虐なものになるだろう。われわれは何百年も前からこの事態を予想していて、いまあの狂信者たちが、たとえイスラム世界を破壊することになろうとも決着をつけようとしている。きみの帰還に関して、わたしが私有の航空機を提供することはできるだろうが、国境封鎖はいまも継続されている。しかも、わたしのパイロットはすでにコンゴリウイルスで命を落とした。わたし自身が航空機を飛ばそうと思っていたんだが、この愚かな戦争が始まってしまったのでね」

「なにか方法があるはずだ」打ちひしがれつつヘンリーは言った。

「なんの保証もないが、もしきみがバーレーンに入ることができれば、そこにはアメリカ軍の海軍基地があるから、彼らが助けになってくれるだろう。それを言いよどんでいたのは、あそこが交戦地帯に含まれているからでね。ロシアがイラン軍の戦力を大きく増強している。ペルシャ湾一帯はここ以上に危険なんだ」

いまやヘンリーにとって、危険などはたいした意味を持たなかった。

「どうすればあそこに行き着ける？」

「わたしはディナーの席できみに別れを告げるつもりだった。一個大隊を率いて、東部州へ行かなくてはならないんだ。あそこなら、バーレーンは目と鼻の先ほどに近い。ほんとうにリスクを冒す気があるのなら、持ちものをまとめておくように。出発は夜明け前になるはずだ。もっと助けになれればよかったんだが、少なくとも、われわれが別れる前に何時間かともにすごすことはできるだろう」

ヘンリーは夜が明ける前に少しでも眠っておこうとしたが、家族のイメージが絶えず浮かんできて、どうにもならなかった。家族が自分を必要としているときに、これほど長いあいだ家を不在にしてきたという罪悪感は、痛烈で、容赦がなかった。そもそもサウジアラビアに来るべきではなかったのだ。とどのつまり、自分はなんの役に立ったのか？　どのみち、この病原体は避けようのない経路をたどって、拡大していただろう。それを食いとめるのは、津波を阻止するようなものだ。できるのは、愛する者たちとともにひそひそ話をしながら、祈ることぐらいのものだろう。

祈るという考えが心に飛びこんできたことに、彼はショックを受けた——それは、無力さの表れだった。自分が心の底から気づかっているみんなが危険にさらされている。苦難のさなかにある。彼らは自分を必要としている。それなのに、自分は遠く離れたところにいるのだ。

翌朝、四時をちょっとまわったころ、マジドがドアをノックした。ヘンリーはわずかな持ちものを、ジルが送ってきてくれた——あれはわずか六週間前のことだったか？——スーツケースに詰めていた。マジドは軍服を着ていた。その姿は、何年か前に初めて会ったときの、西欧の衣服を着た医師の姿や、ヘンリーがこの王国で日夜ともに働いてきたときの、ローブを着た王子の姿とは、またしてもちがって見えた。いま、彼は兵士になったのだ。

「わたしはこの戦争をするために行くのではなく、戦争そのものと戦うつもりだ」とマジドが言って、オープンカーのジープを運転し、国家警備隊基地に向かった。そこには、四《ハ》輪駆動車《ムヴィー》や装甲兵員輸送車に乗りこんだ小規模な一個大隊が、すでに編成をすませて待機していた。「この途方もなく愚かな戦争を阻止するために、自分にできることはなんでもやるつもりなんだ。とはいえ、つまるところ、これがわたしの一族だしね」

太陽が東の地平線に現れたころには、マジドの率いる隊列《コンヴォイ》は官能的な色合いを呈した砂漠の奥深くに入りこんでいた。行く手には危険が待ち受けていて、彼らはそこをめざし、めいめいがそれぞれの思いをいだいて、進軍した。不安な数時間が過ぎるなか、ふたりの友は、それまで心に秘めてきたことを語りあうようになった。

「わたしの母は奴隷だった」マジドが打ち明けた。「もっといい言いかたをすれば、〝内縁の妻〟だったが、わたしの父は信心深かったので、彼女が妊娠すると配偶者にした。父の四番目の妻となったものの、ほかの三人からはさげすまれた。父はすぐ彼女への関心を失ったが、そのころにはわたしが生まれていて、離縁をしたあとも扶養はした。いまこうして彼のことを話していると、わたしは彼を恨んでいるように聞こえるだろうが、じつのところ、わたしは父を愛しているんだ。彼はまさしく、われわれの文化を代表する男だ。わたしも、こういう教育を受けなかったら、彼のようになっていたかもしれない。ケンブリッジ大学とスウォンジー大学時代に学んだのは医学だけではなかった。人生を別の視点で見ることを学び、王国の外の世界がわれわれをどのように考えているかを知ることになったんだ。

白状するが、ヘンリー、わたしはもう二度とアラビアへは帰らないようにしようと考えたことが何度もある。自分と無限のかなたのあいだには平らな地平線しかない砂漠の地でふたたび暮らすというのは――やっとそこから逃れられたのに、なぜそこへ舞い戻らなくてはいけないのか？　ずっとメイフェアで暮らし、それまで自分は考えてもいなかった世界をもっとよく知っている、楽しくて洗練された友人たちとともに内科の診療にあたることもできただろう。それにひきかえ、ここでは――」彼は無人の砂漠のほうへ手をふってみせた。「――ひとの心は砂漠と同様に不毛であり、それでいて、だれもが自分たちはみな神の恩寵《おんちょう》を特別なかたちで受けていると信じている。なぜここではそうなるのか？　このひとびとは、宗教と噂と民間伝承によって自分たちを教育し、無知であるにもかかわらず、神は全世界でもっとも大きな褒美を授けてくださっている！　三千億バレルもの原油を！　われわれは、そのすばらしい贈りものに見合うことをなにかやっただろうか？答えはひとつしかない。われわれは神への恭順でもってそれに報いた。そして、そのために、ますます信仰心を深めた。コーランはわれわれにこう教えている。真の恭順とは、神を信じ、思いやりを必要とするひとびとを思いやり、束縛されたひとびとを解放し、災難にあったひとびとを受けいれることだが、狂信者には恭順が闘争になる。他者を思いやったり、自由のために働いたりするだけでは、不十分だ。そう、信仰のありようがわれわれとは異なっていたり、劣っていたりするひとびとを滅ぼさねばならない。われわれが異教徒と呼んでいるひとびとを罰しねばならない。そんなわけで、われわれはその大きな贈りものを、われわれを豊かにし、世界を浄化することに乱費してきて、狂信者たちの心のなかと同じように、空っぽにしたというわけだ」

感情を爆発させたあと、マジド王子は黙りこんだ。ヘンリーは、苦々しい気分になっている彼を目にしたのはこれが初めてだった。

「だったら、なぜ帰ってきたんだ?」ヘンリーは問いかけた。

「よくそんなふうに自問したよ」とマジド。「ロンドンに戻る夢も見るが、自分がどういう人間かを考えると、それは不可能なんだ」

「王族の一員であることには、数多くの義務がつきまとうんだろうね」

「祝福には必ず呪詛《じゅそ》が伴う、とわれわれは言っている。そう、そのとおりだ。わたしは王子。自分と同じ立場の親類が一万人はいる。そう、われわれは富裕だ。権力を持っている。しかし、われわれの一族はいつかは打倒されるだろうという覚悟を持って生きているんだ。いつかそうなる。われわれにはそれがわかっている。わからないことがふたつある。いつそれが生じるのか、そして、そのあとわれわれはどうなるのか。われわれはそこにあえて目をつぶる。われわれは、パトカーのサイレンは聞こえるのに、どこにも逃げ場がない盗人のようなものなんだ」

「きみがまだ結婚せずにいるのはなぜなんだ?」思いきってヘンリーは問いかけた。

「わたしは、自分はいつか、青い目と上質の趣味を持ち、高い教育を受けた西欧のブロンドの女性と結婚するだろうという、きわめて俗っぽい空想をいだいていたんだ。そして、実際にそうした」

「結婚したとは、一度も言ってくれなかったぞ！」

「離婚したんだ。彼女の名はマリアン。その構図にぴったりはまる女性だった。メイフェアのタウンハウスに住み、やりがいのある医療業務に従事し、午後には茶話会を楽しみ、日陰をつくる木々と霧に包まれた街路、そして高い地位にある友人たちとの交友関係という、文明的な生活。国籍を捨て去るにはじゅうぶんな夢だった！　だが、さっき言ったように、祝福には必ず呪詛がつきまとう。わたしにとって、その呪詛とは、自分はそういう生活の一部にはけっしてなれず、いつまでたっても、スパイのように窓からなかをのぞきこむ部外者のままでいるだろうという認識だった。妻を愛してはいたが、マリアンの世界とわたしの世界のあいだには大きな溝があった。彼らの目の奥をのぞきこむと、わたしをアラブ人と見ていることがわかった。ムスリムと見ていることが。それが最大の問題だった。王子でも、医師でもなく。9／11のあと、それが心を離れなくなった。

そして、そのあと、あの二〇〇五年の7／7同時爆破事件があった。ロンドンの地下鉄で爆破テロがあったことは憶えてるね？　五十人を超えるひとびとが殺された。七百人もの負傷者が出て、そのなかには、美しいブロンドと青い目をし、高い教育を受けたわたしの妻も含まれていた。あのテロで、彼女は右腕を肘のところまでもぎとられた。わたしは誓って、彼女を愛していた。いまも愛している。だが、あのあと、彼女はわたしとともに生きることはできなくなった。わたしがアラブ人だからとかムスリムだからということじゃない。マリアンは、忸怩《じくじ》たる思いをいだいていたわたしといっしょに暮らすことはできなくなったんだ」

「そのあと彼女はどうしたんだ？」

「うん、再婚したよ。また医師と。イギリス人によくいる、ミドルネームを持つ優秀な男と。彼が彼女をとてもよく思いやってくれていることに、わたしはいつも感謝しているんだ。彼女たちにはかわいらしい子どもがふたりいる。わたしはフェイスブックでよく彼女たちの写真を見ているんだ」

「きみの身の上話を聞くと、自分がどんなに幸運であるかがよくわかるね」ヘンリーは言った。「わたしは、自分には過分なものを与えられているんだと。わたしの最大のしあわせの源泉は家族なんだが、いつも家族が自分から奪い去られることを、そして自分の落度によってそうなることを恐れていて——まさにいま、その事態が起ころうとしているんだ」

「きみはきっとうまくやれるさ、ヘンリー。ひとびとのほとんどはこの伝染病を乗り越えるだろう」

「わたしは無力だ。みなを救えないことが死ぬほどつらい」

「これまでに祈ったことはあるか、友よ?」マジドが問いかけた。

「一度もない」

「いまそんな気に、そうしたくてたまらない気持ちになっているんだろう?」

「つい昨夜、眠ろうとしていたときに、祈ろうという思いが浮かんできたが、それは自分の完全な敗北にすぎないと考えたよ」

「それはひとつのメッセージで、偉大な不可知なるものがドアをノックしたのかもしれないぞ」

「気を悪くしないでほしいんだが、わたしは宗教を含め、あらゆる形態の迷信を否定しているんだ。イスラムに他意はないし、どのような信念体系にも悪意をいだいてはいないんだが」

「きみはそういうムスリムってことだ、ヘンリー」

「そういうたぐいでもなんでもない。わたしは徹底的な無神論者なんだ」

「その一方、きみは願ってもない祝福を受けているといったようなことを言ったし、しかも、自分は生じた悪いことのすべてに責任があると信じている。それはきわめてイスラム的な態度なんだ」

「期待しすぎないほうがいいぞ」ヘンリーは言った。

陽光がサーチライトのように目に射しこんでくる。容赦のない日射しから目を守れるようにと、マジドがヘンリーにヘッドスカーフを手渡してきた。

「ほら、どうだ？　これで、きみは本物のサウジ人に見えるようになったぞ」満足げにマジドが言った。

「ボイルされたロブスターのような気分だよ」

マジドが笑いだす。

「これまでにも無神論者には何度となく出会ったね。ロンドンでは、だれもかれもが異教徒だった！　彼らはものごとを、わたしがいつも案じているようには考えていなかった。われわれ信仰者は、われわれは信仰を持っているから善良だと言うが、わたしがこれまでに出会った不信仰者たちも、そのほとんどは、ムスリムやキリスト教徒やユダヤ教徒とまったく同様、善良なひとびとだった。それでわたしは、信じるか信じないかがどんなちがいを生みだすのだろうといぶかしんでいるんだ」

「前に友人たちのひとりがこう言った。善良なひとびとが善をなし、邪悪なひとびとが悪をなすとき、それはだれも驚かしはしない。だが、善良なひとびとが悪をなすとき、それをするには宗教が必要となる、と」

「思うに、その友人はきみのなかに癒やしようのない傷を見いだしたんだろう」

いまはもう太陽が頭の真上に来て、熱気が空を白く染めていた。影が失われ、砂漠は単一の平たい原野、砂のフライパンと化していた。背後には、ハイウェイを何マイルにもわたって占有し、進軍するコンヴォイがあった。前方では、戦争が、すぐには終わりそうにない戦争が、勃発していた。ヘンリーは、この友人がこれを生きのびられるだろうかと思った。マジドほど活力があり、価値の高い人物が愚かな軍事行動によって命を落とすことになるとは想像しがたかったが、気まぐれな死を生じさせる事態のさなかでは、人間の生死の分かれ目が危険なほど間近にあるのはたしかだった。ふたりはそろって、これが最後の会話になるかもしれないことを心に留めていた。

「数日前、いずれは自分の身の上話をしようと約束しただろう」ヘンリーは言った。「いまから、これまでほんの二、三人にしか語らなかったことを話そう。彼らがとても心配したので、わたしはこの話はもう二度としないと決心したんだ。わたしは他人に判断されたり哀れまれたりするのが大嫌いなので、幼少期の事柄は忘れたふりをしたり、他人が疑問をもたずに受けいれるような作り話をしたりしてきた。わたしにいちばん近しいひとびとですら、完全な身の上話は知らないんだ。両親に関して、そして、終生にわたって自分に痕跡を残す疾病に関して、嘘をつく人間がいるだろうか？　だが、わたしは嘘をついてきた。何度も何度も、嘘が真実を追いはらうかのように、そうしてきたんだ。

両親がわたしをネグレクトしていた証拠がはっきりと残っている。わたしはいつも飢えていた。意図的なものじゃなかった。両親は残酷であろうとしたわけではなく——その正反対だった。彼らは理想主義者で、ある運動にはまりこんでいた。社会正義、人種平等、非暴力。それらが両親の属していた、マルクス主義と福音主義を混交したグループの信条だった。彼らは地上にパラダイスをつくろうとしていた、というか、そのリーダーはそのように彼らに教えていた。その男は尊大で、妄想的で、つねに想像上の敵から逃れようとしていた。彼は運動の拠点をサンフランシスコへ、つぎに、南アメリカの小さな国へ移した。そこのジャングルのなかで、わたしは生まれたんだ。

両親は熱狂的な信者だった。彼らにとって、リーダーはイエスやムハンマドと同じく、預言者だった。善良なひとびと——親切で思慮深いひとびと——だったのはたしかだが、世界を救うことに没頭していて、赤子の世話をする時間がなかった。わたしはその居留地《コロニー》の託児所に預けられることがよくあったが、両親はときおり、たんにわたしがいることを忘れてしまった——まあ、それはわたしの推測にすぎないんだが。わたしの記憶には、さびしさと飢え、だれも自分のところに来てくれないことへの恐怖だけが残っている。

いま、医師として当時をふりかえると、身体的障害が発生すると診断できる。想像してくれ。あそこは熱帯で、わたしは幼少期の大半の年月、小屋のなかに置かれ、バナナとおかゆを食べさせられていたんだ。体が成長しなかった。脚が曲がり、あちこちの骨がかんたんに折れることがよくあった。そのコミューンには、くる病という時代遅れの疾病を診断できる者も、処置できる者もいなかった。一度、治療のためにリーダーのところへ連れていかれた。わたしの記憶にあるのは、こちらを見つめる恐ろしい黒い目だけなんだが、その男は、わたしの脚を強くして、体を成長させることになっている呪文かなにかを唱えた。だが、もちろん、そうはならなかったし、わたしは余計者に、リーダーのヒーリング・パワーにけちをつける存在になった。最終的に、四歳になったとき、わたしを祖父母が住むインディアナポリスへ送りかえすべきという決定がなされた。それでようやく、わたしは救われることになった——その疾病がわたしの救い主になったんだ。それを祝福が内在する呪詛と呼んでくれてもいいだろう。その二カ月後、コミューンの全員が死んだ。両親はそのなかの最初の死者だっただろう」

「どうしてそんなことになったんだ？」

「シアン化物。全員がそれを飲んだんだ。九百人以上のひとびとが」

「それはジョーンズタウンのことか！」

「そうだ」ヘンリーは言った。「ジョーンズタウンの話だ」

「おう、ヘンリー」マジドの目に涙があふれてくる。ほかに言うべきことばがなかったのだ。

「わたしを哀れんでくれるな。この話をこんなに長年、隠してきたのは、話すと、わたしを見る目が変わるのがわかっていたからなんだ。それは、両親がナチスか世の嫌われ者かなにか、とてもひどい人間だったと言うようなものでね。経歴がどうであれ、わたしはわたしだ。なにかの無力な被害者と判断されるのはいやなんだ。わたしは、この話は人生の闇の部分として秘めておくほうがいいことを学んだんだ」

マジドはまだ、なにも答えられないほど呆然としていた。慰めのことばを言いたかったのだが、友の身の上を嘆く思いに打ちのめされていたのだ。しばらくしてやっと、彼は口を開いた。

「きみの両親への怒りを抑えきれない。申しわけないが、ヘンリー、きみの両親がそんな仕打ちをしたことに怒りが募ってどうにもならないんだ」

「これはわたしの問題であって、きみのじゃない。もしかすると、いつの日か、両親を赦す気になるかもしれないが、歳を経るにつれ、彼らの欠点がさらによく見えるようになってきた。そこがいちばんむずかしい部分でね。自分が彼らと同じような人間に見えてくるんだ。それは、強力な思想や人格に服従してしまうことがどんなものかわかっている。ひとはだれでも、自分には強い倫理規範があると思いこんでいるだろうが、その同じ資質が、世界に善をなそうとする思いを曲げて、最悪の行動へひとを導くことにもなるんだ」

ヘンリーとマジドは親密な哲学的会話をつづけつつ、アラビア半島を端から端まで横断していった。ようやく、コンヴォイが延々と連なる赤い砂丘のひとつを越えると、その行く手に、傾いた夕暮れの日射しを浴びて輝く広大なガワール油田が見えてきた。世界最大級の油田だ。砂漠の地に果てしなく油井ポンプが林立し、噴きだすガスの炎が街灯のように貯蔵タンクを照らしている。ヘンリーは、地平線のすぐ上のところに、それとは別の光の筋があることに気がついた。低空をゆく隕石のように見えるが、なにと特定するのはむずかしい。ヘンリーはひとまず、それもまたこのエキゾチックな景観の一部として受けとめることにした。

突然、マジドが急ブレーキをかけ、片手をかざして、背後のコンヴォイに停止を命じた。

「ミサイルだ！」彼が叫んだ。

ヘンリーが見守るなか、飛来するイランのミサイルを迎撃するために、サウジの防衛網からミサイル迎撃ミサイルがつぎつぎに発射され、煙の尾を引きながら、ターゲットに激突すべく進路を転じていく。太陽のように巨大なオレンジ色の火球が出現し、数秒後、爆発の轟音が届いてきた。地平線の別の地点からまたミサイルが現れ、またも何ダースものミサイル迎撃ミサイルが発射された。最初の爆発の煙がコンヴォイのところまで漂ってきて、刺激臭のする暗雲が彼らを包みこんだ。

マジドが、背後のハムヴィーに乗り組んでいる指揮官に無線で連絡を入れる。

「散開せよ！」と彼は命令した。「われわれはこの道路を低速で進むターゲットになっている」

イラン軍ミサイルの一基が油田防衛網を破って、貯蔵タンクのひとつに命中し、すさまじい大火災を引き起こした。

ヘンリーは眼前に展開する光景に目を奪われた。それは壮麗でいて、禁断の光景であり、戦闘の誘惑はこのようなものなのだとすぐに理解できた。そのとき、また別のミサイルが砂漠のすぐ上という低空を、こちらに向かってまっすぐに飛んでくるのが目に入った。方向を調整しながら、煙を通して、こちらの居どころを探っている。死をもたらすその道具は高速で、知性を備え、意志を曲げようとはしなかったが、マジドはかまわず、それとの出会いを急ぐかのようにアクセルを踏みつづけた。突然、ヘンリーの口からなにかの音が漏れたが、自分の声を聞きとることができなかった。突然、マジドがハンドルを切って、砂漠に乗り入れ、背後にしたばかりの道路上でミサイルが爆発した。衝撃がジープを揺らしたが、マジドはただちにジープをハイウェイに戻した。

「われわれは、油田を通過したあとのほうが安全になるだろう」彼が言った。「油田はあらゆる代価を払って防衛しなくてはならないが、われわれは使い捨てなんだ」

あたりはもう暗くなっていて、遠くにダンマームの街の灯りがちらほらと見えていた。マジドが無線でつぎつぎに命令を下すなか、ヘンリーが東の地平線に目をやると、ラアスタンヌーラ市の製油所が明るく輝いていた。それは人間ではなく機械のためにつくられた街で、美しさや快適さは欠落している。イラン軍ミサイルがターゲットに命中したり、空中で爆発したりしていた。貯蔵タンクや油井の坑口が激烈な勢いで炎上し、火炎が原油の源泉に近づくにつれ、赤からオレンジ、黄色から白色へと変化していき、ついにその底部に達すると、氷湖のような青い炎と化した。南の地平線は、アブカイク市の石油精製施設で発生した火災によって黒く染まっていた。

「ヘンリー、悪い知らせが来た」マジドが伝えた。「バーレーンに通じる道路が破壊された。ダンマームの港へなら、きみを連れていける。わたしにできるのはそれが精いっぱいなんだ」

ヘンリーはうなずいた。家に帰れることが、それどころかあと一日を生きられることが、ますますありそうにないように思えてくる。

軍のコンヴォイはラアスタンヌーラの駐屯地への行軍をつづけていたが、マジドとヘンリーのジープはそれから離脱して、単独で、破壊されたばかりの工業都市、ダンマームのがらんとした街路へ乗り入れていった。とあるアパートの建物の前を通過すると、それはナイフで断ち切られたかのように分断され、キッチンや寝室、ハンガーに衣類が掛けられたままのクローゼットがむきだしになっていて、ヘンリーは、何年か前に自分がヘレンにつくってやったドールハウスを思い起こした。マジドが瓦礫《がれき》の山を指さす。

「あれは、半島のこちら側では最大の海水淡水化施設だった」と彼は言い、その意味するところを理解して、押し黙った。

港にたどり着くと、波止場はすべて無人となり、巨大なスーパータンカー群は沖へ退避していた。警備詰所にはゲートをあげてくれる人間はおらず、係留されている船はまったく見当たらなかった。

「ここにきみを置いていくわけにはいかない」口もとを引き締めて、マジドが言った。

「だからといって、わたしに同行してもらうわけにもいかない」

「なにか方策を見つけるよ」ヘンリーは言った。「バーレーンはもう、そう遠くないんだろう？」

「ここからだと、せいぜいが五十マイルほどのものだ。なにか打つ手があるにちがいない！」

マジドがガードレイルの下へもぐりこむ。ヘンリーはあとを追い、大規模な係留装置の前を通りすぎて、波止場のひとつへくだっていった。若者がふたり、石油でよごれ、ぎらついている暗い海面に糸を垂れて釣りをしていた。マジドが鋭い声で、きみらは危険な場所に身を置いていると言ったが、彼らは笑い飛ばした。マジドがひどくあっさりと無視されたことで愕然とした目になったのが見てとれた。ヘンリーには、戦争が、権威や義務や敬意などの感覚を失わせてしまったのだ。サウジアラビアが以前のような状態に戻ることはないだろう。

暗い波止場の突き当たりに、二本マストの小さなダウ船が係留されていることが、そこにふたりが近づいたことで、かろうじて見分けられるようになった。マジドが三度、声をかけたが、応答はなかった。

「ヘンリー、帆走はできるか？」彼が問いかけた。

その瞬間、ターバン頭の小柄な男が拳銃をふりまわしながら船のデッキに出てきた。マジドとヘンリーは警戒して、あとずさった。マジドがアラビア語で話しかけたが、相手は英語で答えてきた。

「おまえら、おれの船を盗もうとしてるな!」男が叫んだ。

「頼むよ、わが友、われわれはカネを払うつもりなんだ」マジドが言った。

「いまはそう言ってるが、さっきは盗むつもりだったんだろう」そのアクセントから、この男はインドかバングラデシュの人間だろうとヘンリーは考えた。男が恐怖に駆られて、あちこちに目を向けるせいで、手のなかの拳銃がさらに剣呑《けんのん》に見えた。

「それは真実だ。わたしは必死になってるんでね」ヘンリーは相手の言い分を認めた。

「わたしは家に、アメリカに、帰らなくてはならない。家族と再会するためなら、なんでもするつもりなんだ」

「この船でアメリカまで行けると思うか?」

「バーレーンまで、アメリカまで、あそこのアメリカ軍基地まで行ければ、それでいいんだ」

マジドが腕時計を外し、高く掲げてみせる。

「船長、この腕時計はきみのダウ船に匹敵する値打ちがある。この友人を乗せていってくれるのなら、これを進呈しよう」

船の持ち主が拳銃をさげ、腕時計をまじまじと見る。そして、ヘンリーにうなずきかけた。

「ただし、乗せていくだけになるのはわかってるな」男が言った。「往復はしない」

ヘンリーは同意してから、マジドのほうへ顔を向けた。

「ありがとう、友よ」彼は言った。「また会えるかどうか、わからないが」

「われわれの運命はすでに記されている」マジドが応じた。「ムスリムはみな、そうと知っているんだ」軍服のポケットに手をつっこむ。「わたしを思いだすよすがとして、これを持っておいてくれ。英語訳のコーランだ。読む必要はないが、もし読んだら、なにかの知恵を、そしてたぶん、なにかの慰謝を、そこに見いだすだろう。なんにせよ、われわれの友情を忘れずにいてくれれば、それでじゅうぶんだ」

彼らは抱擁をし、そのあとヘンリーは船に乗った。

33　交戦地帯

　ロシア外相は背が高く、その容貌は、太平洋の熱帯低気圧《サイクロン》に立ち向かうイースター島の巨大な石像のような堅固な材質を彫って完璧につくりあげられたかのように優美で、どんな嵐でも受け流せ、虚言の責任を取らされる恐れはまれなことを心得ていて、自信に満ちていた。

「わが国はいかなる意味合いにおいても、イランに重大な関与はしていない」彼は、FOXニュースのクリス・ウォレスとのインタヴューのなかでそう主張した。「わが国はイランに軍事物資を売却し、またそれを支援する業務もおこなっているが、それ以外の責務は担っていないのだ」

「もしアメリカがサウジに対し、イランとの戦争において支援をおこなうとすれば、ロシアはそれにどう対応するのでしょう?」ウォレスが問いかけた。

　ロシア外相はそっけなく首をふった。

「いやいや、それは、わが国がこの紛争においてどちらの側につくかを想定しての論議だ。わが国はそのような選択はしていない」

「アメリカの情報筋はそうは言っていません」とウォレス。「けさの《ウォールストリート・ジャーナル》が報じたところでは、複数のSu‐57がイランのタブリーズとメヘラバードに配備されたとなっています。それは貴国の最新鋭ステルス戦闘機であるというのは、たしかですか？」

「わが国の最新鋭ジェット機であるのはたしかだが、それ以外の点に関しては、あなたのおっしゃったことはまちがっている。わが国がその航空機をロシアの国境の外に配することはない」

「画面に映っているこの写真はどうなんでしょう？」とウォレスが言い、衛星から撮影された、粒子の粗い飛行場の写真のほうへ手をふってみせた。「報道によれば、タブリーズの地上にあるこのジェット機は貴国のものとされていますが」

外相はウォレスに、ズボンの裾に嚙みついて離れないちっぽけな犬を見るような目を向けた。

「あなたは誤情報と欺瞞に基づいて、わが国を非難している」彼が言った。「われわれはあなたを、アメリカを、史上最悪の疫病、コンゴリウイルスに関して、全世界に虚言を吐いたとして非難する」

「それはなんについての非難でしょうか？」

外相が眉をひそめる。

「われわれは情報を持っている。わが国の科学者たちがそのウィルスを解析した。それは自然発生のものではない。研究所に由来するものだ。これほど悪辣な疾病をつくりだす能力を持つ施設はただひとつしかない。それは貴国のフォート・デトリックだ」

「アメリカがこの疾病をつくりだしたのだと主張される？　一千万人を超えるアメリカ人がそれによって命を落としているんです。全世界となると、死者は数億人に達しています。わが国がそのような事態を引き起こすいわれがあるのでしょうか？」

「その理由については、われわれも推測するしかない。たぶん、それは過誤によって漏れたのだろう。そのようなことはよく起こる。なんにせよ、われわれとしては、それがアメリカの産物であることは断言できる」

「かつて一九八〇年代に、ソ連政府は〝感染症作戦〟と呼ばれる偽情報工作をひそかに展開しましたね」ウォレスが念押しをした。「フォート・デトリックにおける生物兵器開発プログラムの一環としてＨＩＶ／ＡＩＤＳがつくりだされたということでアメリカを非難する、偽の科学論文が流布されました。のちに、ほかでもないＫＧＢの長官が、あれはプロパガンダ工作だったと認めています。この新たな非難を裏づける証拠はどこにあるのでしょう?」

「明らかな証拠がある」尊大に腕を組んで、外相が言った。「このウイルスは人工物だ。わが国が生みだしたのではない。ほかにだれが、このような病原体をつくりだす能力を有しているか? それは、あなたの国、アメリカだけ、フォート・デトリックにある死の研究所だけなのだ」

「あそこはもう何年も前に閉鎖されていますが」ウォレスが指摘した。

「それはあなたの言い分だ」

「アメリカの死亡率はロシアよりはるかに高い」ウォレスが意見を述べた。「われわれの側においては、コンゴリウイルスはロシアが生みだしたことを示唆する向きが多いのです。そうでないとすれば、どうして貴国は自国のひとびとにある程度の免疫をもたらすワクチンを製造することができたのでしょう?」

「それは驚くようなことではない」外相が言った。「ロシアの医学は、西欧よりはるかに進歩しているからだ」

「そうだとしても、貴国のワクチンを精査したアメリカとヨーロッパの科学者たちは、その有効性を認めていません。彼らによれば、パンデミックはすべて、ウイルスが大陸から大陸へと蔓延するあいだに変異することで引き起こされるとのことですが」

「彼らにすれば、有効なワクチンを製造することに失敗したことの言いわけとして、なにかを言わなくてはならないのだろう」外相が言った。「それは完全な虚言、フェイク・ニュースだ」


マジド王子は、ラスタンヌーラの北、アル・ジュバイルにある海軍本拠地の司令部に入るなり、室内に剣呑な気配が渦巻いていることに気がついた。彼のおじであり、海軍の作戦立案を監督する高齢の防衛大臣、ハリド王子は、王族のなかでもっとも信心深い人物で、彼がそれに任命された主たる理由は、聖職者たちをなだめることにあった。この円蓋陣地《バンカー》に集結した将軍たちは彼の影響力を回避しようとしていたが、ハリドは名声を築くことにのみ心血を注ぐ愚かな老人だった。高位の王子たちの多数がそうであるように、彼もまた死ぬ前に国王になる夢をいだいているのだった。

マジドは、感情に走りがちなおじを抑えられそうな人間はいるだろうかと、室内を見まわしてみた。だれもいなかった。将校たちは敬意を表し、目に無言の嘆願の色を浮かべて、マジドを見つめていた。マジドは、戦争を指揮することに関して、なにかを心得ているようなふりはしなかったが——彼は兵員の健康問題に助言をおこなうためにここに来たのだ

——この場にいる王族の成員は彼だけだったのだ。国家警備隊のアル・ホメイド将軍がマジドをわきへ連れていき、切迫感をこめて耳元でささやきかける。

「彼はすぐにも、テヘランとイスファハンを攻撃する意図です」彼が言った。

「なぜそれらの都市を？」

「軍事基地より防御が手薄で、彼は住民に壊滅的な打撃を与えたいと考えているのです」

「国王はご存じなのか？」

「ハリド王子はそのようにおっしゃっていますが、われわれは疑っています」

「皇太子は？」

「残念ながら、その決断に同意しておられます」

マジドはめまいがしてきた。なにかを要請する相手は、あのおじのみで、その男はいま自尊心にとらわれ、イラン軍とサウジ軍の戦闘配備が記されたペルシャ湾の地勢地図を前にして立っている。ミサイルを搭載したイラン革命防衛隊の高速攻撃艇がサウジ艦隊の近辺に群れ、すでに一隻のフリゲート艦と二隻のコルベット艦を撃沈していた。ガワール油田が炎上している。最新型のホークミサイル迎撃ミサイルシステムは、イランの軍事ドローンの群れに対しては役に立たなかったのだ。一方、サウジ軍のイラン攻撃は、ロシア製の対空防御網によってすみやかに撃退されていた。

「わが軍のF‐15がアラーク上空に到達することに成功し、そこの原子炉と重水素製造工場を爆撃しましたが、その代価はきわめて高くつきました」ブリーフィングをおこなっている空軍の将軍が言った。「われわれは、バンダルアバスで上陸用舟艇が編成されていることも目撃しています」

「しかし、アメリカ軍はどこにいるんだ？」マジドは問いかけた。

「やってくるはずだ！」ハリド王子が大声で言った。「それにはまず、われわれがロシア軍を戦場へ引きださなくてはならない。わが国は、イランを壊滅させようという約束をアメリカ大統領と結んでいる。ロシアがあの国を救うことはできない」

「その軍事行動は、国王が同意を与える前になされてはならないでしょう」驚愕してマジドは言った。「住民への攻撃は戦争犯罪になるだけでなく、イスラムに対する犯罪にもなります。つまり、両国が消滅するまで、この戦争は終結しないということです」

「わたしはこの決断に関して責任を委ねられている」ハリド王子が傲然《ごうぜん》と言ってのけた。

「国王がわたしに、われわれの聖なる地を守るための完全な権限を与えてくださったのだ。選択はすでになされ、その結果はすでに記されている。神がわれわれにその力を賜《たまわ》ったのであり、われわれはそれを行使しなくてはならないのだ」年配の王子が空軍の将軍のほうへ向きなおって、ことばをつづける。「きみに指揮権を与える」

マジドはショックのあまり凍りつき、しばらく身動きもできなかった。そのあと、彼はバンカーの外に出ていった。

夜とあって、外は寒くなっていた。彼は自分のジープのところに行き、軍服を脱いで、簡素なサウジ風トーブに着替えた。靴をスリッパに履き替え、熱狂的な群衆と化した水兵たちのあいだを通りすぎて、メイン・ゲートに行き、そこを通りぬけて、がらんとした町に出た。埃まみれの街路をそよ風が吹き抜け、砂を押しやっていた。

その駐屯地の外れに、ラクダ・レース場の付属する将校クラブがあった。マジドがそこの厩舎のなかへ足を踏み入れると、なじみがあって気持ちをやわらげてくれるオート麦とラクダのにおいがした。ラクダは美しい動物だ。死んでいいはずがない。彼は厩舎の扉を開け、ラクダたちを夜の闇のなかへ追いたてた。ラクダたちが不安そうにする。ラクダたちにすれば、マジドは見慣れない男であり、自由にはなじみがなかったのだ。それでも、ラクダたちはうめきつつ、不承不承、おのれの運命を受けいれた。

ラクダたちの一頭が、物問いたげにマジドを見た。この雌の一頭は、ここのラクダたちのなかでもっとも好奇心が強いのだろう。彼女が首を曲げてきたので、マジドはその大きな両目のあいだの部分を撫でてやることができた。

「こんにちは《マルハバ》、いとしい子《ハビバティー》」とマジドは声をかけた。「わたしをここから乗せていってくれるかい」
マジドは毛布と鞍を見つけてきて、ラクダに載せた。体高が高く、力強い雌ラクダだった。マジドはラクダにまたがり、古代からある道を通って、砂漠に入っていった。

戦闘の騒音でヘンリーは眠れなかった。ダウ船が淡く光るペルシャ湾を進んでいくあいだも、頭上を軍用機がごうごうと飛んでいき、そのあと衝撃波音《ソニック・ブーム》が届いてくる。ペルシャ湾の遠い両岸で爆発が起こって地平線を照らし、それほど激しくないものもあったが、なかには——兵器集積所や石油精製所が爆撃されて——おそろしく巨大な炎が日の出のように空を染めることもあり、ヘンリーは、水中という別の領域から戦闘をながめているような気分になった。これほど多くのものが、これほど迅速に破壊され、長年の労苦の産物と想像もつかないほどの富が瞬時に失われるとなれば、あとには悲惨な数十年が待ち受けるだけではないだろうか？　戦争の代価は、紛争にまみれた平和という、平時を維持するための費用と比較すれば、どう考えてもはるかに高くつく。戦勝国ですら、金額を計算しきれないほどの損害を受けるのだ。ヘンリーはふと、自分は〝石油の時代〟の終焉を目撃しているのだと思った。

空が明るくなったころ、舳先《へさき》の向こうにバーレーンの本島が現れてきた。狭い土地に高層ビルが林立していて、カヌーのなかで乗客たちが立っているような感じに見えた。やがて、この戦争が必然的に周辺諸国にも及んでいったとき、あの誇らしげなビル群はいつまでもちこたえられるのだろう、とヘンリーは思った。この地域の諸国はすでに、どちらの側につくかを選択している。中立国はまったくないから、いずれにせよ、戦争の自然の成り行きとして、どこまでも戦域が拡大し、巻きこんだすべての国をむさぼりつくすだろう。ダウ船が、石油精製所や停泊所に程近い大きな港のほうへ舳先をめぐらした。ラメシュの名で通している船長が、真正面にある大規模な工業コンプレックスのように見える場所を指さす。

「アメリカ軍」彼が言った。

ちょうどそのときヘンリーは、二隻のパトロール船がトップスピードでこちらへ進んでくるのを目に留めた。彼はそちらへ手をふってみせたが、それらは歓迎するための船ではないことがすぐに明らかになった。

「方向転換せよ！　方向転換せよ！」船舶への指示システム・スピーカーを通して、声が聞こえてきた。「そちらは進入禁止水域へ入ろうとしている。それ以上近づけば、銃撃を受けることになる！」そのあと、アラビア語で同じ警告がおこなわれた。

「わたしはアメリカ人だ！」ヘンリーは叫んだが、その声は相手には聞こえず、もし聞こえたとしても、なにも変わらなかっただろう。

ラメシュはぐずぐずしていたが、前方の海面に銃撃が浴びせられると、一気に帆をめぐらして、だしぬけにダウ船の向きを変えた。

「いや、待て！」ヘンリーは彼に叫びかけた。だが、ラメシュはまた銃撃を受けるはめにはなりたくないようだった。

ヘンリーはほんの一瞬、考えたあと、船の外へ身を躍らせた。

水泳は得意ではなかった。風が帆をはためかせ、ダウ船が背後へ、水路の真ん中へと遠ざかっていくのが見えた。ラメシュが、後ろめたさを感じさせない目で、ちらっとこちらを見た。ヘンリーは、陸地からとてつもなく遠いところにいた。しばらくすると、パトロール船の一隻が轟音をあげながら基地へひきかえしていき、ヘンリーはその船が残したうねりのなかで浮き沈みした。あとの一隻はアイドリング状態で海面に浮かんでいた。ラップアラウンドサングラスを掛けた二名の若い海軍士官が、無表情にこちらを見る。ヘンリーがそちらをめざして泳ぎ始めると、操縦士がギアをリバースに入れて、船をバックさせ、相互の距離を一定に保とうとした。彼らは自分が溺れるのをながめているだけだ、とヘンリーは思った。靴と着衣が水を吸って重くなり、体が沈んでいく。彼は犬かきをつづけた――ほかになにができるだろう？　そのときやっと、操縦士がギアをニュートラルに入れ、ヘンリーが声の届くところまで近づけるようにした。

「いったいなにをやってるんです?」操縦士が問いかけた。

「家に帰ろうとしているんだ」

「失礼ながら、まだケツを撃たれずにすんでるのはラッキーなんですよ。その調子で泳いでいたら——」操縦士が二マイルほど先にあるように見える陸地を指さす。「——バーレーンの領海に入りこみ、あの国から処分を受けることになるでしょう」

「わたしがあそこまで行き着けるはずがないことはわかってるだろう」

「その選択をしたのはあなたであって、われわれじゃない。ここは交戦地帯でして。われわれは規則を守らなくてはならないんです。ここは厳重に隔離されている。だれであれ、出入りはできない。これはあなた自身の安全のためなんです」

ヘンリーにはそのばかげた助言に応じている暇はなかった。

「頼むよ、わたしはアメリカ人だ」彼は言った。「ドクターだ。とにかく家に帰ろうとしているだけで——」

「ドクター?」操縦士の声の調子が変わった。

「そうだ」

「医師のドクター?」

「そうだ」

操縦士が同僚をちらっと見て、そのあとヘンリーのほうへ目を戻した。

「乗船してください。どうしても医師が必要な人間が何人かいるんです」

ヘンリーは船尾からおろされたラダーのほうへ泳いでいった。水中からもがき出るなり、寒さからなのか、これまで抑えこんできた恐怖が表に現れてきたからなのか、体が震えてきた。もうひとりの将校が救命胴衣を手渡してくるあいだに、操縦士が船を動かし、ヘンリーがこれまで乗ったどの船よりも速いスピードで基地をめざした。歯がカタカタ鳴って、どうにもならない。

「ほら、あそこに潜水艦がいるのが見えるでしょう？」操縦士が言った。それは大きく、灰色で、つるっとしていて、船首から金属の十字架のようなものが突きだしているせいで、ありそうもないことだが、鯨が浮上してひれをあらわにしたように見えた。「あれはキングズ湾（アメリカ海軍の潜水艦基地がある）に行こうとしています。医療支援を要請しているんですが、基地に入るのを禁じられているんです」

「ジョージア州のキングズ湾？」ヘンリーは言った。奇跡のように思えた。

「艦内にコンゴリウイルス感染者がいるんです」

「それぐらいのリスクは冒そう」

「それがあなたの選択なら。ですが、致命的なことになるかもしれません」

ヘンリーには、やっと家に帰れるということしか考えられなかった。

34 キンギョソウ

ジルが死去してから一週間がたったとき、ヘレンがようやく彼女を埋葬する勇気を奮い起こした。彼女はテディが寝つくのを待ってから、裏庭へ出て、墓穴を掘った。それは信じられないほどきつい作業だった。深く掘れば掘るほど、まわりの土が固くなってくる。やがて大きな木の根に出くわし、そこでなにもできなくなった。彼女は草の上にすわりこんで、泣いた。穴はとても浅かった。そのなかに立ってみると、地面はまだ膝ほどの高さのところにあった。

外はもう真っ暗になっていた。近所の民家の灯りは消えている。ここ数日、ヘレンはテディ以外、だれとも会っていなかった。助けがほしかったが、だれに頼めばいいのかわからない。助けてくれるひとはもうひとりもいないのかもしれない、と彼女は思った。みんな死んでしまったのかもしれない。自分がおとなになるしかないだろうが、いまはまだそんな気になれない。両親への怒りが募る――パパは家にいてくれず、ママは死んでしまって、自分がいまこんなふうにテディの世話をしなくてはいけなくなったのだ。

きっと、父も死んでしまったにちがいない。父はわたしを裏切った。けっしてわたしを失望させはしないと言って、ごまかし、そのあと姿を消してしまった。〝あのあと父からなんの知らせもなかった〟と、いつか、みんなに話すことになるだろう。そのことばが、ふりはらえない歌のように頭のなかを駆けめぐっていた。

父のことでばつの悪い思いをした時があった。そのころは、ほかのみんなが父をどう見ているかを意識するようになっていた。ヘレンは美しく――それは彼女の人生の決定的な事実だった。ヘンリーはそうではない。ヘレンは、いっしょにいたくないと思った。哀れまれるようなひとにはくっつかず、完璧に美しくて、よくできた少女として見られたいと。父は気持ちをわかってくれた。人目のあるところではヘレンと距離を取るようにしてくれ、最終的にその気高さがヘレンの心を開いてくれた。彼女は、自分がどんなに父を愛しているかを考え、父のことでばつの悪い思いをしたことを恥じて、泣いた。いま父はいなくなり、あのときの埋め合わせをするチャンスはもうめぐってこないだろう。父の体の障害をいやがった自分が憎かった。あの不自由な体で生きていくのはどんなふうなものか、想像がつかなかった。そして、いざ内面に目を向ければ、自分は醜かった。内面では、自分はちっぽけで、ゆがんでいて、父は背が高く、美しかった。世界でいちばん聡明な男。

それでも、父はジルを救えなかったのだ。

彼女にとって、母の墓を掘るのはかつてない重要なことになった。これをやりきれたら、自分は生きのびられるかもしれない。本物の墓穴を掘るなんてことができるのはおとなだけだし、自分はそういう人間になろう。動物たちにはやすやすと掘り起こすことができない墓穴を。そう考えると、虫酸《むしず》が走った。

彼女はガレージに行って、斧を見つけだし、どこから湧きあがってくるのか自分にもよくわからない激情と決意でもって、木の根に斧を打ちこみ始めた。自分が泣いていることをぼんやりと感じていた。木の根は彼女の頭ほどの太さがあった。最初、彼女は同じ箇所に斧を打ちこんでいたが、そのうち、ヘンリーが薪を切っていたときのことを思いだした。父は、斧をわずかに右へ、つぎに左へ傾けて、打ちつけるようにすれば、木にV字状の刻みを入れることができるんだと教えてくれた。そのようにすると、木っ端がつぎつぎに飛んでいき、やがて彼女は疲れ果てて、その場に崩れ落ちた。

彼女は憎しみをこめた目で木の根を見つめた。これは、自分がやらなくてはいけないことのじゃまをしている。ずるい。立ち向かうには太すぎる。そんな木の根は両端を切断してしまわなくてはいけないだろう。なんとか切り終えても、こんどは、やはり憎くてたまらない土を掘る作業を再開しなくてはならず、土を掘る作業のほうも彼女を憎みかえしているようだった。

目が闇に慣れてきていたが、穴のなかはさらに暗かったので、彼女は裏庭を照らしてくれるキッチンの灯りをつけるために家へひきかえした。なかに入ると、母の死のにおいが身を包んできた。抽斗《ひきだし》にフラッシュライトがあったので、それを外へ持っていき、墓穴の縁に置く。

キッチンの灯りとフラッシュライトの光が、彼女の影を隣家のガレージに大きく、漫画のように投げかけた。テディがそれをおもしろがって笑っている光景が目に浮かぶ。が、そのとき、まただれかが笑うことがあるのだろうかと思った。これをおもしろいと考えたことすら、恥ずかしく感じられた。すると、反抗心と、険悪でねじ曲がった感情が湧きあがってきて、それが力をもたらし、木の根の一方の端をなんとか切り離すことができた。

彼女はしばらく、土と汗にまみれたまま草の上に横たわっていた。前はあんなにすばらしかった人生のひとつひとつが、いまはよそよそしく、恐ろしいものに感じられた。少なくともわたしは生きている、と彼女は思った。でも、ケンダルは死んでしまった。ママも死んでしまった。パパもたぶん、死んだだろう。そして生命は、わたしたちの存在などなんの意味もないように、ずっとありつづける。いま大切なのは、母の亡骸をおさめるための穴を掘ることだけだ。彼女は、三歳のころ、父が自分のためにつくってくれた小さなドールハウスを見つめた。何時間も何時間も、あのなかで遊んだものだ。それはずっと前のこと。なにも知らなかったあのころ。

自分はあんなに完璧だったのにと考えるのは、ばかげている。自分は背が高い。クラスの女の子のなかでいちばん背が高く、男の子のほとんどより背が高い。生まれついての長身だった。彼女は一度、なぜ自分はこんなに背が高いのかと父に尋ねたことがある。父は背が低く、母は平均的なのに。ヘレンは十一歳になると、両親のどちらよりも背が高くなったのだ。「おまえの背の高さは、わたしのほうの家系から来ているんだ」と父は言った。ヘレンはそれまで、父のほうの家族はどうなのかをまじめに考えたことは一度もなかった。父が持っている写真は祖父母が写っているものだけで、実の両親のことはけっして話そうとしなかった。

「でも、パパは背が高くないわ」ヘレンは言った。

「遺伝子的には長身なんだ」とヘンリーは言った。「わたしの背が低いのは、病気のせいなんだ。両親の身長がどうだったかはよく憶えていないけど。母の身長は六フィートほどあったとみんなが言っていた。父はそれよりさらに数インチは背が高かった。だから、おまえがだれの目にもよく見えるほどすばらしく背が高いのは、驚くようなことじゃないんだ」

「パパのお母さんは美しかった？」とヘレンは訊いた。

「そうだったと思う。わたしのおばあさんが、子どものころの母の写真を持っていたんだ。魅力的な女性だったのはまちがいない。成人してからの母の写真は一枚しか見たことがなく、その顔はソンブレロで翳《かげ》っていたから、あまりよく見えなかった。わたしの父は人目を引く男だった。目鼻立ちがはっきりしていて、おまえのような赤髪だった。なんにせよ、美しさの遺伝子というのはないからね。背の高さとは事情がちがうんだ」

「そんなふたりが死んじゃったなんて、とっても悲しい」

「うん、そうだね」

「飛行機の墜落とかそんなふうなもので？」

「まあ、そんなところかな」

秘密。あのあと、父は部屋から出ていった。いまとなっては、それがどんなものか、彼女にはけっしてわからないだろう。

彼女は斧を打ちつけた。穴を掘った。空が白み始めてくる。彼女は斧を打ちつけた。穴を掘った。泣いた。

ヘンリーは神の存在を信じていないが、ヘレンは信じていた。それはひそかな反逆だった。神がほんとうの自分の父で、完璧で、慈悲深く、実在していた。だが、それは以前のこと。もうそうではなかった。日の出がいまも美しいという事実は、神が〝それがどうした、わたしはこの世界に人間を必要としていないのだ〟と言っているように感じられた。それがわたしの新しい宗教だ、とヘレンは思った。神は実在し、わたしたちを憎んでいるという。

彼女は疲れきっていた。木の根は、反対側の端はさらに太くなっていた。当然だ。神がそのようにしたのだ。これが不可能になるように。斧のひとふりひとふりが、神がまちがっていることを証明するためのものになった。まだ死に絶えていない鳥たちの一羽がさえずっている。もし銃を持っていたら、あれを撃っただろう。鳥は病原体の媒介者《キャリア》だ。ペットたちにまで病原体を感染させる。ピーパーズも死んでしまった。あの犬を抱きしめて、愛はいまでも大切なものなんだと信じることができたら。

テディが起きてくるまでに、これをやり終えたいと彼女は思った。ふとこんなふうに考えてしまった。なぜテディじゃなく、ママが死ななくてはいけなかったのか？　なぜ自分が責任を担う立場にならなくてはいけなかったのか？　テディは役立たずで、お荷物にすぎない。とはいっても、ひとりぼっちにはなりたくない。

やっと木の根が両端とも切り離されると、ヘレンは地面に崩れ落ちた。どれくらいの時間、眠りこんでいたのかはわからないが、目が覚めると、太陽が目に入り、彼女は母の墓穴のなかに横たわっていた。

ふたたび激情が湧きあがり、彼女は穴を掘った。胃が引き攣《つ》れてきても、やめられなかった。やがて土がさらに硬くなってくると、彼女は斧を打ちつけ、崩れた土を外へすくいだすようにした。墓穴は六フィートの深さがなくてはならないとわかっていた。でも、そんなわけにはいかない。そこまで深く掘ると、自分が出られなくなってしまう。彼女は自分の良心と交渉をした。十二歳の少女が掘るとして期待される深さは、どれほどのものか？ いまは、自分のウエストほどの深さだった。完璧なかたちの穴にしたかったが、そうはなっていない。

「なにをやってるの？」

テディがパジャマ姿でポーチの階段に立っていた。テディがうなずく。「おなかがすいた？」

「ぐあいはオーケイ？」と彼女は問いかけた。テディがうなずく。「シリアルがちょっと残ってる。こっちはもうすぐ終わるから」

テディが、いまの問いへの答えがもらえないまま、家のなかにひきかえしていった。だが、彼には答えがわかっていた。

ヘレンは穴掘りを再開した。ひどく暑くなってきたが、素足で踏む土は冷たかった。汗が目に入ってくる。力を使い果たし、だしぬけに彼女はすわりこんだ。なにか食べなくては、水を飲まなくては。母がいたら、そんなことを言ってくれただろう。いま、母の声が聞こえてきそうな気がした。自分が遊ぶのをやめて、家のなかに入ったら、テーブルにランチが並んでいそうな。でも、そんなことはもう二度と起こらないだろう。神のせいで。穴の縁にすわって、脚をぶらぶらさせる。それができるほど深くなっていた。

ヘレンはキッチンに入っていった。

「まだシリアルは残ってる?」

テディが後ろめたそうに首をふる。ヘレンは、母がよくつくってくれた、パンの耳が切り落とされたマヨネーズとトマトのサンドウィッチを思い起こした。チョコレート・ヨーグルトを。プリングルを。チキンヌードルスープを。そんなものはなにもない。食料貯蔵庫に残っているのはレンズ豆だけで、それも数日のうちになくなるだろう。冷蔵庫のなかに、ひと切れのハムと、フォイルに包まれて、小さなパイのひと切れのように見える、ラフィングカウ・チーズが一個あった。ヘレンがなにを食べても、テディから奪ってしまうことになるが、彼女は気にしなかった。いや、気にはしたかもしれない。自分とテディの関係がいまどうなっているかはよくわからないし、いまはほかにだれもいないのだ。

テディがこちらを見つめていた。あれは畏《おそ》れているかなにか、そんなふうな表情だと、彼女には見分けがついた。驚いているのかも。おそらく、そんな顔になっているのは、彼女がひどく土でよごれているからだろう。やがて、テディが目をそらし、空になった自分のシリアルのボウルをのぞきこんだ。

「ママを埋めてくれてありがとう」彼が言った。

「まだ埋めちゃいないの」

「わかってる」

ヘレンがチーズを食べ終えたところで、彼女はテディといっしょに外に出て、墓穴のそばに立った。

「そんなに深くはないの」ヘレンは言った。

「深いと思う」

「そう思うの？」

テディがうなずいた。

ヘレンは家のなかへとってかえした。またもや、あのにおいが彼女を迎えた。彼女はレンジのハンドルに掛けてあった布巾をつかみとり、盗賊のようにそれで顔を覆った。

「しばらく自分の部屋に行ってて」とテディに告げる。

ヘレンは廊下を歩いていき、両親の寝室のドアを開けた。母の口が開いたままになっていた。ベッドサイドテーブルに置かれた陶器ランプのように、肌が青ざめている。シーツのいたるところに出血の痕があり、目と耳と鼻から出た少量の血は乾いていた。これは神が母にしでかしたこと、とヘレンは思った。

母の手は、冷凍庫に入れられていたかのように冷たかった。どうして人体がひとりでにこんなに冷たくなるのだろう？　母の体はどこもかしこも硬くこわばって、冷たく、ベッドにボルトで固定されているように感じられた。シーツをめくると、母の寝間着はぐしゃぐしゃになっていた。ヘレンは寝間着を直そうとしたが、すぐに自分に言い聞かせた。これはもうわたしのママじゃない。でっかくて、扱いにくい物体。臭い物体。ただの死体。

ヘレンはその両足の踵をつかんで、遺体を自分のほうに向かせた。一枚の板のように、全体がいっしょに動く。両手が、プレゼントを受けとるような、あるいは抱擁を求めるような、なんとなく見慣れた格好になっていた。ヘレンが母の体をひっぱり寄せると、寝間着が遺体からずりあがったので目をそらした。突然、体全体がベッドからはみだして、床に転げ落ち、そのときに頭部がベッドフレームに痛烈にぶつかって、頭蓋骨が折れたような音が聞こえた。ヘレンは悲鳴をあげそうになったが、ふたたび自分に言い聞かせた。これはわたしのママじゃない。これはわたしのママじゃない。

廊下に出ると、彼女は遺体の向きを変えて、キッチンまでひっぱっていき、裏口のポーチに置いた。しばらく休憩してから、廊下のクローゼットのところに行き、テディのアメリカンフットボール用ヘルメットを取りだした。それを遺体の頭部にかぶせる。そうしてから、階段で遺体をおろしていくと、一段ごとにヘルメットがドンドンと跳ねた。墓穴の縁までひきずっていったところで、彼女はひと休みした。遺体を転がして入れる気にはなれなかった。それだと、顔から先に落ちるかもしれず、よくないと思ったからだ。彼女は墓穴のなかに立ち、遺体を引き寄せた。遺体が、掘り起こした土の山をゆっくりと滑り落ちてきて、そのあと、息を吹きかえしたかのようにヘレンのほうへぶつかってきた。彼女は後ろへひっくりかえって、遺体の下敷きになり、青ざめた硬い両脚で狭い墓穴のなかに閉じこめられたようなかたちになった。ヘレンは身をもがいて、遺体をわきへ押しやりながら、その重みから抜けだした。遺体の乱れた寝間着を直してから、墓穴をのぼって地面に出る。そのあと、彼女はシャベルをふるい、もう二度と見たくないと、遺体の顔に最初の土をかけた。

　オーヴンから出したばかりのパンのひと山のように、土がジルの遺体の上に盛りあがって、墓ができあがったときは、あたりが暗くなりかけていた。ヘレンがそこに立っていると、テディが前庭の花壇から切ってきた、キンギョソウの花束を持ってきた。ふたりはそれをジルの墓の上に置いた。

35 生命はすべて尊い

コンゴリウイルスの襲来によって、各国の政権が倒れていった。不安定な政権が崩壊するのは驚くようなことではない。最初は、レバノンとイラクとアフガニスタンの政権がつぎつぎに倒れ、感染の拡大とともに無政府状態が生じて、もっとも強力なひとびとの生命が奪われ、弱者は押しやられた。イタリアとギリシャが同じ日、六月三十日に崩壊し、西欧社会のもろさが露呈された。文明が、過去数十年の地球温暖化で極地の氷層が薄くなったように、溶け崩れていった。つぎはフランスとなった。

だが、ビデオ会議に再招集された副長官級会議の主題は、中東における戦争だった。ザグロス山脈上空で展開された、ロシアのＳｕ－57とアメリカのＦ－22ラプターとの空中戦《ドッグファイト》は、高度に進歩したレーダー誘導ミサイルによって両者がともに撃墜される結末となった。軍事テクノロジーは、ミサイルがターゲットを外すことはまれなまでに進化していたのだ。そのドッグファイトは、アメリカとロシア、そしてその周辺諸国のあいだでおこなわれる、より大規模な戦争の発火点となった。サウジの油田はいまも炎上していた。イランでは、古都イスファハンの大半が破壊された。テヘランの死傷者は十万人にのぼった。両陣営ともに、すでに疾病によって弱体化した状態で戦争に突入しており、一九一八年の場合と同様、各国の軍隊のなかで感染が蔓延した。どの病院もインフルエンザ患者であふれかえり、戦傷者の治療にあたる余地はわずかしかなかった。それでもなお戦火は荒れ狂い、双方の陣営に属する諸国を、そしてその周辺にある諸国を、産業革命前の状況にひきずりこんでいった。近代的なものは、兵器以外はわずかしか残らないまでになっていた。

この戦争がもたらした最初の衝撃は、例によって、その後の展開がほとんど制御できないことだった。

「わが国はイランのバンダルアバス海軍基地を破壊したが、ロシアの防衛網によって、わがほうもさらに四機の航空機を失った」統合参謀本部副議長が発言した。

国防副長官が、その地域における軍事バランスの現況を報告する。

「わがほうがおおいに優位ではあるが、状況は流動的だ」彼が言った。「わが国はバーレーンに海軍第五艦隊を配し、空軍がカタールを拠点として作戦を遂行している。その、わが国の中東における最大規模の基地から、B‐52爆撃機をすぐにでも発進させて、イランを全滅させ、ロシア自体の領空にも容易に侵入できる態勢が整っている。ロシアの太平洋艦隊がペルシャ湾へ急行しており、それに加え、高度に進歩したロシアの航空機がイランに配備されていて、増援もおこなわれるだろう。ロシアには、同国に支援される国家はわが国に支援される国家よりはるかに強力で、回復力を持つという利点がある。サウジの作戦計画はどうかといえば、周知のごとく、わが国に戦闘をおこなわせようというのが通例だ」

「環境にもたらされる結果もまた広範に及ぶ」と国務副長官。「サウジ東部州では、煤煙の吸入による死者が何千と出ている。その地域の卓越風が有毒な煙を西へ運んでいるんだ。スペイン南部にいたるまで空が黒煙に覆われている」

商務副長官が口を開いて、異論を述べる。

「あの王国を守ることにそれほどの価値があるのか？」彼が問いかけた。「あの両国はどちらも、ふたたび世界経済に重要な役割を果たすようになるには何年もかかるだろう」

国務副長官が同意した。

「イランはさておくとしても、わが国はほんとうにロシアとの全面戦争を望んでいるのか？」

「ロシアも同じように判断しているにちがいない」と国防副長官。

アメリカとロシアはどちらも妄想と憎悪の熱に取り憑かれ、全面破壊をもたらす核戦争以外のなんらかの手段によって至福のフィナーレのようなものを迎えることを渇望していたのだ。ではあっても、ティルディは、これがロシアをふたたび封じこめるのに最適な機会と見なしていた。

「待つことによってなにが得られるのでしょう?」彼女は問いかけた。「いま、彼らの艦隊がアラビア海に到達する前に、たたく。彼らをペルシャ湾から追いだす。相手がプーチンとなれば、こちらが明らかな優位性を有する機会は多くはないのです」

会議が終わったとき、各省庁の長官に対し、ひとつの勧告が送付された。B‐52を発進させて、ロシアの防衛網を破壊し、太平洋艦隊の移動を阻止することを。もしロシアがなおも戦争を遂行しようとすれば、恐ろしい代価を払うことになるだろう。

その夜、ティルディは電子レンジで調理した夕食のテーブルに、愛犬のバスキンをかたわらにしてすわり、テレビのニュースを観た。アメリカ国内のパンデミックが頂点に達して、行政機関はすべて封鎖され、議会は招集を停止していた。いまも広大なマウント・ウェザー地下都市に閣僚たちとともに避難している新たな大統領が、緊急警報システムを通じて声明を発表し、治療法はじきにでき、店舗はまもなく営業を再開し、ベースボール・シーズンが復活するだろうと——だれでもわかるように、それはすべてが嘘だったが——

恭しく報道されていた。

「今夜の特別報道は、MITホワイトヘッド研究所の生体臨床医学《バイオメディカル》研究ラボで起きた破壊活動についてのものです」とウルフ・ブリッツァーが報じていた。世界有数の動物研究施設のひとつであるとブリッツァーが説明したホワイトヘッド研究所の写真が映る。著名なバイオメディカル施設はどこもそうであるように、ホワイトヘッドもコンゴリウイルスのワクチン開発に従事するよう協力を求められていた。ホワイトヘッドはCDCからサンプルを受けとり、猿やフェレットや遺伝子が改変されたヒト化マウスを使ってワクチンの開発をおこなってきた。そこでは、研究者の多くが、この新たな病原体の秘密を解き明かすべく、ラボで生活し、廊下に携帯用寝具をひろげて眠るという日々を送っていた。パンデミックのさなかなので、その種の研究施設のセキュリティは名目的なものでしかなかった。そこには以前から、フォート・デトリックに設置されているような、何重ものフェンスや監視カメラやスキャナーといったものはなかったのだ。そしてある朝、多数の人間が――監視カメラの記録によれば、五十二名の人間が――防毒マスクにラボ用の白衣、そして手袋という身なりで、バスに乗ってそこにやってきたという。「彼らは応援のクルーか、新たなセキュリティ要員だろうと、われわれは考えました」と科学者のひとりが述べた。彼らはなにも言わず、ラボの廊下を歩いていき、エレベーターに乗った。「彼らはセキュリティ・コードを知っていました」科学者がつづけた。「だれも誰何《すいか》はしませんでした。入所許可がなければ入れないようになっているんです。しかし、彼らは入りこみました」

彼らは動物の飼育室へ直行した。内部には四つの小部屋があり、そのふたつはフェレット用、ひとつはミドリザルとマウス用になっていた。四つ目のは空だった。彼らは防護服を着ずに侵入した。それは危険きわまる行為だ。マスクをした侵入者たちはそれぞれが二個のケージを携え、霊長目動物だけに狙いをつけていた。ほかの動物たちはたんに解放されて、廊下をうろつき、あらゆるものを病原体で汚染した。フェレットがいたるところにいて、その多くは病状が悪化したために動けず、タイル張りのラボの床に力なく寝そべっていた。マウスのほうは、いかにもネズミらしくさっさとあちこちのオフィスに入りこみ、本棚の裏側やデスクの下に姿を消した。ビデオの記録では、誘拐された霊長目の動物たちは、ハーヴァード・スクエアでケージから解き放たれた。ブリッツァーがケンブリッジ市警本部長にインタヴューをすると、本部長は、市警職員と州兵の兵士たちがひと晩中、その猿たちの捜索をつづけ、見つけしだい射殺したと言った。最後の二匹は最終的に、レッドライン（マサチューセッツ湾交通局が運営する地下鉄路線のひとつ）のトンネル内で発見された。

「警察は、この襲撃の先導者たちはアース・ガーディアンと呼ばれる、動物の権利を擁護する団体のメンバーではないかと見ています」ブリッツァーが言った。そのグループのリーダー、ユルゲン・スタークが、いまテレビ局のスタジオにいた。彼は、この団体のメンバーが過去にあの研究所に潜入したことはあるが、自分もこの団体のメンバーも、今回のホワイトヘッドへの不法侵入には関与していないと断言した。ブリッツァーがスタークの否定を信じていないのは明らかだった。「彼らはセキュリティ・コードを知っていました」彼が言った。「そして、どこへ行けばいいかを正確に知っていたんです」

「うん、そこが不可解ですね」スタークが当たり障りのないことを言った。

「これは人類に対する犯罪だとは思いませんか？」

「そのことについては、ひとつはっきりさせておきましょう」スタークが言った。「人間が動物にしていることは、ホワイトヘッドやフォート・デトリックのみならず、この国のほかの多数の研究施設においても、自然に対する犯罪なのです。それらのラボにいる動物たちはわれわれになんの害もなしていない。動物たちは、科学の名のもとに拷問され、殺害されている。いや、わかっています。わたしも以前はそのようなことをしていて、それを深く恥じているんです。これほど多数の動物の生命を犠牲にすることが、人類の利益になるのでしょうか？　わたしはノーと答えます」

「科学者のほとんどがイエスと答えるでしょう」とブリッツァーが応じた。「世界中でおびただしい数のひとびとがすでに、コンゴリウイルスによるインフルエンザで死亡しています。実際に何人かを知るのは不可能ですが、われわれが得た情報をもとに計算すると、これまでに三億を超えるひとびとが命を落としたと推測されます」

「人口総数が八十億とすると、それはたいした数ではないですね」冷ややかにスタークが言った。眼鏡のぐあいを調べて、よごれをぬぐう。「鳥たちのことを考えてください。これまでにどれほどの数が虐殺されたでしょう？　あなたにはわかりますか？　それの〝情報をもとに計算〟したことはありますか？　そして、その虐殺によってどんな利益があったのか？　自然が平衡を取りもどすときになにが起こるかを教えましょう。カタストロフに備えなくてはならない。それは、現在われわれに降りかかっているものより、はるかに大きなカタストロフになるでしょう。これであなたも、この教訓から人間がなにを学ぶことになるかを考える気になったでしょう」

「あらゆる生命は平等というのが、あなたの見解なんですか？」ブリッツァーが問いかけた。

「生命はすべて尊い」とスターク。「問いかけるまでもないのでは？」

「こう考えただけです──もしあなたが、人間の赤ちゃんかチンパンジーの赤ちゃんのどちらかの生命を救うことを選ばなければならないとしたら、どちらを選ぶのか」

「それは興味深い質問ですが、わたしはもはやそのような選択はしません。それはわたしの過去に属するものです」

「ウイルスの生命も人間の生命と同じく、尊いものだと信じてらっしゃる？」

「ウイルスは〝生きている〟のではありません」

「しかし、それも自然の一部でしょう」

「ええ、自然の肝要な部分ですね」

「しかし、人類はそうではない？」

スタークがどう答えるべきかと考えて、ためらいながら、ブリッツァーを見つめる。

「人類はやっかいものになった」ようやく彼が言った。「人類の一員として、利己的に述べるなら、われわれ人類という種が生きのびることを願っています。しかし、ほぼまちがいなく、この惑星はわれわれなしでやっていくほうがいいでしょう」

36 ディクソン艦長

乗船した瞬間、ヘンリーは不穏な気配を感じとった。アメリカ海軍艦艇《USS》ジョージアは、新参の医師を乗船させることに乗り気ではなかった。前回、乗船した医師がコンゴリウイルスに感染していたせいで、この潜水艦は隔離処置を受けるはめになったのだ。いまは百六十五名のクルーのうちの五名が罹患《りかん》し、その医師は死亡して、チル・ボックスと呼ばれる巨大な冷蔵庫に遺体が安置されていた。艦内には勇敢な若い水兵たちがぎっしりといたが、彼らは戦いようのない敵に包囲されているも同然の状態だった。

通常、クルーへの医療処置が必要となった場合は、応急処置と補助的救急医療の訓練を受けた衛生兵が対応する。横開きドアで仕切られた小さな医務室があり、そこから患者をストレッチャーに乗せて直接、診察台へ移動させられるようになっていた。通路にはストレッチャーが通れるような余地はないからだ。ヘンリーが医務室の薬品棚のなかを見ると、ベンダムスチンとイブルチニブ（いずれも抗がん剤）のカートンがあり、それでその医師が乗船していた理由の説明がついた。

潜水艦はさまざまな疾病の理想的な培養器と言っていい。艦内の空気はつねに循環され、それを全員が吸うのだ。

「もしだれかが風邪を引いたら、みんながそれに感染します」二等兵曹の衛生兵、サラ・マーフィーが、艦内を案内しながら彼に言った。「接触を避けるすべはないんです」だれもが彼女を〝マーフィー〟と呼んでいた。水兵仲間はラストネームで呼びあうのが通例なのだ。彼女は堅苦しく、ビジネスライクだったが、それはふだんの態度ではないように思えた。この潜水艦に乗り組んでいる女性はたったの十名で、全員が髪をきっちりとまとめていて、髪を短く切り詰めた男性と同様、顔がはっきりと見てとれた。マーフィーはミネソタ州ダルースの農家育ちの若い女性で、その地域に特有のなまりがあり、ミネソタを「ミネスータ」と発音した。水兵たちは、ミルクメイド――乳搾り女――だろうと言って、彼女をからかっていた。細身でしなやかな彼女が、体操選手のように楽々と、途中でヘンリーが追いつけるように速度を落としつつ、ラダーをくだっていき、下におりきると、大型金庫の扉に似た、円形のハッチをくぐりぬけた。その向こうには、口紅のような赤色に塗られた二十四基のミサイル発射管がぎっしりと並んでいた。本来は、トライデント大陸間弾道ミサイル《ICBM》が装塡される発射管だ。

「この艦にはちょっとちがうものが搭載されていまして」マーフィーが言った。「あれに替えて、非核のトマホーク巡航《クルーズ》ミサイルが搭載されているんです」それぞれのミサイル発射管のあいだに、側面に三段ベッドが設置された九名分の居室があった。呼吸器疾患の患者を収容するのに、これ以上悪い環境は考えられないだろう、とヘンリーは思った。

感染症に罹患した潜水艦乗員は、兵員室にとどまらせておくしかない。もし末期症状を呈するようになれば、その乗員は、同僚の水兵たちがその死を目撃することがないように、司令室の下にある娯楽室へ移される。その部屋には、血液につきものの金属臭が充満していた。

「患者たちにどんな処置をしたのかね？」

「食塩水の点滴を」とマーフィー。

「抗ウイルス薬は？」

「効果がありませんでした」

娯楽室には、末期症状を呈した患者が三名いて、ふたりは男性で、ひとりは女性だった。マーフィーがそのひとりのシーツをめくった。両脚が黒ずんでいた。

「あの医師と同じ症状です」彼女が言った。「黒ずんだ脚、青ざめた顔」

患者たちのひとりは、周囲のことに気づく程度の意識を残していた。

「あなたは医師ですか?」彼が問いかけた。ヘンリーはうなずいた。「おれは死んでしまうんですか?」まだティーンエイジャーだった。唇が青い。ヘンリーには、彼の運命を明確に読みとることができた。

「きみはよくなるだろうと思う」ヘンリーは言った。ときには、たとえまやかしではあっても、希望を持たせるしかできないことがあるのだが、ヘンリーは嘘をついた自分を胸の内で叱責した。

若い水兵がすすり泣き始めた。マーフィーが発熱した水兵のひたいをベイビーワイプで拭いてやった。

「おれ、怖くてたまらないんです」彼が言った。

患者たちに声が届かないところへ行ってから、ヘンリーはマーフィーに問いかけた。

「遺体はどのように処理するのかね?」

「現在の規定では、この艦の母港へ送ることになっています。チル・ボックスに余地はありますが、正直なところ、それがひとつの問題になっているんです」

ヘンリーは死亡した医師の居室へ——潜水艦の動力源である原子炉に隣接する、ミサイル貯蔵庫の奥の床にマットレスが敷かれているだけの場所へ——案内された。シーツがカーテンの代わりにぶらさげられていた。少なくともプライヴァシーは保たれている。ヘンリーはそのスペースの全体に消毒薬《ライソール》をふりまいた。死亡した医師のわずかな持ちものがポリ袋に入れて壁面にテープ留めされ、着衣はマットレスの下に置かれていた。そのスニーカーを見て、この医師の衣類はどうやら自分にはサイズが合わないだろう、とヘンリーは思った。ヘンリーは、この艦に飛び乗ったときに濡れた服をいまも着ていたのだ。マーフィーが死に瀕した水兵たちの衣類を探り、下着と靴下がぎっしりと詰まった袋を洗濯に出す。

この潜水艦は、破損したピストンを修理するために母港へ帰らなくてはならなかった。修理するための交換部品が積まれていないので、破損して騒音を立てるピストンのままという、隠密性を要求される潜水艦にはあってはならない状態で、大西洋を横断する長い航行をしなくてはいけなくなったのだ。

潜水艦が動いているような気配はまったく感じられなかったが、潜航が開始されると、ヘンリーは耳がつんとなり、潜水艦が深度を調整するたびに自分が妙な角度で立つことになるのに気がついた。水兵たちはもはや直立を意識することはなくなっていて、なんとも感じていないように見えた。ヘンリーは、自分も徐々に、絶えず角度を微妙に変化させる、この狭い内部空間に慣れてくるだろうと予想したが、それでも不安な瞬間を我慢するしかなかった。切れ切れの眠りになり、わずらわしいだけで記憶になんの痕跡も残さない夢を見て、寝返りを打ちつづけた。

　最初の朝は、朝食のにおいで目が覚めた。そのときになってやっと、ひどく空腹になっていることに気がついた。潜水艦の食堂はクラブハウスのような感じがあり、さまざまな港で入手された土産物や、海軍のペナント類、そして、かつてはジョージア州の知事であり、大統領に選出された唯一の潜水艦勤務経験者でもある、ジミー・カーターの写真が飾られていた。水兵たちがそれぞれの皿にスクランブルエッグやソーセージ、グレイヴィーをかけたビスケットを載せていく。全員がとても若い、とヘンリーは思った。彼自身はトーストを三枚と、ドライ・グラノーラ（押しカラスムギに干しぶどうやナッツ類を調合したもの）のボウルを選んだ。

　ヘンリーが腰をおろしたとき、マーフィーはちょうど食事を終えるところだった。

「ハロー、先生、あなたは士官室で将校のひとびとといっしょに食事をされるだろうと思っていたんですが」彼女が言った。

「そっちのほうが食べものはおいしい？」

「そんなことはないです」

「中佐はわたしを招かれざる客と見なしているようなので。まあ、わたしはそうなんだろう」ヘンリーは言った。「これまで海軍の船には、ましてや潜水艦には、一度も乗ったことがなくてね。完全に迷子になったような気分だよ」

「ボートです、先生。潜水艦は海軍のなかで唯一、ボートと呼ばれている艦艇なんです。そして、中佐は、階級としてはそうであっても、職務としては艦長なので、われわれは艦長と呼んでいますが、もちろんスキッパーでも通ります。彼の立場を理解してあげてください。彼は全員を平等に扱っていて、それは彼がタフなSOB《くそ野郎》になれることを意味しています。なんにせよ、彼はわたしがこれまでに仕えてきたなかで最高の将校なんです」そう言ったとき、マーフィーはちょっと顔を赤らめた。

「彼はこの仕事をするにはちょいと背が高すぎるように見えるね」

マーフィーが笑いだす。

「わたしでも、ああいう金属パイプにしょっちゅう頭をぶつけるんですが、わたしは巨人でもなんでもないですし。クルーはみんな、よく頭にけがをするんです。それはさておき、ええ、わたしは彼ほど背が高くなりたいとは思いませんね」

「ところで、あのみんなはどういうひとたち？」ヘンリーは、朝食を摂っている二十人ほどのひとびとを指さして、尋ねた。

「わたしのような下士官たちです、先生。実際にボートを動かしているのはわれわれのような人間なんです。といっても、将校たちに含むところはなにもないですが。あの男たちは――」あるブースに集まっている若い男たちを指さしてみせる。「――ミサイル操作員です。彼らは正気の人間たちだと、われわれとしては考えたいですね。ですが正直なところ、あのみんなを見たあとではそうは言えないですね。彼らもほかのひとびとと同じく、ひとりの人間ですから。もし彼らのだれかが、死亡や離婚にまつわる家族電報を受けとったら、ほかのひとびとと同様、落ちこんでしまうでしょう」

「それで、きみはいまどういうことをしているのかね?」

「ママが児童心理学者で、ぎょろ目が描かれたちっちゃなふわふわのボールをいつも用意していて、子どもたちがふさぎこんでいると、それを与えるようにしていました。あなたも医務室で、キャンディーがいっぱい詰まってるように見える瓶を見かけたことがあるんじゃないですか。あれはウォームファジーと呼ばれています。あれは本物の医療品ではないですが、わたしもこのごろはあれをよく与えるようにしているんです」

「なにかを提供するのは、つねによき治療行為になるものだ。それと、あそこにいるがっしりした紳士諸君は何者なんだろう?」

「彼らはSEAL《シール》の隊員たちです。偵察活動や、ときどきおこなわれる上陸作戦のために、その分遣隊を乗りこませているんです。彼らは食事とワークアウト以外のことはほとんどしません。気はやさしいですが――怒らせるようなことはけっしてしないように」彼女が哀れむようなまなざしをそちらに向ける。「乗りこんできたとき、彼らはスーパーマンのようにふるまい、恐れるものはなにもないような感じでした。ところが、このインフルエンザが彼らの度肝を抜いてしまったんです。ひどくおとなしくしているのがわかるでしょう？　ほかのだれよりも無力になったように見えます」

「きみもやはり怖いんじゃないのかね？」

「はい、怖くてたまりません！　みんながこれを死のボートと呼んでいます。そのとおりなんです。われわれは閉じこめられています。わたしはなんの役にも立てない気がして。自分がウォームファジーになってしまったみたいな。あなたがわれわれを助けてくださることを願うのみです」

朝食のあと、ヘンリーはさらに三名の新たに罹患した乗員のもとを訪れた。昨晩、その三名以外に別の一名が死亡していた。

ヘンリーは潜水艦に乗船した当初、内部は意外に広いように感じたが、ほどなく閉塞感がのしかかってくるようになった。生来の閉所恐怖症ではないのだが、船室が狭いのと、実際に深い海中にいるという奇妙な感覚があるうえに、苦境にあるクルーに忍び寄る恐怖が重なって、不安が押し寄せてきた。それでも、ヘンリーはすみやかに活動のリズムを見いだし、マーフィーとともに医務室で仕事をしたり、恐怖を軽減させるためにできるかぎりのことをやったり、もっとも扱いにくいパニック障害を発症した乗員たちに抗不安薬《ザナックス》や精神安定剤《ベイリウム》を服用させたりしたが、艦内を陰鬱に覆う不安を払拭することはできなかった。クルーは絶望の淵に沈んでいるように見えた。彼らはみな、感染の確率を知っていた。いままでに発症した患者は五、六人程度だが、病原体への曝露は全員がしている。そして、発症した人間はほとんどが死亡するだろう。

二日目、ヘンリーは艦長室に召喚された。ヴァーノン・ディクソン艦長は潜水艦の乗員としてはありえないほど大柄で、背が高く、初老となったいまでも筋骨たくましかった。そして、歌声のようによく響く声の持ち主だった。

「通常、われわれが正真正銘の医師を乗艦させることはありません」艦長が話しだした。「潜水艦のクルーは、健康なクルーなのです。なにかの病気にかかった者を乗せて出港することはできない。そして、入港の際にも、やはり用心を心がける。しかし、それがつねに可能とはならない」艦長は話をしながら、コンピュータのかたわらの小ぶりなデスクに置かれたケージに入れられているカラフルな小鳥たちに、果実の種やブロッコリーの房を食べさせていた。「このいまいましいインフルエンザが艦内に持ちこまれる前の話だが、われわれはジブチに入港したときに、そこでタトゥーを入れさせて、ウイルス性肝炎にかかった二名の間抜けな乗員を残していかなくてはならなかった。そんなわけで、インフルエンザに感染した前の医師が乗船したときには、すでに人員不足になっていた。おっと、この食いしんぼうのちびっ子め」一羽の鳥に向かって、彼が言った。

ディクソンが小鳥ケージの皿に水を注ぎ足しているとき、ヘンリーは艦長のロッカーの上に置かれている数枚の写真に目を留めた——大学の卒業式の正装に身を包んだ若い黒人の男性と女性で、ヘンリーは艦長の成人した子どもたちだろうと受けとめたが、妻の姿は見当たらなかった。これまでの艦のクルーといっしょに写っているグループ・ショットもあった。そして、南カリフォルニア大学アメリカンフットボール・チームのユニフォーム姿で撮影された、若きヴァーノン・ディクソンの写真。

「あっ、あなたがあのヴァーノン・ディクソンですか！」思わずヘンリーはそう問いかけた。

ディクソンが小鳥たちから目を離し、ヘンリーを正面から見つめた。じゃまをされたことにいらだっているように見えたが、すぐによく響く声で笑いだした。

「いやはや、あんなに前のことをよく憶えておられるとは」艦長が言った。

「ローズ・ボウルでのあのランははっきりと憶えていますよ」

ディクソンがうれしそうに顔を輝かせる。

「あれはすごい一日だった」彼が言った。「もっとも、われわれはあやうくオハイオ州立大に打ちのめされるところだったんだが」

小鳥たちはとても美しかった。背中が緑、頭部が赤や黒、尾羽が青、腹部が黄色、胸が紫色と、多様であざやかな色合いをしていて——まるで、ほかの小鳥たちの各部をばらばらにして、ひとまとめにしたような感じだった。

「これはコキンチョウ《グールディアン・フィンチ》という小鳥でして」ディクソンが説明した。「ドーハの市場《スーク》で手に入れたんです。この部屋を明るくしてくれるとは思いませんか？」その大きな手で一羽の小鳥をつかみあげ、小さな鋏でやさしく爪の手入れをする。「こいつはチャッキー。この群れのリーダーだと、わたしは考えてる」

「きわめつきに美しい」

「絶滅の危機にあるとも言われている。このごろは、すべての鳥がそうなんでしょう。自分はこの鳥たちの助けになっているんだろうと思っているんです。ノアの方舟のように」

彼らが見守るなか、フィンチたちはさえずりながら、止まり木から止まり木へ飛び移ったり、トウモロコシの穂軸をついばんだりしていた。

「それより、本題に。わたしは病気のクルーをかかえている。怯えたクルーを」ディクソンが言った。「航海長は死去した。このボートを走らせるにはすべての要員が必要なのに、すでにその能力が減じている。安全性が危機にさらされている。あなたにしてもらえる仕事はそれほどないことはわかっているが、それでもなにかを——なんでもいいから——してもらえるのではないか？　これ以上、乗員を失うわけにはいかないんだ」

「クルーとしてもあなたを失うわけにはいかないでしょう」ヘンリーは言った。

「潜水艦の乗員に不要な人間はひとりもいない」厳しい声でディクソンが言った。

「しかし、あなたはだれよりも大きな危険にさらされています。医務室のキャビネットのなかにイブルチニブがありました。あなたのカルテを読みました。化学療法を始めてから、どれくらいたちます？」

巨体の肩がいくぶん垂れたように見えた。

「一カ月ほど前から」と彼が答えた。「白血病だと言われてるんだ」

「慢性リンパ性白血病」ヘンリーは言った。「よくご存じでしょうが、それはゆっくりと進行しますが、そのこと自体がいくつかの問題を生じさせます。白血球の疾病なので、感染に対してははるかに弱くなるうえ、感染するとこの疾病と戦う力が弱まるのです」

「うん、そのとおりのことを言われたよ。通常、病人が潜水艦に乗務することはないんだが、これは感染症ではないのでね。指揮を執る階級の人間がほかにいなかったので、腕が震えるほど歳を食ったわたしがしゃしゃり出て、また乗務することになったんだ。この任務が終わったら、わたしは海軍から放りだされるだろう」

「わたしは腫瘍学者ではないですが」ヘンリーは言った。「治療の選択肢を話し合うことはできます。それはそうと、これを着用するようにしてください」彼は艦長にマスクとビニール手袋を手渡した。

ディクソンが疑わしげにそれらを見る。

「クルーのほかの面々にもこういうのを渡せるのか?」

「マスクが十個と、手袋がひと箱。それでも役には立つでしょう。これらがエピデミックを防いでくれるかどうかはさておき、あなたにとっては防護の層が増えることになるでしょう」

ディクソンがそれらをヘンリーに返した。

「このボートの乗員は、わたしだけでなく、だれもが感染のリスクにさらされている。だれが死んでもおかしくないんだ。わたしもほかのみんなと同じく、危険を受けいれよう」

「その気概は賞賛しますが、論理はそうはいきませんね。あなたは乗員のなかでもっとも大きなリスクをかかえている。そして、だれよりも重要な人間なんです」

「船はオーケストラのようなものなんだ」艦長が言った。「ひとつひとつの楽器が必要になる。わたしはただの指揮者で――みんなが楽譜どおりに演奏しているかぎり、おそらくは重要性がもっとも低い人間でね。あなたにはまず、どのようにクルーを助けるかを考えてもらい、そのあと、わたしのことを好きなだけ心配してくれたらいいんだ」

37. ドリー・パートンとジョン・ウェイン

ヘンリーは潜水艦の奇妙なリズムに調子を合わせられるようになってきた。点灯は、日中であることを人工的に感じさせるもの。〝夜間〟は共有エリアは薄暗くなり、〝昼間〟は明るくなる。ある種の潜水艦はグリニッジ標準時――軍隊用語では〝ズールー・タイム〟――をもとに行動するが、ディクソン艦長はボートが大西洋を横断していくあいだ、それぞれの現地時間に合わせていくのを好んでいて、それはつまり、この潜水艦がアメリカの東海岸に到着したときには時刻を九時間戻す結果になることを意味していた。ヘンリーの日周リズムはつねにいくぶん乱れていた。このボートに乗っていると、緊張感の漂う不可思議な活動がときたま生じるだけで、暇な時間がいやというほどあった。死亡した医師の電子ブックが残されていて、そのなかに古典文学の長いリストがあったので、ヘンリーはおおいによろこんで、それらを読みふけった。『戦争と平和』を選ぶと、前任者が読みかけにしていた、ピエールが燕尾服を着て戦場にいるところが開いた。

ある日、マーフィーが、彼に合うように手直しした青い海軍のオーヴァーオールをプレゼントしてくれた。

「裾とかそのあたりをいくつか直す必要があっただけです」その贈りものにこめた思いを軽く感じさせようと、彼女がそう言った。

ヘンリーは強く心を打たれた。オーヴァーオールを着てみると、やっと相手の意図が理解できた。これで服装の面からはクルーに溶けこんだように見えるだろうが、あとまだ、髪の毛を短く切る必要があると気がついた。理髪師は散髪の補助要員で、ヘアカットはよぶんの職務だった。シスルスウェイトという名だったが、だれもがクッキーと呼んでいた。

「どんなふうにしましょうか、ドク？　少し刈って整えるだけとか？」彼が問いかけた。

「完全なマリン・カットにしてくれ」ヘンリーは言った。

「ひげも剃ってしまいます？」

「いや、ひげは残したいが」ヘンリーは言った。「ちょっとだけ短くしてもらおうかな」

そのあと自分の船室に戻ったところで、ヘンリーは自分を鏡に映してみた。別人のように見えた。頭髪が丸坊主に近いほど短くなり、顔が拡大鏡を通したように大きく見える。顎ひげが短く、きれいに整えられていた。これからの人生はこのままでやっていこう、と彼は思った。

ふたたび医務室に行くと、マーフィーが、苦痛に顔をしかめている潜水艦乗員とともに彼を待ち受けていた。赤いにきびだらけの顔をしていて、まだ十九歳ぐらいでしかないにちがいなかった。

「発熱?」ヘンリーはマーフィーに問いかけた。

「親知らずなんです」

ヘンリーはマーフィーを廊下へ連れだし、「わたしは歯科医じゃないんだ」と彼女に言った。

「ええ、存じあげています」

「彼は知っているのか?」

「この艦に歯科医が乗船したことは一度もありませんので、はい、彼はわかっているはずです」

ヘンリーは医務室にとってかえした。若者がヘンリーを、恐れているような目付きで見つめる。ネームタグに、〝マカリスター〟と記されていた。

「ファーストネームはなにかね、きみ?」

「ジェス」

「痛みの程度はどれほどなんだろう、ジェス?」

「すごいです。そうでなかったら、ぜったいにここに来ようとはしなかったでしょう」

「口を開けて、よく見えるようにしてくれ」

ヘンリーは舌圧子を使って、マカリスターの口のなかをのぞきこんだ。下の臼歯の両奥側にあたる歯茎が、うずもれていた親知らずが生えてきたせいで押しだされ、細菌に感染して腫れあがっていた。抜歯をする必要があるのは明らかだった。おそらく上の親知らずも同じだろうが、そちらは感染を起こしていないので、ヘンリーは放置しておくことにした。探り針でそこに触れると、マカリスターがびくっとした。

「マーフィー、ここの医療備品のなかに局所麻酔剤《キシロカイン》はあるかね？」

「はい、先生。それと、先生、オペをなさるつもりなら、士官室に移ったほうがよろしいかと。あそこのほうが照明が明るいので」

ヘンリーは手術用具を調べてみた。ちょっとした手術に使えるあれこれの基本的な器具は揃っていた。サイズの異なる二本のメス、排管《カニューレ》、搔爬器《キュレット》、組織をつかんだり押さえたりするためのピンセット、鉗子《クランプ》、抜歯鉗子《フォーセップ》、縫合に用いる持針器《ニードルホルダー》、そして、ヘンリーの必要性をじゅうぶんにまかなえるだけの多様な開創器《リトラクター》があった。だが、彼が最後に手術をおこなったのは、はるか昔のことだ。

ヘンリーとマーフィーがいやがる患者を連れて士官室に入ったとき、そこでは艦長と一等兵曹がクリベッジ（カードゲームの一種）を楽しんでいた。そのふたりがなにも言わず、ゲームを中断すると、マーフィーがテーブルの上をきれいにかたづけ、頭上の手術用ライトを点灯した。ヘンリーはまたしても、エレガントなまでのスペースの節約の仕方に感銘を受けた。

さいわい、マーフィーは注射が得意だったので、まもなくマカリスターの歯茎は麻痺した。それでも、その目は、メスを取りあげるヘンリーの動きを追いつづけていた。

「ジェス、運がよければ、きみはなにも感じないだろう」ヘンリーは言った。「できるだけ慎重におこなうつもりだ。とにかく、わたしの手を噛まないように。オーケイ？」

　マカリスターが、笑ったように聞こえる小さな声を漏らした。

　ヘンリーは腫れている歯茎の奥側を切開してから、その前側も切り開いて、生えかけている歯を露出させた。マーフィーがバキュームで血や膿《うみ》を吸いだすなか、彼はそこの組織を切りとっていった。親知らずの歯根を探り当てるために、深く切りこむにつれ、感染の悪臭が強まっていく。マカリスターの体が、不安のせいで震えだした。ヘンリーは痛い思いをさせるのがいやだったので、ずっと前に手術から身を退いたのだ。

　ほとんど問題なくその歯を抜きとることができたが、感染は下顎にまで及んでいた。歯科用ドリルも、それに類似した器具もなかったので、ヘンリーはやむなく骨部の膿瘍《のうよう》をピンセットでこそぎとっていった。マカリスターが恐怖と驚愕のうめき声をあげたが、ヘンリーが容赦なく下顎骨へ深く何度もピンセットを入れていくと、ついに血まみれだった穴がふたたび、すっかりきれいになった。

「それほどひどくはなかったんじゃないかね？」ヘンリーは誇らしげに言いながら、歯が失われて空洞になった部分を縫合し、マーフィーが傷口の周囲にコットンを押しこんだ。マカリスターが心配そうにうなずく。このあと、なにをされるのかがよくわかっていたのだ。

「では、反対側のをしよう」ヘンリーは言った。

その晩、ヘンリーの人生のなかでもっともきまりの悪いエピソードのひとつが発生した。女性用のシャワー室に入ってしまったのだ。死亡した医師のものだったオーヴァーサイズのバスローブを着て、ビーチサンダルを履き、それまでに目にした潜水艦乗員たちに倣って、首からタオルをぶらさげた格好で、まっすぐにその部屋に入っていくと、そこにマーフィーを含めて三人の女性たちがいて、シャワーを浴びたり体を拭いたりしていた。ヘンリーは一瞬、完全に凍りついてしまった。

「さっさと出てって」と女性たちのひとりに注意され、彼は恥じ入った気分で、あわてて自分の船室へひきかえしていった。

半時間後、ドアを軽くノックする音が聞こえた。マーフィーだった。

「なんとしたことか」ヘンリーは言った。「いくら謝っても足りない気分だよ」

「いいんです、先生。あなたの落ち度じゃないことはわかっています。だれもここの決まりを教えていなかったんですから。ここではシャワーの時間が男性用と女性用に分けられていて、そのことはドアの写真を見ないかぎり、わからないんです」

「気がつかなかったな」

「女性用の時間にはドリー・パートンの、男性用の時間にはジョン・ウェインの写真。あなたがわざとあんなことをしたとは、だれも思っていません。われわれの落ち度です。あらかじめあなたに教えておくべきだったんです」

そのあと食堂に行くと、クルーが『ブラックパンサー』の映画を観ていて、ヘンリーはすでに乗員のだれもが女性用シャワー時間での一件を知っていることを感じとった。彼らは体をつつきあったり、小声でひそひそと〝ライダー〟――〝乗客〟という意味だ――をネタに冗談を飛ばしあったりしていた。ヘンリーはたちまちのうちに、伝説の道化者になったのだ。というか、ヘンタイに。彼らがそれ以外のことばで自分を呼んでくれるものかどうか、さっぱりわからなかったし、訊いてみたいとも思わなかった。

「ヘイ、ドク!」SEAL隊員のひとりが言った。その同僚たちが黙らせようとしたが、彼は取りあわなかった。「けさ、おれの相棒《バディ》が死んだんです」

「どの隊員?」ヘンリーは問いかけた。

「ジャック・カーティス二等兵曹。よくなるだろうとあなたに言われた、あの男です」

ヘンリーはその若い男の顔に怒りと悲嘆が浮かんでいるのを見てとった。「残念なことだが、わたしにはどうにもやりようがなかったんだ」彼は言った。

「だったら、いったいあなたはここでなにをやってるんです? くそったれな疾病がおれたちをひとりまたひとりと死なせてるってのに?」

「この疾病の治療法はないし――」とヘンリーは言いかけたが、若い男は追及をやめようとしなかった。

「おれがここにいるのは、自分の仕事のやりかたを知ってるからです」SEAL隊員が言った。「しかし、あなたは場所を取ってるだけでしょう」

ヘンリーには言いかえすことばがなかった。

38. ミセス・ヘルナンデス

「またケチャップスープがほしい？」ヘレンはテディに問いかけた。

ずっと彼の世話をやくのにうんざりしていたが、ほかに話しかける相手がいないのが現実だった。母の携帯電話を使って友だちに電話をかけることはでき、ときどきだれかが立ち寄って、多少の食べものをポーチに置いていってくれたりはしたが、それだけでは足りなかった。レンズ豆も食べつくしている。食器棚は空っぽで、これじゃまるでなにかのおとぎ話みたいだ、とヘレンは思った。

テディが返事をしない。ジルのコンピュータとにらめっこをしていた。

「なにをやってるの？」ヘレンは問いかけた。

「ママのパスワードを見つけようとしてたんだ」

「なんのために？」

「ATM」

「そんなの、コンピュータには入ってないでしょ」

「もうわかったと思う」

「どんなの？」

「ぼくの誕生日。０３２５」

「なぜそうだと思うの？」

「ママは全部のパスワードにいろんな誕生日を使ってる。ときどき、それを書いておくんだ。こんなふうに」テディはターゲット・カード（大手量販店チェーン、ターゲットが発行しているクレジットカード）のウェブページをヘレンに示してみせた。「パスワードはＭａｒｃｈ《3月》２５、ＰＩＮコードは０３２５になる」

ヘレンはテディをまじまじと見た。こんなおかしなちびっ子なのに、と彼女は思った。もしかしたら天才か、それに近い子なのかも。どうしてそんなことが推測できたのだろう？　自分たちは似ても似つかない。彼は小さくて、肌が茶色く、自分は背が高くて、肌が白い。彼は賢くて、自己充足的で、自分はきれいで、人気者。ヘレンはふたりのちがいを分類するたびに、自分たちには共通するものはほとんどないと強く感じてきた。だが、いまは自分たちふたりしかいなくなり、あらゆるものが共通するようになっていた。

アトランタで疾病は山を越えていたが、それでもひとびとは外出を控えていた。再開したビジネスも少しはあったが、レストランのほとんどは閉店したままで、食料品店の棚は空っぽも同然だった。物品を買える方法が見つかったときに備えて、ヘレンは一覧表をつくっていた。そのリストに記されているのは、ピーナッツバター、クッキー＆クリームのアイスクリーム、マカロニアンドチーズ（ホワイトソースであえチーズをふりかけて焼いたマカロニ）、ハニーナッツチェリオ、フルートループス（ドーナツ形をしたシリアルの一種）、そしてトイレットペーパーだった。

子どもたちは、現金を求めて家のなかを探しまわった。ジルの財布は空だった。ハンドバッグのなかに数枚のクレジットカードがあったが、おそらくカードで買える店はどこにもないだろうし、どのみち子どもたちにはそれを使う権限はなかった。ジルは人生の最後の数日、ひどく混乱していたせいで、死後の成り行きに備えておくことができなかったのだ。

ふたりは自転車に乗って、リトルファイヴポイントの、バンクオブアメリカのＡＴＭに行った。家の外は奇妙な感じで、ヘレンは、大きな雪嵐が吹き荒れて、すべての街路が魔法のように無人になり、学校が休みになったときのことを思いだした。まさにあのときにそっくりだったが、雪がないことがちがっていた。

ＡＴＭにはもう現金が残っていなかった。ポンセデレオン通りのＡＴＭも同じだった。

「物を盗んでもいいんじゃないの」テディが言った。「みんなやってるし」

「捕まっちゃうのが怖い」

「でも、捕まったら、警察がぼくたちの面倒を見てくれるんじゃない？」

それは筋が通っているように思えた。キャロライン・ストリートにクローガーのスーパーマーケットがあったが、武装した警備員が目に入ると、ヘレンは怖じ気づいた。テディがなかに入りたがったが、ヘレンは自転車にまたがり、家をめざした。

「こんどはどうするつもり？」テディが問いかけた。

ヘレンはもう一度、キャビネットのなかを調べてみた。残っていたのは、酒類キャビネットのなかに父が保管していたバーボン・ウィスキーだけだった。ヘレンはそれを見つめた。

「物々交換に行こうよ」ボトルをふりながら、彼女はテディに言った。「ミセス・ヘルナンデスはアルコール中毒だかなんだか、そんなのになってる。これをあげたら、なにかくれるでしょう」

テディが顔をしかめた。

「わたしだってこんなことはしたくない」ヘレンは言った。「でも、なにかをやらなきゃいけないの！」

ふたりは階段の下に立った。

「ミセス・ヘルナンデス？」ヘレンが呼びかけたが、声がちょっと小さすぎたようだ。返事がなかった。

「彼女、あそこにはいないのかも」テディがささやいた。

「彼女の車があるわ。だいいち、どこにも出かけないひとだし」

階段の電球はまだ交換されておらず、階段をのぼると、板が気味の悪い音をたてた。階段をのぼりきったところで、ヘレンはドアをノックしたが、返事はなく、足音も聞こえなかった。ヘレンはちょっと待ってから、ドアを強くたたいた。

「ミセス・ヘルナンデス！」そこのテディが加わり、ふたりはいっしょに叫んだ。「ミセス・ヘルナンデス！　ミセス・ヘルナンデス！」

ドアがロックされていた。ヘレンは不安な目でテディを見やったあと、ドアのガラス窓をバーボンのボトルでたたき割った。なかに手をのばして、ドアのロックを解く。

死んだ猫のにおいがリヴィングルームに充満していた。

ふたりはどうしていいかわからず、その場に立ちつくした。心臓がバクバクしていた。

「ミセス・ヘルナンデス？」ささやきに近い小声でヘレンは呼びかけた。気がくじけそうになったが、そのときテディが彼女の前に立って、歩きだした。廊下の突き当たりに、ミセス・ヘルナンデスの寝室があった。ドアが少し開いている。いまはもうなじみになったあの強烈なにおいが、そこから漂い出ていた。

「ミセス・ヘルナンデス？」

テディがドアを押して、大きく開く。そこでなにが起こっているのかをはっきりと見分けるのは、最初はむずかしかったが、すぐにヘレンは悲鳴をあげた。ミセス・ヘルナンデスの顔を食べていた黒猫がこちらに向きを変えて、シャーッと威嚇の声を発したのだ。テディがドアを閉じ、子どもたちはそろって階段のほうへ逃げていった。

途中で、ヘレンがはたと立ちどまった。心のなかの、恐怖よりさらに奥のほうにあるなにかが彼女を動かしていた。生きのびなくてはいけない。テディを生きのびさせなくてはいけない。そのためなら、なんでもやろう。あきらめるわけにはいかない。

彼女は自分に鞭打って、ミセス・ヘルナンデスのキッチンへとってかえし、食料貯蔵棚を調べた。大人用のシリアルとゼリー、饐《す》えたにおいのするパン、そして二十個ほどのキャットフードがあった。冷蔵庫のなかに、ワインとミルクのボトルが数本、ドクターペッパーが三本、ニンジン、そして、たぶんもう腐っている卵が半カートンあった。ヘレンは食料品袋を見つけて手に取り、あらゆるものを集め始めた。

「彼女の財布を見つけだして」彼女はテディに指示した。「少しは現金が残ってるかも」

ふたりは貸間をくまなく調べ、食べられそうだとか物々交換に使えそうだとかと思ったあらゆるものを盗んでいったが、財布はどこにも見つからなかった。最後に、ふたりは寝室へひきかえした。こんどは、あの黒猫が部屋から飛びだしていった。ふたりは、残骸となったミセス・ヘルナンデスには目を向けないようにしていた。テディが、ビューローの上にハンドバッグを見つけた。そのなかに、ヘアブラシや小さな拳銃とともに、財布がおさまっていた。テディはなにも言わなかった。財布をヘレンに渡し、拳銃は自分のポケットに押しこんだ。

39 世界に魔王が解き放たれた

大統領がすみやかに、中東におけるロシアとの対決に勝利宣言をおこなった。ロシアが軍用機を配備していた空軍基地をクルーズ・ミサイルが攻撃して、少なくともSu－57の半数を破壊し、滑走路を打ち砕き軍事衝突の重要な要素のひとつである空軍力を排除した。ロシアの太平洋艦隊は、モルディヴ諸島をまわりこんだところで、アメリカとイギリスの大規模艦隊に進行を阻止された。プーチンにとって、それは屈辱的な撤退となった。クレムリン内では、彼の支配の終焉をささやく声が出ていた。

ティルディ・ニチンスキーにとって、それはかつて味わったことのない甘美なひとときとなった。大統領が彼女の助言とそれがもたらす結果の見通しを信頼していたのだ。大統領は彼女に、つぎの国家安全保障問題担当大統領補佐官に彼女を任命することを伝えてきた――それは、ロシアの指導者をなだめすかす時期は終わったことを政権内部のひとびとに知らしめるシグナルだった。

閣僚の大半とともに感染を免れた大統領が、ようやくマウント・ウェザーを出て、ホワイトハウスにひきかえしても安全と思われる状況になった。商務長官と、最高裁判事の二名が死去していた。連邦議会議員は、少なくともその四十名が死亡した。基幹的な輸送機関がふたたび動きだせるようになるにはまだ数週間がかかるだろうが、ひとびとはもう避難所から出ても安全だと感じていた。そして、言うまでもなく、おこなわれるべき葬儀が多々あった。

大半の国でインフルエンザの感染者数の報告例が減少し、状況の改善が明らかになったまさにそのとき、灯火がいっせいに消えた。ティルディは、起床時間を知らせるアラームが鳴らなかったせいで、寝過ごした。彼女が歯磨きをしようとすると、水道の水が出てこなかった。レンジのガスがとまった。ホワイトハウスの広報官に電話をかけてみたが、固定電話でも携帯電話でもなんの信号も聞こえなかった。大統領による任命通知はあったものの、まだセキュア電話は設置されていなかった。

シャワーを浴びないまま、ティルディは髪をまとめてヒューストン・アストロズの野球帽をかぶり、ホワイトハウスをめざして歩き始めた。彼女にとって運のいいことに、外は雨が降っていた。七番ストリートをナショナル・モールのほうへ歩いていくと、雨傘が風に打たれて揺れ動いた。野放しになった犬たちが走りまわっていた。あちこちの店が略奪にあい、警察官がどこにもいないことに気がついた。街路にいる人間は剣呑そうなティーンエイジャーばかりで、あれはたぶん、なにかで読んだ孤児ギャング団のどれかの構成員たちなのだろうと思った。しばしば銃声が聞こえた。その前の晩、いくつもの地点で爆発が起こっていた。ティルディは、わたしはいまこの国でもっとも大きな権力を有する人間のひとりなのだとみずからに言い聞かせた。だが、自分のコンドミニアムにひとりきりでいると、ただの怯えたおばさんとしか感じられなかった。

雨が激しくなってきて、あちこちに水たまりができてくる。どこにも灯りはなく、交通信号も消えていた。三台の消防車が、Dストリートとの交差点で街路を封鎖していた。その角に建っていたいくつものタウンハウスが、いまは瓦礫の山と化している。

「ガスの本管の爆発です」消防士のひとりが、雨にヘルメットを打たれながら説明した。「街のいたるところで爆発が起こったんです」うずもれた死体を消防士たちが掘り起こしていた。

少なくとも、まだ消防士たちはいる。ならば、まだ政府は機能していて、まだ文明は残っているということだ。そんなことを考えるのはクレイジーな感じがした。

ホワイトハウスでは予備電源が作動していて、その場所を平常の雰囲気にしてくれていたが、内部はあらゆるものが移行中だった。前大統領の閣僚は大半が――生きていて、働けるひとびとは――まだ在職していたが、新たな大統領は自分の側近をそばに置くことを望んでいたので、新任の大統領首席補佐官の女性がティルディを出迎えてくれた。

「大統領があなたに会いたがっています」首席補佐官が言った。「みなに連絡をとることができないのです。ここに直行されたのは正解でしたね」

彼女がショールを手渡してきたので、ティルディは濡れた肩にそれを掛けた。この新任首席補佐官は、そのオフィスに就く最初の女性として歴史に名を残すだろう――もしこれからも歴史が記されるならばだが、とティルディは暗い気分で考えた。ワシントンの小さな側近集団の外にいる人間は事実上、だれひとりとして、なにが起こっているのかを知りようがなかった。インターネットはダウンしていた。テレビもラジオも放送を停止している。印刷をできる新聞社はほんの少数しかなかった。近代社会を築きあげてきた煉瓦が、ひとつまたひとつと失われていったのだ。

ティルディはショールを体に巻き、デスクの背後の棚に飾られたままになっている前任の国家安全保障問題担当補佐官の家族写真をながめながら、待った。その子どもたちのひとりが死亡したことは知っていた。将来、グループ写真はどれもこんなふうに見られるようになるのだろう。だれそれは生きのびて、だれそれは死んでしまったと。

首席補佐官が戻ってきて、オーヴァル・オフィスへ入るようにと身ぶりを送ってきた。

大統領が法律用箋（アメリカでメモや原稿用に一般的に使われている文房具）を手に持って、窓の外を見つめていた。オフィスはがらんとしていた。前任者の痕跡がすっかり消し去られ、デスクまでもが別のものに交換されている。こんどのデスクは、セオドア・ルーズヴェルトが使っていたものだった。

「ティルディ」大統領が静かに呼びかけ、並べられたゴールドのソファセットを指し示す。ふたりは向かい合わせにすわった。「それで？」

「ロシアです」

大統領がうなずく。

「彼らにはそれだけの能力がある」

「どれほどのシステムがダウンしたのでしょう？」

「まばらにではあるが、全土の半分ほどが電力を失った。テキサス州は独自の送配電網を有しているので、オーケイだ。水道システムとガス供給システムがあちこちでダウンしていて、それが深刻な問題になっている。コンピュータ・ウイルスがインターネットのほとんどを壊滅させていた。クラウドのデータが消去された。民間産業は壊滅した。証券市場が閉鎖された。この国はすでに、一九三〇年代以後、最悪の不況に見舞われているんだ。

いつになれば、どうすれば、だれもが仕事に復帰できるようになるのか、わたしにはわからない。混乱が広範に及んでいるんだ」

「最大の懸念はなんでしょう？」彼女は問いかけた。

「わたしが強く案じているのはわが国の核関連施設だ。アラバマ州ベルフォンテ原電の安全機構が無効化されたとの報告を受けている。ほかの施設からはまだ、なんの報告も入っていない。ワシントン州のグランドクーリー・ダムの水門が完全に開放され、下流のありとあらゆるところに洪水を引き起こしている。ほかのダムも同じ状況になっているおそれがある。大勢のひとびとが溺れ死ぬだろう。ガス供給ラインが過圧になったために、あちこちの民家で爆発が起きている。病院が電力を失った。彼らはまさにこの時を選んで、攻撃のスウィッチを入れたのにちがいない」

「それにどのように対処されるおつもりでしょう、大統領？」

「対応はせねばならないだろう。だが、この事態を収拾し、なんらかの安全なコミュニケーション手段を確立して、わたしが各軍の長に直接、話ができるようになるには、数日を要するだろう」

「もしそうなる前に、彼らがミサイルを発射したら？」

「わが国の緊急事態対応システムは良好な状態にあるので、容易に反撃がおこなえるだろう。ロシアを世界地図から消し去れる。だが、われわれはそうすることを望んでいるだろうか？　それに、率直なところ、ＧＰＳの通信系統が修復するまで、われわれはなにもできない。われわれは大きな国難のさなかにあるんだ」

ティルディは、大統領が法律用箋に書きこみ始めていたリストに目を向けた。最初の項目は、核攻撃だった。

彼女は大きな権力を持つひとびとの扱いに慣れているので、相手に問いかけられるまで発言を控えることにした。大統領は苦悩し、答えを探し求めていた。彼に心から敬意を向けたことは一度もなかったが、いまのようすを見ていると、担いたいとは思ってもいなかった恐ろしい責任に――報復攻撃をおこなうことにすれば、さらに多数のひとびとを殺すことになるという、人類史のなかでかつてだれもしたことのない、ひとつの決断に――苦悶する、倫理観の強い男のように感じられた。それが、彼の最初の大統領令になるかもしれないのだ。

ようやく、彼が言った。

「わたしはどうするべきだと思う？」

「わが国にはロシアの諸施設をダウンさせてしまう能力がありますか？」彼女は問いかえした。

「彼らがわが国にやってのけたほど、完全にとはいかない。だから、それをすると、わが国のほうが能力が低いように見える恐れがある。プーチンには、あの国はわが国ほどハイテクに依存してはいないという強みがあるんだ」

「では、このインフルエンザについては？」

「きみはその黒幕も彼だと考えているのか？」

「ロシアにはほかのどの国よりも、コンゴリウイルスの免疫を持つ人間が多いように思えます。それは、彼らがそれを世界へ解放する前に、ワクチンを準備していたかもしれないことを示唆するものです」

大統領がいくぶん啞然とした顔になって、ティルディを見つめる。そのあと、彼はぶるんと首をふった。

「わたしは邪悪の存在を信じている。しかし、彼らがそこまで堕落することはありうるのだろうか？　魔王が世界に解き放たれた？」

「わたしにはわかりません、大統領」

「われわれは今後のことも考えなくてはならない。社会が本来あるべき姿に戻るのにどれほどの期間を要するものか、わたしには見当もつかない。世界の人口が七パーセントほど減少するとの推定を、耳にしている。経済への打撃を推測するのは不可能だが、わが国の

GNPは四十パーセントほど減少するかもしれないと言ってよかろう。この国はすでに新たな時代に突入した。あえてつぎのステップに進むべきなのかどうか？」

ティルディはプーチンをよく知っていた。彼はつねに限界を試し、境界をひろげ、罠を用意している。送配電網の分断は、何年も前から計画されていたことだ。これは彼にとって、アメリカの弱みにつけこむチャンスであり、それをむだにすることはないだろう。これは、イランにおける交戦で彼に恥をかかせたことへの報復だ。あの無表情なロシアの指導者が仕掛けたこのゲームは、さまざまなレベルの偽装と否認のうえに築きあげられたものだが、それにひとりのアメリカ人の対応が要求されているのだ。

「最初の一手は、彼を葬ることでしょう」彼女は言った。「さしあたり、それがもっとも経済的な対応となります」

大統領がしばらく考えてから、リストに新たな項目を書き足した。

40 スエズ

悲鳴が聞こえたとき、ヘンリーは医務室にいた。声があがったところ、クルーの居室へ、彼は急行した。ほかの乗員たちが、パニックに陥って、彼らを押しのけようともがいている水兵を押さえこもうとしていた。

「放せ！　おれは病気だ、病気なんだ！」彼が叫んだ。

ほかの乗員たちがさっとあとずさる。

その男の名はジャクソン。ヘンリーは彼を説得して、医務室に来させ、診察をした。熱はなく、リンパ節の腫れもなく、苦しみもがいたことによる血圧の上昇があっただけだった。

「おれは病気じゃないんですか？」信じられないようすで、ジャクソンが言った。「変な感じがするんです。息をするのが苦しい。窒息しそうなんです」

「いまのところ、きみの生命兆候は良好だね」

「先生がそう言うんならそうなんでしょう。おれは怯えてただけ？」

「だれもが怯えてるんだよ」

ジャクソンが首をふって、床を見つめる。

「おれはとんでもない臆病者なんです」彼が言った。「それは前からわかっていたような気がします。これでもう、みんなに知られてしまった。ほかの連中に合わせる顔がない」

「みんなをいちばん怯えさせるのは、自制を失うことなんだ」ヘンリーは言った。「わたしもやはり、怯えている。もしかすると、わたしはこの特殊な敵と戦う訓練を受けているのに、どうしていいかわからないというわけで、きみ以上に怯えているかもしれない」

その夜もまた、ヘンリーは、破損したピストンのくぐもった騒音によってひっきりなしに目が覚め、安眠することができなかった。パニックに陥っているクルーを救うためになにかしてくれというディクソン艦長の嘆願や、食堂で悲嘆に暮れていたSEAL隊員のことや、怯えきった哀れなジャクソンのことが頭に浮かんできた。日ごとに感染が水兵たちにひろがり、チル・ボックスにおさめられる遺体が増えていく。彼らは感染への抵抗力がもっとも強い、元気な若者たちなのだが、その強力な免疫反応が彼らの命を奪っていた。まさに一九一八年の疫病と同様、感染と戦うための体液が肺を満たし、そのプロセスが人体を溺死させているのだ。

ヘンリーは記憶をくまなく探り、インフルエンザの治療に関して自分が知っていたり考えていたりすることをひとつ残らず検討してみた。感染した患者たちから鼻汁を採取し、それを電子レンジにかけてウイルスを殺し、そのあと不活性化したウイルスを未感染の潜水艦乗員たちの鼻のなかに綿棒でなすりつけるというのはどうだろうと考えた。だが、それではせいぜい、マイクロリットルあたり百万から一千万のウイルス粒子《ビリオン》にしかならないだろうし——たとえ注射をしても、免疫を生みだすには不十分もいいところだ。

彼は天然痘の実例を思い起こしてみた。それは、かつて人類を苦しめたもっとも感染力が強く、またもっとも無慈悲な感染症のひとつだ。息を吸うだけで、そのウイルスは肺に侵入し、そこからリンパ節へ、血流へと入りこんで、骨髄に達する。最初、それはインフルエンザのような症状を呈する。咳、発熱、筋肉痛が生じ、つぎに吐き気がして、嘔吐する。感染から二週間後、舌や喉や粘膜に紅斑が出現する。それらの病変が進行して、爆発的にひろがり、新たな病変がひたいに出現して、それが全身の表皮へと拡大し、腫れ物や吹き出物が生じてきて、全身が蜂にびっしりと覆われたような様相を呈する。それらの膿疱が乾くと、かさぶたになる。生きのびたひとびとには最終的にそういう病変が残り、それは天然痘に特有の醜い痕跡となる。

一七九六年、エドワード・ジェンナーというイギリスの医師が、ある集団に属するひとびとは天然痘に対する奇妙な免疫を備えていることを突きとめた。搾乳婦たちだ。当時、ジェンナーは——というより、だれひとり——ウイルスのことは知らなかった。しかし、彼は、その免疫の鍵は、以前に牛痘に感染した若い女性たちのなかに見いだせるだろうと強く信じていた。牛痘というのは、天然痘に似ているが、主として動物が感染する、より軽度の疾病だ。その疾病は、感染した牛の乳腺に触れた人間に感染していた。そこで、ジェンナーは仮説を裏づけようと、牛痘に感染したサラ・ネルムズという搾乳婦から採取した漿液を、庭師の八歳の息子、ジェイムズ・フィップスに接種した。その手法を、ジェンナーは〝ワクチネーション〟と名づけた。その語自体は、ラテン語で〝牛〟を意味する〝ワッカ〟に由来する。六週間後、ジェンナーは持論を証明するために、フィップス少年に天然痘の膿を接種した。フィップスは罹患しなかった。無謀で非倫理的なやりかただが、それは医学史の伝説的瞬間となった。ジェンナーの決断は少年の生命を危険にさらしたが、ヨーロッパだけでも毎年、四十万人もの人間が天然痘によって命を落としていた事実を考えれば、否定するわけにはいかないだろう。当時は、全世界の人口のおよそ十パーセントがその疾病で死亡していた。また、生命をとりとめたひとびとも、その三分の一が失明した。

牛痘はヨーロッパに多い疾病であり、アメリカで発見されることはめったにない。スペイン植民地における天然痘の広範な流行に対応して、スペイン王、カルロス四世は船でワクチンを新世界へ送りこむ命令を下した。当時は、生きた牛痘ウイルスを海の向こうへ実際に輸送できる手段はなかった。王の宮廷医が、感染した人間を無感染の船員たちに同行させれば、無感染だったひとびとがウイルスに曝露し、ウイルスがつぎからつぎへと感染を引き起こすので、牛痘ワクチンは絶えず再生産され、活性を保ったままアメリカ大陸に到着することになるだろうと提案した。宮廷医は、その冒険の指揮者としてスペイン人医師、フランシスコ・ハビエル・デ・バルミスを推薦し、王はその任務に必要な人員をバルミス医師に与えた。八歳から十歳の孤児たちを二十二名。アメリカ大陸にワクチンを送りとどけたあとも、バルミスの冒険は、感染した孤児たちを唯一の積み荷として、フィリピン、澳門《マカオ》、そして広東《カントン》へと継続された。

感染者たちとともにこのボートに乗っているヘンリーは、遠い昔に長い船旅をしたあの医師に自分がとてもよく似ているように感じた。もっともバルミス医師は、治療法も携えていたのだが。

うとうとと眠りに就いたヘンリーは、数時間後、痛いほどの勃起で目を覚ました。女性たちといっしょにシャワー室にいる夢を見ていたのだ。彼女たちの鮮明なイメージが頭のなかに残っていた。全裸の美しい三人の女性たちのイメージを、とりわけマーフィーのイメージを、消し去ることができなかった。この時まで、彼女を本気で性的な対象として考えたことはなかったのだが、いまになって、彼女はじつにすばらしく、手足や胸や腰のかたちがとてもきれいなことがわかってきた。ヘンリーはそのイメージと戦い、なんとかそれを押しのけようとした。が、そのときふと、自分がイメージしているのはマーフィーではなくジルの肉体だと気がついた。

彼女はもう生きていないのでは？　そうにちがいない。逝ってしまったにちがいない。自分が——不格好で、醜い男が——ほかの女性が相手ではけっして望みえないような親密な行為とともに。そして、子どもたちはどうか。生きているだろうか？　子どもたちのことを、彼らを失うことを考えると、心臓に氷をつっこまれたような気分になった。自分にとって意味のあるあらゆるものが失われていた。自分は孤独で、役立たずだ。ヘンリーはこのとき初めて、死を逃げ道として考えていた。

「こんにちは、先生」

朝食の席にマーフィーがすわると、ヘンリーは顔を赤らめた。

「きょうはすごい一日になります」彼女が言った。「スエズ運河を通過するんです」

「エキサイティングな感じだね」ヘンリーは気のない返事をした。

「それは、海面に出ることを意味します。ニュースや、スポーツの試合結果といったものが入ってきます。新鮮な空気が吸えるんです」

ヘンリーはたちどころに気持ちが明るくなった。

「電話はかけられる？　Eメールは送れる？」

「クルーがEメールを受信するだけで、返信はできません。セキュリティが関わっていますので。あれこれと推測なさっているにちがいないですが、二カ月もたつとそういう考えは遮断するようになります。憶測は非生産的だと言われています」

朝食のあと、ヘンリーは何時間かを費やして、この疾病の感染を遅らせるためにできそうな、あらゆることを考えてみた。自分が主任としてマウントサイナイ・メディカルスクールでおこなった、モルモットを使っての実験をふりかえってみる。感染したネズミのケージを無感染のネズミのケージのそばに置き、前者から後者へ空気が流れるようにした。室温と室内の湿度をさまざまに変化させることで、研究者たちは、温度と湿度が上昇すると感染率が低下することを突きとめた。気温が摂氏三十度に達すると、感染はまったく起こらなかった。あれは潜水艦のなかでも功を奏するだろうか？　ヘンリーは艦内温度をあげさせ、加湿器をフル稼働させた。だれもが汗まみれになった。「まるでスチームバスじゃないか！」と将校のひとりが文句を言ってきた。だが、ヘンリーが艦長の承認を得てい

の疾病のない容赦のこの流すことで汗を、彼らとしては、知っていたので、だれもがることは
拡大がおさまってくれることを祈るしかなかった。

ヘンリーは幼時にかかった疾病のことを思いかえした。太陽の紫外線がなければ、人体はビタミンDを生みだせず、それがもとで、感染と戦うための白血球細胞の数が減少する。だが、日光の欠如は潜水艦クルーの生活を特徴づけるものだ。乗員はみな、肌が紙のように白くなっている。ヘンリーとしては肉食の増加を奨励したくはなかったが、調理員を説き伏せて、ビタミンDを含む食材、とりわけ卵黄、ツナ、強化豆乳、牛レバーを使った料理をつくるようにさせた。タラ肝油をホットソースやサラダドレッシングにたくみに混ぜこむようにもさせた。

そういう新たな規範をつくりあげていた最中、ヘンリーはボートがなじみのない揺れかたをしていることを感じとった。艦長がハッチの開放を命じたので、ヘンリーは潜水艦が浮上したことに気がついた。空気が、新鮮な空気が、艦内へ流れこんでくる。

ヘンリーがミサイル・デッキにあがっていくと、そこにはクルーの面々が集まっていて、心身を癒やしてくれるエジプトの日射しを浴びていた。ヘンリーはかすかな吐き気を感じた——おそらくこれは、艦がなじみのない揺れかたをしているせいで引き起こされた船酔いだろう。

ヘンリーがふりかえると、上方の艦橋《ブリッジ》にディクソン艦長がいるのが見えた。

「ドクター！」

「あがってきてください！」

ヘンリーは、あのでかいディクソンがよくぞここを通りぬけられたものだと思いながら、狭い階段をのぼり、ハッチをくぐりぬけた。

「あなたのおかげで、ボートがひどく汗くさくなってしまった」艦長が言った。「ロッカールームのようにひどい」

「感染をとめられることならなんでもやれと、あなたが言ったんですよ」

「うーん、まさか女性用シャワーのなかで思いついたんじゃないだろうね」ディクソンが笑ったが、ヘンリーが不快感をあらわにしたのを見て、話題を変えた。「民間人というあなたの立場を考えると、これは教えるべきではないんだが、あなたはもうクルーの一員となっているから、知らせておいてもいいだろう。ありとあらゆる悪い知らせが入っているんだ。インターネットはいたるところでダウンしている。それがいつまでつづくことか、われわれにはわからない。広範なサイバー攻撃の一環が、アメリカと西ヨーロッパのインフラにも及んでいる。もし状況が悪化し、お偉がたのだれやらが戦端を開くことを考え始めたら、このボートも戦闘に投入されるかもしれない」

「それで、あなたはそうなるだろうと考えている?」

「ありうると。もしあなたが国に帰るための別の手段を見つけられるようなら、ポートサイドで下船してもらってもいいんだ」

「別の手段があるだろうか?」

「神のみぞ知るだね」

「あなたがよければ、このまま乗っていようと思う」

ヘンリーは、平らな大地のひろがるエジプトの風景をながめやった。不自然な直線をなす運河が、青いハイウェイのように砂漠をつらぬいていた。運河の前方に、ディクソン艦長が、艦隊の一部をなすロシアの駆逐艦と識別したものが見えている。

「あれはあなたにとってなにを意味するんでしょう?」ヘンリーはディクソンに問いかけた。「実際に核弾頭ミサイルを発射する相手?」

「そのことは考えないようにしているよ」

「しかし、それでも、あなたは発射する」

「宗教心を持つ男として、というか、少なくとも神を信じたいと思っている男としては……」ディクソンが言いよどむ。ヘンリーは彼が最後まで言うのを待った。ようやく艦長がことばをつづける。「もし自分が地獄に墜ちるだろうと思っても、発射するだろう」

「命令に従うだろうと」

「聖ペテロがそれを考慮してくださるとは、到底考えられないね。いまはその問題がわたしの手を離れているのをうれしく思っている。トマホーク・ミサイルはすばらしい兵器だが、それで世界が終わるわけでもない。わたしは以前、ブーマーの副長《XO》だった。ブーマーというのは、核弾頭装備トライデント・ミサイルを搭載した潜水艦のことでね。そのミサイルはたったの一基だけで、文明の半分ほどを抹消できる。どれほど訓練を重ねてきても、もしその命令を受けたら、自分がどう思うかを明確に知るすべはないんだ」

「わたし自身は宗教を信じないが」ヘンリーは言った。「よくこう考えるよ。もし神がわれわれをこんなふうにつくったのだとすれば、彼はみずからが創造したすべてに破壊をもたらす脅威をつくりだしたことになる。その一方、わたしが信じているように、自然がわれわれをつくったのだとすれば、われわれはいつか、あらゆる面で神に近い種に進化するだろう。われわれはすべての力、すべての創造力、すべての英知を持つことになる！　しかし、われわれのなかにある遺伝子コードの一片が、すべてを粉微塵にふっとばすことを欲しているんだと」

潜水艦が地中海に入って、ふたたび潜航を開始したところで、ヘンリーはウイルスに感染して生きのびた患者たちの組織サンプルを吟味した。過去二十四時間のうちに、五名の潜水艦乗員が死亡していた。チル・ボックスは、シーツにくるまれた遺体でいっぱいになっている。この割合で進行すると、ジョージアの海岸にたどり着くまでに、クルーの大半が死ぬことになるだろう。

ヘンリーがなにか手を打たなくてはならない。

彼はもう一度、医務室の物資を調べてみた。タミフルは、すでにマーフィーが試していて、まったく効果がなかった。フルミストが残っていることに、彼は気がついた。それは鼻腔内へ噴射する弱毒性生ワクチンで、スペイン風邪の子孫にあたるH1N1、そしてH3N2という二種のA型インフルエンザに、また二種のB型インフルエンザにも効果がある。もしコンゴリウイルスがそのどれかの型であれば、フルミストのなかのウイルスがコンゴリウイルスと遺伝子交換をおこなって、感染性はより強く、毒性はより低い――そうなればいいのだが――ウイルスが生みだされるかもしれない。だが、コンゴリウイルスは通常の分類にはあてはまらないのだ。

二十一世紀の医学研究に用いられる高度な実験室用機器類はここにはなにもないので、ヘンリーは数百年前の時代に、自分を引きもどさなくてはならなかった。当時の疫病――腸チフス、水痘、破傷風、風疹、ジフテリア、麻疹、ポリオ――をすばらしいワクチンが迎え撃つようになる二十世紀より前の時代、医療資源はろくになく、のちに数多の病原体の謎を解き明かした科学的知見はなにもない状態で、医師が直感的に治療にあたっていた時代に。当時の医師たちは、疾病そのものと正面から向きあうやりかたを心得ていたはずだ。

ヘンリーは、十九世紀にまでさかのぼって考えてみた。そのころ、わが子を三人も腸チフスで失い、のちに微生物学の父と言われるようになったルイ・パスツールが、細菌が疾病を引き起こすという仮説を証明した。パスツールが鶏のコレラを研究していたとき、彼のラボの助手が新たな細菌を鶏たちに注射するのを忘れて、一カ月の休暇に出かけてしまった。助手が戻ってきたとき、その細菌の毒性は夏の暑さによって低下していたが、彼はかまわずその細菌を注射した。その数日後、パスツールは、その鶏たちが、通常は死に至るはずの疾病を軽度にしか発症していないことに気がついた。その鶏たちが完全に回復したところで、彼は新たな細菌を接種したが、鶏たちは発症しなかった。毒性が弱まっている生きた細菌が免疫システムを起動させ、生体が感染と戦うための方法を学ぶ時間を与えたのだろう、とパスツールは推論した。のちにパスツールは炭疽《たんそ》病の最初のワクチンを、ついで狂犬病のワクチンを開発し、そのことによって国際的な英雄となった。とはいうものの、十九世紀にパリの高等師範学校《エコール・ノルマル・シュペリウール》にいたパスツールは、二十一世紀に大西洋のまっただ中、深さ一千フィートの海中を潜航している潜水艦にいるヘンリーより、はるかに豊富な医療資源を持ちあわせていた。エドワード・ジェンナーも、天然痘の免疫を生みだすための牛痘を手に入れることはできた。ヘンリーはおのれの直感のみを頼りに、この疾病に対処しなくてはならないのだ。

医師はみな、その系譜はさまざまであっても、天然痘に感染して生きのびたひとびとは終生の免疫を得て、二度目の感染はしないという所見を持っている。十五世紀の中国で、天然痘のかさぶたを粉末にしたものを、感染していない人間の鼻腔に吹きこんで、その疾患を概して穏やかに発症させるという技法が開発されていた。アメリカ独立戦争の時代、自身が天然痘を生きのびた（それだけでなく、のちに炭疽病をも生きのびた）人物であるジョージ・ワシントンが、配下の全兵士たちに、そして自分の妻に、ワクチンの接種を命令した。当時、その手順は腕に切り口をつくって、感染者から採取した膿疱のかさぶたを注入し、その注入箇所に包帯をするというもので——〝人痘接種法〟と呼ばれた。接種を受けたひとびとはその疾病を軽度に発症するのが通例だったが、それでも病状の回復には一カ月を超える期間が必要だった。ジョン・アダムスは結婚する前に人痘接種法でワクチンを接種されたが、その回復過程は、〝頭痛、腰痛、膝痛、吐き気を伴う高熱、そして膿疱の出現〟と記している。その方法で接種されたひとびとの約三パーセントが、天然痘を発症して死亡した。それでも、ジョン・アダムスが独立宣言の起草を助けるために自宅を離れているあいだに、その妻、アビゲイルは四人の子どもたちをボストンに連れていき、ワクチンを接種させた。息子たちのひとりは、どうやらその疾病に対する自然免疫を抑えこむために、三度にわたってそれを接種しなくてはいけなかった。

ヘンリーは、インフルエンザは通例、口や鼻――損傷が引き起こされる肺へのスーパーハイウェイ――から人体に入りこむと考えていた。もしこの感染が別の経路をたどったとしたら？　もし、空気を吸いこむのではなく、静脈注射をして、血流によって心臓へ送りこみ、免疫システムを活性化させたとしたら？　ウイルスが肺に達するまでには、人体の防御力がじゅうぶんに強化されて、侵入した病原体を撃退できるようになっているかもしれない。もちろん、これはひとつの仮説にすぎないし、それを証明するには危険が伴うだろう。

ヘンリーはそのリスクを理解していたが、ほかに選択肢はなかった。行動方針を決めたからには、時間をむだにはできない。ディクソン艦長を探しに行くと、艦長室で安眠中だった。クルーはさまざまな任務に時間交代制で就いているので、ディクソンも週ごとに交代される任務時間に合わせて睡眠をとっているのだ。潜水艦乗員はみなそうであるように、艦長もまたよく訓練されていて、ドアがかすかにノックされただけで、すぐに目を覚ました。

「ヘンリー？」眠たげな声で彼が言った。

「ひとつ頼まれてもらいたいことがありまして」ヘンリーは言った。「じつのところ、こんなことは頼みたくないんですが」

「どういうことなんだ？」

「ある実験をするつもりなんですが、それは危険をはらんでいて、あなたに恐ろしい犠牲をはらってもらう必要があるんです」

「それはどういうことだ？」

「あなたの小鳥たちを死なせることになるんです」

41 フィンチ

　ヘンリーはマーフィーを伴って、直近に感染した乗員たちのもとを訪れた。その全員が重症化し、摂氏三十九度以上の高熱を発していた。ウイルスの感染力が衰えていないのは明らかだ。そのクルーのひとりはジェス・マカリスターだった。

「歯のぐあいはどうかね？」ヘンリーは問いかけた。

「オーケイです」警戒するようにマカリスターが答えた。

「心配しなくていい。もう抜歯はしないからね。綿棒で鼻汁を採取するために来ただけなんだ」

　マーフィーがQチップ製の綿棒を手渡し、ヘンリーはそれを使って、マカリスターの鼻腔から鼻の分泌物をたっぷりと採取した。そのあと、医務室にひきかえすと、艦長のグールディアン・フィンチが止まり木から止まり木へと飛び交って、色鮮やかな万華鏡のように、生きいきと動きまわっていた。その名称は、チャールズ・ダーウィンが英国海軍艦船《HMS》

ビーグル号の航海から持ち帰った五百種もの鳥の分類をおこなった偉大な鳥類学者、ジョン・グールドにちなんだものだ。科学の名のもとに犠牲になって死ぬことになる動物はいろいろといたが、いまディクソン艦長の小鳥たちがそうなるだろう。小鳥の数に限りがあることを考慮し、ヘンリーは人痘接種に類似した手法を採って、皮下注射にしようと決めていた。

もしラボにいれば、鼻の分泌物を濾過して細菌を取り除いていただろうが、ここにはそれをするための代用品すらなかった。マカリスターを選んだ理由のひとつは、彼のなかにはまだ抜歯のための抗生物質が残っていて、それが多少とも細菌を排除してくれているかもしれないからだった。ヘンリーは分泌物を生理食塩水で十倍に希釈してから、最初のフィンチに注射をさせた。つぎのフィンチには、さらに十倍に希釈したものを接種しという手順を踏んでいき、最終的に、六羽の小鳥たちはウイルスの毒性が順番に弱められた注射をされることになった。フィンチたちの色合いは種々さまざまなので、ヘンリーはマーフィーに対して簡潔に、「頭が赤で、胸が紫の」とか「背中が青で、頭が黒の」とかと指示し、順番に毒性が弱められた溶液が小鳥たちに接種されるのを記録していった。実験の理想的結果はこうなるだろう。ウイルス量がもっとも多い溶液を注射された小鳥は死に、それがもっとも少ない溶液を注射された小鳥は感染しなかった。そして、その中間の小鳥は発症したが、回復した。

だが、二十四時間後、六羽の小鳥のうち五羽は死んだ。ケージの底に死体が並び、生命を失った色鮮やかな羽毛の山となっていた。一羽の小鳥、チャッキーだけが――けだるげで、粘液まみれの目になり、明らかに発症してはいるが、死には至らず――いまも立っていた。マーフィーが点眼器を使って水をやると、チャッキーはそれを飲んだ。活性コンゴリウイルスは希釈を重ねてもこれほど強い毒性を残すのか、とヘンリーはあらためて衝撃を受けた。これで、つぎの決断がさらにむずかしくなった。

ヘンリーが生き残った小鳥を艦長室に持ち帰ると、ディクソンは意気消沈した。

「これはどういうことなんだろう？」ディクソンが問いかけた。

「チャッキーの免疫システムは、感染しても死は免れるぐらいの強さを持っていたということだと考えます」

「考える？」

「実験結果の裏づけを取るすべがないんです。もしもっとたくさんの小鳥がいて、もっと時間があれば、生き残った小鳥のウイルスをそれらの小鳥に感染させて、毒性が減じているかどうかを確認することができる。しかし、もう小鳥も時間もないので」

「それで、こんどはどうするんだ、ドク？」

「そのウィルスの治験を受ける志願者をひとり、選びだしました。もしその人間が生きのびれば、致死性を減じさせる方法が見つかったという仮説をもとに研究を進められるでしょう。残念ながら、それが望みうる最善の道なんです」

「わたしがその志願者になろう」ディクソンが言った。

「あなたは適格ではない。免疫システムが弱まっているので、判定の基準にならないんです」

「志願したという、その水兵の名は？」

「じつのところ、水兵ではありません」

「正気なのか、ヘンリー？」

「一《いち》か八《ばち》かです。半時間ほど前、その溶液を注射しました」

「安全なのか？」

「テストができないので、適切な摂取量を知るすべはありません。もしわたしが生きのびたら、同じ量をクルーのほかの面々に注射します。こういう環境でないかぎり、けっしてそんなことはしないでしょう。それをしなかったら生きつづけるかもしれないひとびとを、死なせる恐れがあるわけなので。ほかの選択肢は考えられなかったのです」

発熱がすみやかに、寒気を伴って出現した。筋肉の急速な攣縮《れんしゅく》と弛緩《しかん》は、感染と戦うために身体が熱を生みだそうとしている証《あかし》だが、それにしても、これほどの体の震えはかつて経験したことがなかった。ヘンリーには、自分のために戦ってくれているサイトカインが生命を救うのか、それともストームとなって死なせてしまうのか、知りようがなかった。潜水艦に乗ってからは、つねに時間感覚があいまいで、まごついていたものだが、いまはそれが完全に失われ、何時間どころか何日が過ぎたかもわからないありさまだった。意識があるときに何度かマーフィーが鼻の分泌物を採取しにやってきて、その顔を見たという記憶はあった。

またもや、ヘンリーは祈りたい衝動に駆られた。いまはその気持ちが以前より頻繁に湧きあがるようになり、ヘンリーはその欲求の強さに恐れをなした。歓喜に満ちあふれたことが過去に何度もあり、そんなときは、それまでの人生で味わったことのない過分なしあわせをつかめたことに対して、宇宙や、なにかの神聖な力や、使いの精といったようなものに、ありがとうと感謝のことばを伝えたくなったものだ。このあとどうなるかについて、なにか超自然的な力が教示を与えてくれれば、と彼は願った。それだけでなく、赦しをも請い求めた。

神の慈悲の存在など、彼は信じてはいなかった。罪や邪悪や天罰といった宗教用語は神学の材料であって、自分にはなんの意味もない。神を信じさえすれば道徳心を曇らせていたものが取り除かれるという考えも、受けいれはしない。心にあるのは、善と悪という行動の積み重ねであり、その両者の境界を見分けるのはつねに容易ではなかった。マジドはよくぞ、あれほどうまく科学と宗教のバランスを保っていられるものだと思った。彼は宗教を透けるような薄い儀式用のローブのように軽やかにはおり、それにもかかわらず、あの王子はヘンリーと同様、ものごとの証明を要求し、科学が理に適った解答を提出したときには、超自然的解釈にあらゆる観点から疑いをさしはさんでいた。

マジド王子のことを考えて、ヘンリーはあの贈りものを思いだした。ペルシャ湾に飛びこんで救出されたときに水浸しになり、ヘンリーの唯一の私物として残った——金箔張りの美しい——コーラン。高熱のなか、彼は信頼しているわけでもない書物のなかに導きを見いだそうとして、それを読んでみた。ページがゆがんで、もろくなっていたが、くっついて剝がせなくなったところは二、三しかなかった。第一章は七つの文章から成っていた。冒頭は〝慈悲あまねく慈悲深きアラーの御名において〟。それが三つめの文章でくりかえされていた。そのあと、〝わたしたちはあなたにのみ崇め仕え、あなたにのみ御助けを請い願う〟。

「あなたに請い願う」ヘンリーは言った。「あなたに請い願う」どう祈ればいいのかはわからないが、ほかにはなにも考えつかず、思いを向ける相手はほかになかった。罪悪感と自責の念と絶望が心を占めていた。なぜこの疫病が出現したのか？　破滅的な疾病はほかにもいろいろと現れてくることは前から知っていたし、それらに対抗する戦士になるべく自分を訓練してきたのに、失敗してしまった。人類が対応する暇《いとま》もないうちに、インフルエンザが地球を征服した。寝棚にうずくまって、なにが起こっているかもわからない状態にあるヘンリーには、波立つ海の上で世界はいまこうなっているだろうと推測するしかなく、おのれの最悪の恐怖は人類に降りかかった破滅を凌ぐものであることがわかっていなかった。だれかがこれをやったのだ、とヘンリーは思った。自然がこのように残酷になることはありうるが、自分のこれまでの経験が、人間もまた巧妙で致命的な破滅をもたらす能力を備えていることを示していた。人類はほんとうに神のようになれるのだ、と彼は思った。それは人類にかけられた呪いだ。

祈りを試みたあと、空虚で偽善的な気分になった。コーランは終末の日に関する警句で満ちあふれていて、無神論者であるにもかかわらず、ヘンリーはそれを読みつづけて、探し求めた……なにかを。それがなにかはわからない。自分は、科学の名のもとに国から課された責務を担っている。責務を果たしたかった。良心の呵責《かしゃく》を解きたかった。それは、火星へ飛行するのと同じくらい求めがたいことに思えた。

宗教の言語と概念は迷信と願望から生みだされたものなので、ヘンリーはそういうものを避けようとしてきたが、アルバート・シュヴァイツァーの哲学から得た格言がひとつあった。すべての生命は尊い。〝尊い〟という語がヘンリーの口から出ることはなかったが、それは世界に向きあう彼のスタンスを表していた。生命はそれ自体がひとつの奇跡――それは尊いの言い換えであり、ヘンリーはけっしてその語も用いないが、内心では、それが真実であることを自覚していた。

〝まちがいなく善行は悪行を撃退する〟というようなことがコーランに記されていた。ヘンリーはずっと模範的な人生を送ろうとつとめてきたので、そのことばが心に刻みつけられた。自分がメッカに入ったことに、そして信仰者のふりをしたことに、いまも罪悪感が残っていた。譫妄《せんもう》の発作のなかで、彼はマジド王子に議論をふっかけた。「これがわたしの信じることだ。これはムスリムであることを意味するのか？　これが、わたしがムスリムとなりうる限界だ」マジドはそれにどう答えるだろうかと思った。

避けるべきものとして自分を戒めてきたさまざまな思考に追いつめられたせいで、ヘンリーは、自分が科学的拷問にかけてきたすべての動物のことを思いだした。猿、マウス、モルモット、フェレット。そして、グールディアン・フィンチ。いつも、より高い目的のためにやったのだと自分に言い聞かせていた。高貴な目的のために。だが、いま、その記憶が、自分がエボラ熱に感染させた猿の顔に対峙させていた。あのとき、自分は防護服を着用していた。自分は巨大に膨らんだ妖怪になり、ミシュランマンのように見えただろう。ボタンを押すと、ケージの後部壁が前へ動き、猿はケージの前面に押しつけられて、もがくことすらできなくなった。ヘンリーはその顔を思いだした――いまの自分とまったく同様、懇願するような顔、無慈悲な邪神に懇願するような顔。だが、あのマカク属の猿が祈りを向けた邪神は、より高い目的のために仕事をしていて、もっとも恐ろしいやりかたで猿を殺したのだ。やがて、ヘンリーは肉食をやめ、革靴ではなくキャンヴァス・シューズを履くようになった――ユルゲンとまったく同様に。つまるところ、科学の名のもとにあれほどたくさんの動物を殺したのだから、動物を食べるのもやめなくてはと決心したのだった。

彼は祈った。そこにどんな力があるにせよ、それが自分を家族のもとに帰してくれるようにと請い求めた。請い求めるのはそれだけです、と彼は懇願した。自分はずっと、あるべき父でも夫でもなかった。死に直面してようやく、おのれの身勝手さ、不完全さを思い知った。いまはただ、これを生きのび、自分を愛してくれているひとびとの目から見ても、自分は償いをしたと思われるようになりたい。ヘンリーは、抵抗の限界に、それどころか理性の限界に達していた。目標はひとつしかなかった。もう一度、家族のみんなを抱きしめたい。

ヘンリーは寒気と高熱、そしてつぎつぎに襲いかかってくる記憶から逃れようとするように、身を丸めた。心がひどく暗いところへおりていく。頰を水っぽいものが伝う感じがして、彼はそれを拭きとった。またその感じがして、出血が始まったか、と彼は思った。だが、それは血ではなかった。彼は泣いていたのだ。

42 ジャングルのなかへ

ある朝、彼らは喫水の浅い漁船に乗って、ジュルエナ川をくだっていった。川は広大で、手つかずの美しさがあり、川岸の近辺には百合の花々が咲き誇って、空気には蚊やキノコバエ、そして目がくらむほど多種多様な未知の昆虫に満ちあふれていた。この未開の地でも、文明が入りこんでいる兆候がそこここにあった。水面へ張りだした桟橋に建っている掘っ立て小屋の屋根に、衛星放送の受信アンテナが設置されていた。先住民の少年がこちらに手をふってきた。あざやかな緑色の蛇を、両肩にぐるりと巻きつけている。近代の進行は、ここで停止していた。

ヘンリーは前から、ジャングルに入りこむことに恐れをいだいていた。その恐怖は、いわばアパートの建物のように、いくつかのレベルに分かれている。最上階にいれば、調子がよく、快活そのものでいられ、ジャングルがもたらす陰湿で錯綜し、息ができないような感覚を考えることはめったにない。ヘンリーは人生の大半をその〝恐怖建築物〟の最上階ですごしてきたといっても、まちがいではないだろう。飛ぶのは怖いが、実際に飛んだことは一度もない人間のようなものだ。これまでに二、三度、未開の地に行ったときに、そのことが明らかになった。たとえばガボンのランバレネを訪れたとき、彼は道に迷うのを恐れ、村のなかにへばりついていた。そのようなとき、ヘンリーはもはや最上階にはいられなかったが、自制を失ってしまうことはなかった。自分を律していた。不合理な恐怖に立ち向かったことで気が楽になった。ジャングルはただの森林でしかない。木々の集まりにすぎないのだ。

恐怖建築物の地下におりていくのは夢のなかであり、そんなときまぎれもない恐怖が襲ってきて、戦慄《せんりつ》する。そんなときは、ホラー映画のなかに入りこんで、呪縛を解けなくなった子どものような気分になってしまう。目が覚めるのを切望する。太陽が闇を追いはらって、現実が空想を吹き飛ばし、また息ができるようにと。

銃声が聞こえた。案内人がボートを停め、無線で、陸《おか》にいるAGTセキュリティ・アソシエーツ・チームのリーダーと連絡をとる。その男は、テロリストの野営地にいるブラジル軍奇襲部隊の監督にあたっていた。イエス、とその男が言う。ヘンリーが作製した薬物は指示どおりに使用されたが、その効果は不十分だった。テロリストたちの何人かが生きのびた。

「なんだって？」ヘンリーは尋ねた。「彼はなんと言ったんだ？」

「大勢が死んだが、風のせいで薬物が流されてしまったと言っている」

ヘンリーは愕然として、ユルゲンを見つめた。

「あれはだれも殺さないはずだったのに」彼は言った。

「しかし、成功にはちがいない」案内人がほほえんで、そう言った。「抵抗は最小限だった」その目がヘンリーを祝福し——まさしく、ユルゲンが語ったとおりの偉大な天才だと——感嘆していた。

ほどなく銃声はやみ、案内人が野営地への移動を再開した。マスクに手袋という、医師のように見える奇襲部隊員たちが、野営地の小屋やテントのなかを調べていき、全員が死んでいるのを確認する。生け捕りにしたり武装解除をしたりしなくてはいけない人間はいなかった。死体のいくつかは銃撃による出血をしていたが、ほとんどは体がねじ曲がった格好で倒れていた。目が見開かれ、舌が突きだしているのは、悲鳴の途中で死んだからだろう。ひとりかふたり、まだ生きている人間がいたが、その体は痙攣していて、最終的に奇襲部隊員によって始末された。

わたしがこれをやったんだ、とヘンリーは思った。

ユルゲンは平然としているように——というより、たんに好奇心を覚えているように—

ていなかった。

—見えた。死体の検分に取りかかって、サンプルを採取していく。彼はジャングルを恐れ

「風が薬物を流したと言ったね」ヘンリーは案内人に問いかけた。「どの方向へ？」

案内人がチーム・リーダーに尋ねると、リーダーはいらだったように東を指さした。その方角には、樹冠の上に現れてきたばかりの太陽があった。

「この方角に住民はいるのか？」ヘンリーは問いかけた。

ブラジル軍奇襲部隊のひとりが、近辺にシンタラルガ族の村があることを知っていた。その余波は気にするようなものではないといったような口ぶりだった。

「そこへ連れていってくれ」とヘンリーは迫った。

案内人がユルゲンのほうを見たが、ヘンリーはひきさがらず、さらに言った。

「さあ、そこへ連れていってくれ！」

ユルゲンがうなずいた。

案内人がヘンリーをボートに乗せて、ジュルエナ川をさらにさかのぼり、支流のアリノス川が合流する地点へ向かった。船外モーターが青い煙を背後へたなびかせていた。ヘンリーは強く集中して考えた。動物実験はつねに治験の結果を予測させるものではないという教訓を、何度も何度も学ばなくてはならない。サリドマイドは動物実験では安全だった

が、人間には恐ろしい先天的欠損症をもたらした。フィアルウリジンは、B型肝炎用の有望な抗ウイルス薬として設計《デザイン》された。マウス、ラット、犬、猿、そしてウッドチャックを用い、人間を対象に実験をする場合より何百倍も多い用量で、実験がおこなわれた。有害な副作用を示した動物は皆無だった。だが、その薬品は人間の志願者については、最小投与量であっても致命的な結果をもたらし、そのうちの五人が死亡した。ほかのふたりは肝臓移植をされたことで、かろうじて生きのびた。ヘンリーの実験において、彼が生みだした薬物が人間に致命的な結果をもたらすことを示唆するものはなかったが——それを確認するためにこそ、人間を対象とした実験があるのだ。

ふたつの川の合流点に着くと、川岸に一ダースほど係留されている、ほっそりとした木製カヌーが目に留まった。案内人がボートを操って、間に合わせ的な下船場へ着け、ヘンリーを医療バッグとともにそこに降ろすと、なにも言わずボートをまわした。彼は川岸に、ジャングルのなかに、ひとりきりで取り残された。

繁茂した森林を縫う、細い踏み分け道があった。密に木々が茂り、しんと静まりかえっていて、脅すようなコンゴウインコの鳴き声があるだけだった。ヘンリーは夢のようにその音を記憶している。そびえたつ木々のあいだにひろがる下生えが薄くなると、自分のくぐもった足音が聞こえるようになり、そんな土地に踏みこんだことで子どものように身が縮んだ。なにもかも、なじみがあった。咳をすると、その音が静かな森の聖域にこだました。その静寂は、彼にはよく知っているものでもあった。息が浅くなっていたが、それでも息づかいは聞こえた。大量の血を持つ餌がのこのことやってきたことを歓迎する蚊の飛翔音を除き、それが唯一の物音だったからだ。皮膚から汗が噴き出る音までが聞こえるような気がした。

やがて、放棄された地掘りの炉に行きあたった。手斧《ハチェット》が一本。二本の木に渡されたロープに、干し魚がぶらさがっていた。そのときヘンリーは、自分が泥煉瓦と草葺き屋根の小屋からなる村のなかにいることに気がついた。ここは大部分が周囲の光景に溶けこんでいて、なかに入るまでほとんど見分けがつかなかったのだ。小屋のいくつかは、側面が開いていた。そのとき、蠅の音が聞こえた。

そこには夢のなかで見た光景がひろがっていた——何ダースものひとびとがねじ曲がった格好で倒れていた。全員が死んでいた。ジョーンズタウンとまったく同様に。

髪にあざやかな羽毛を飾った女たちの死体が見えた。男たちは青いタトゥーをしていた。ハードロックカフェのTシャツを着た十代の少年がひとり、片腕を宙に突きあげた格好で死んでいた。

「ハロー?」虚無に向かって、ヘンリーは声をかけ、声を大きくして、くりかえした。

「ハ、ロー？」

蠅の音。鶏小屋がひとつあり、すべての鳥が死んでいた。

心臓が早鐘を打つなか、ひとが生きている証を求めて、小屋から小屋へとめぐっていくと、落胆を覚えただけで、なんの意味もないことだとわかった。それまでの人生でずっと閉じこめてきたイメージが、痛烈に心によみがえってきた。ジャングルの地面にぐったりと倒れている、自分の両親。これとまったく同じだ。狂人の妄想によって命を奪われたひとびと。死体は、ひとかたまりであったり、ばらばらであったりだった。ひとりきりだったり、ふたりや三人がいっしょだったり。これとまったく同じだ。家族のひとびとは折り重なり、苦悶でたがいの顔をかきむしっていた。父親の腕の下で死に、うつろな目で宙をながめていた子ども。わたしもきみのようになっていたのかもしれないんだ、とヘンリーは思った。きみのようになっていたほうがよかったんだ。

椅子の下で、一匹のネズミが死んでいた。

ひとつの小屋のなかで、顔にタトゥーを入れたたくましい感じの男性が、妻のほうへ手をのばした格好で、横向きに倒れていた。それが最後のしぐさだったのだろう。愛のため、守るため。むきだしになった、まさに妊娠中の腹のほうへ。彼らのかたわらに、子どもたちの遺体がふたつあった。ヘンリーは、願っても甲斐はないと感じつつ、胸のなかで彼らに赦しを乞うた。そのとき、女性がまばたきをした。

ヘンリーは思わず飛びあがりそうになった。彼女は生きていて、こちらを見つめている。この責任はヘンリーにあることを知っているのだろうか？　彼女が――殺害者に面と向かって――その目に浮かべているあの燃えたぎるような、引き裂くような、体で感じとれるほど激烈に集中した感情は非難であって、それはヘンリーが最後の息を引き取るまで心のなかに残るのだろうか？　彼女を救おうとしても、彼にはその手立てはなにもなかった。

そのとき、女性の腹部が動いたのが見えた。魚がうごめいて、池の水面にさざ波を立てたときのような。そしてヘンリーは、彼女の目がなにを求めているかを悟った。

なにも考えず――そんな時間はなかった――彼はバッグからメスを取りだして、彼女の腹壁を切り裂き、乱暴に肝臓をわきへ押しやって、体腔に手をつっこんだ。母親が喉にかかった低い声で叫ぶ。その体内に動きが感じられた。赤子が彼を、命を、つかもうと手をのばしているかのような。指先で探ると、ロープのような臍帯《さいたい》が見つかり、彼はそれをひっぱった。だが、母体はまだ赤子を放そうとしなかったので、ヘンリーはさらに母体を子宮に届くところまで切り裂き、恥骨を支えている軟骨組織を切断した。本を開いたように、体内があらわになる。赤子をつかまえているものが、なにもなくなった。そのとき、捧げもののようにそれが体内から出てきた。

赤子はまだ、その体を包みこむ血まみれのストッキングのような羊膜のなかにいる。小さいが、すでに黒っぽい髪の毛がびっしりと生えていて、胸の前で腕を組んでいた。ヘンリーが見つめると、赤子があくびをした。薄い膜に軽く切れ目を入れると、赤子が激しくもがき、自力で出てきて、産声をあげた。ヘンリーは、ジルにどのように話せばいいんだろうと思いながら、死んだ母親に赤子を見せた。

43. 三十四ドル二十七セント

ジルが死んだあと、ヘレンは、ジョー・バナナと名づけた猿のようなぬいぐるみといっしょに眠るようになっていた。幼いころ、それといっしょによく眠っていた。夜だけは、なんの責任も負わなくていい子どものころへ心を戻し、両親はいまもここにいて、いまも自分の面倒を見てくれているんだと、自分は両親が帰ってきて、自分を抱きあげ、おやすみのキスをしてくれるのを待っているだけなんだと想像することができた。だが、けっしてそうはならないだろうとわかっていたから、彼女はジョー・バナナを抱きしめ、小さかったころにいつもしていたように、秘密のことばをささやきかけた。テディは、彼女のかたわらの床に敷かれたマットレスの上で眠っていた。

そのとき、ガラスが割れる音が聞こえて、ヘレンはぎょっとした。テディがなにかを言いかけたので、シイッと黙らせる。静かにしていようという気もない男たちが立てる、足音と話し声が聞こえてきた。ヘレンはテディをひっぱって、クローゼットのなかに入り、そっとドアを閉じた。ふたりはぶらさがっている服の裏側に身を隠した。

男たちがいろんなものを壊している。悪態をついている。だれかに音を聞きつけられるかもしれないのに、気にしてはいないようだった。彼らがヘレンの寝室に入ってきた。

フラッシュライトの光が床をなぎ、クローゼットのドアの下部にある隙間を照らす。ヘレンは息をとめた。テディが彼女に身を押しつけ、両膝を胸にかかえこんだ。やがて、光が遠ざかった。ヘレンは、ビューローの抽斗が開けられる音を聞きつけた。だれかがおかしな甲高い笑い声をあげる。

「上の階へ行こうぜ」ろれつの回らない声が言う。

「まだだ」

「臭くてたまらん」

「わかりきったことを言うんじゃねえ」

ヘレンは、ミス・ピギー（テレビの人形劇『マペット・ショー』に出てくる豚のキャラクター）の貯金箱がふられる音を聞いた。男たちが笑う。彼女はそのなかに十三ドル二十セントを入れていた。そのとき、ガラス製の貯金箱が割られ、男たちが悪態をついた。割れたガラスの貯金箱のなかから、彼女の全財産の硬貨がつまみだされる音が聞こえる。ヘレンは恐怖から気をそらそうと、頭のなかでコインの数を数え始めた。二十五セント、五セント、十セント、一セントと、それぞれの硬貨を頭のなかで積みあげていく。昨年の十月、十二歳の誕生日に父から贈られた、サカガウィア記念硬貨が一枚あった。その一ドル硬貨は、裏側に記念の図柄が刻まれている。リンカーンゆかりの地、イリノイ。西部への最初の戸口、カンバーランド・ギャップ。エリス島。彼女はことこまかく、何度もそれを見ていた。

「指を切っちまった」男たちのひとりが言った。

ヘレンは、自分の硬貨に血がしたたるのを想像した。あの男が出血して死んでしまえばいいと思った。

「さあ、行こうぜ」

足音。遠ざかっていく。と、それがとまった。またフラッシュライトの光がクローゼットのドアの下部を照らす。

「行こうぜ！」

足音。こちらに近づいてくる。クローゼットのドアが開いた。光が棚を探り、ぶらさがっている服をないでいく。と、それがテディの足のところでとまった。

「くそ、これを見ろよ」

服がわきへ押しやられ、まばゆい光が子どもたちを照らした。

「おっとくそ、あれは女だ」

ヘレンはまぶしくて目が見えなかったが、男たちの息づかいは聞こえた。喘いでいるような音が。男たちのひとりが彼女の腕をつかんで、クローゼットからひっぱりだす。彼女は悲鳴をあげようとしたが、声にならなかった。そのとき、テディの叫び声が聞こえ、おとなの男のこぶしがくりかえしテディにたたきつけられたことがわかった。その音を聞いているうちに、自分の寝間着が引き裂かれていることに気がついた。彼女は床のマットレスへ投げつけられた。フラッシュライトのビームの端がひとりの男の赤茶色をしたひげを照らしたとき、その男がのしかかってきて、息ができなくなった。男の両手が彼女の体をまさぐる。彼女は男を押しやろうとしたが、大きすぎてどうにもならなかった。男に両脚をむりやり開かされたとき、彼女はやっと声が出せるようになった。

悲鳴があまりに大きかったため、銃声が聞こえたのがほんとうかどうか、よくわからなかったが、のしかかっていた男が彼女の耳もとでなにか声を漏らし、そのあとぐったりとなった。体の上に冷蔵庫が置かれたような感じだった。だれかが逃げていき、ドアがバタンと閉じられる音が聞こえた。自分はこの動かせない怪物に押しつぶされて死んでしまうんだ、と彼女は思った。そのとき、男の体が動きだした。といっても、自力で動いたのではなかったが。

「押しのけて！　押しのけて！」テディの声だった。

ヘレンは男の体を押しやって、その重みから逃れることができた。

「テディ！」

「だいじょうぶ？」

ヘレンは声が出せなかった。恐怖と怒りのあまり、すすり泣くことしかできなかった。と、そのとき、自分が裸にされていることがわかり、ひどく恥ずかしくなった。彼女は枕をひっつかんで、抱きしめながら、マットレスの外へ出た。

「だいじょうぶ？」テディが切迫感をこめて、くりかえした。

だいじょうぶだと言ってやらなくてはいけなかった。もう安全な場所はどこにもなくても、いまはテディを安心させてやらなくてはいけない。

「わたしはだいじょうぶ」と彼女は言ったが、だれかほかの人間の声のように聞こえた。

床にフラッシュライトが転がっていた。ヘレンはそれを取りあげ、マットレスの上に横たわっている男を照らした。頭全体が血まみれになっていた。きっとインフルエンザだ、とヘレンは思った。が、そのとき、テディの手のなかに拳銃があるのが見え、さっきの銃声を思いだした。

「テディ！　なにをやったの？」

「ごめん」テディが言った。

とまどったような声に聞こえた。

「ううん、オーケイよ！　それでよかったの！」

「ぼく、こいつを殺しちゃった」

「うん、あなたがこいつを殺したの。それでオーケイ。ほかにまだだれかが……？」

「あいつ、逃げてった」テディが言った。

なにもかもがひどく変だった。テディが拳銃を持っていて。マットレスの上に死んだ男がいて。なにか、考えたくなかったことが起こったのだ。そのとき、あることを思いだした。

「あいつら、あなたを痛めつけたでしょ。あなたが殴られる音が聞こえたの」

「ぼくはオーケイさ」きっぱりとテディが言った。

彼女はテディの顔を照らし、そのあと床にへたりこんで、泣きに泣いた。自分はそんなに強くなれない。テディを守らなくてはいけないのに、自分はそんなことができるほど強くはなれないんだ。

いまテディはカウチで眠っていて、ヘレンはヘンリーの椅子にすわり、もうなにも見せてくれないかもしれないテレビを見つめていた。万が一のため、あの拳銃はコーヒーテーブルの上に置いてあった。夜が明けるまでに、彼女はひとつの計画を立てていた。

自分たちはここを離れなくてはいけない。それが計画だった。

いまも二階に、ミセス・ヘルナンデスの死体が残っている。猫たちがそれを骨まで食べてしまったかもしれない。だれもそんなことは知らない。気にもしていない。ヘレンは二度とそこへはあがらないつもりだったが、ミセス・ヘルナンデスの死体があることは、はっきりと感じられた。いつの日か、その悪臭が外へ漂いだすだろうが、自分たちはもうこれ以上、待ってはいられないことはわかっていた。寝室で死んだ男も、もうすぐ悪臭を放つようになるだろう。

家のいたるところにコオロギがいて、気持ちの悪い音を立てており、それがやがてひとつに溶けあい、ブンブンうなる音がヘレンの頭のなかで鳴り響くようになった。そのうちようやく空がかなり明るくなって、キッチンのなかがよく見えるようになったので、彼女は抽斗のひとつを開けて、肉切り包丁を取りだした。それから、自分の寝室へとってかえした。

あの男は死んでしまったはずだが、用心するに越したことはない。男は、思っていたほど大柄ではなかった。尻がちょっとむきだしになっていた。すごくばかそうに見えた。彼女は男を刺した。激しく息が吐きだされる音が聞こえ、彼女はぎょっとして後ろへ飛びのいたが、すぐ、いま聞こえたのは男のではなく、自分の息だったと気がついた。

男の財布を取りだす。現金が少し入っていた。前ポケットを探って、自分の硬貨と少しの札を取りだす。サカガウィア一ドル硬貨もあった。彼女は現金のすべてを勘定した。三十四ドル二十七セント。自分の二十五セント硬貨がまだひとつなかった。

数時間後、夜明けの日射しがテディの目に当たり、彼がもぞもぞと目を覚ますと、ヘレンがダイニングテーブルの前にすわり、現金を種類別にテーブルの上に積んでいるのが見えた。テディは物問いたげな目を向けた。

「荷造りしてちょうだい」彼女が言った。

「どこへ行くの?」

「マギーおばさんとティムおじさんのところへ行くつもり。あのひとたちなら、わたしたちを迎え入れてくれるでしょう」

「でも、パパの帰りを待たなきゃ」テディが言った。

「パパは死んだわ」淡々とヘレンは言った。

「そうなのかな」

「生きてるんなら、もうここに帰ってるはずよ」

テディが泣きだしたが、ヘレンはひきさがらなかった。

「テディ、わたしたちは行かなくちゃいけないの！」

「ぼくはいやだ！」

「テディ、わたしたちには親が必要なの！」ヘレンは母をまねて、もどかしげに言った。父が非現実的なことを言ったときに、母がそんな口ぶりでしゃべるのを聞いたことがあった。いま、彼女はジルのようにならなくてはいけなかったのだ。

「どうやってそこまで行くの？」

ヘレンは夜が明けるまでずっと、そのことを考えつづけていた。

「わたしが自動車を運転して行くつもり」彼女は言った。

44 彼女にしゃべらせよう

八月二日、ティルディはホワイトハウス・ウエストウイングの角にある自分のオフィスで、一連の会議を持った。国土安全保障省の職員だったころはその地下にある小部屋が自分のオフィスだったが、いまのオフィスは陽光がたっぷりと入ってくる壮大な窓があり、彼女はそれを楽しんでいた。少し歩いただけで、オーヴァル・オフィスに行き着ける。大統領との緊密な関係のおかげで、彼女は国家安全保障問題担当補佐官という地位がほのめかす以上の権力を勝ち得たのだ。

この新たに入居した部屋の内装を替える時間はあまりなかったが、ヘンリー・キッシンジャーの胸像だけは貯蔵室からここへ運びこませていた。この事態が終息したらすぐ、絨毯を取りかえさせるつもりであり、たぶん、コンドリーザ・ライス（ジョージ・W・ブッシュ大統領政権一期目の国家安全保障問題担当補佐官）が使っていた明るい黄色に戻すだろう。ティルディは、可能なかぎりすみやかに自分らしいスペースにすることを主張していいと信じていたし、もしその押しの強さに気分を害するひとびとがいても、それはこの——何年ものあいだ求めつづけて——ついに手に入れた権力のオーラをさらに強めるだけのことだろう。

この朝、ティルディは新任の女性CIA《エージェンシー》副長官と短い会話を交わした。その面談はスケジュールにはなく、記録にも残されない。前任のエージェンシーの男はすでにアーリントン国立墓地に埋葬され、この厳めしい顔つきの年配の女性がその後釜になった。彼女は、頭の片側だけが真っ白の白髪で、反対側は黒いままだった。これはクルエラ・ド・ヴィル（ディズニー映画『百一匹わんちゃん』に登場する魔女）のように見せるために故意にしているファッション的主張なのだろうか、とティルディはいぶかしんだ。だが、エージェンシーでは流行《ファッション》が流行《イン・ファッション》になることはないはずだ。

「プーチンをかたづけるのは困難なことになりそうです」エージェンシーの女性が言った。CIAの暗殺チームがモスクワに到着すると、そこは完全な混乱状態になっていることが判明したという。「現実の陰謀とさまざまな陰謀論が張り合って、わが国に対するプーチンのサイバー攻撃を覆い隠すための偽情報と組み合わされています。妄想が統制の利かないレベルに達しているんです」

プーチンのスケジュールはめったに公表されないので、その居どころを突きとめるのはむずかしい。暗殺チームは、かつてロシアの科学者が開発し、いまはさまざまな安全保障機関が暗殺の手段に好んで用いるようになった毒物、ノビチョクを与えられている。アメリカはその毒物のサンプルをドイツの情報機関から入手して、改良し、ありうるいかなる解毒剤も受けつけないものにしていたのだ。ティルディは、プーチンには自国の毒物を投与されるのがもっとも適切だろうと考えていた。

そのあと、国防総省と国務省の長官が会議に参加した。彼らはこれまで、その暗殺計画に組みこまれていなかったが、もちろん反対はしないだろう。大統領が、ロシアに対して軟弱な前任者たちを念入りに排除していたのだ。いまは全員がこのプログラムを知っている。ロシア軍部隊がウクライナとの国境に集結していた。プーチンのゲームのやりかたを、ティルディよりよく理解している人間はいない。ソ連が解体して以来、彼の目標はかつての帝国を再建することにあった。

「イランで口火が切られた戦闘は、誤誘導策です」彼女は言った。

国務長官が同意する。

「いま、わが国がペルシャ湾に深入りしすぎたことで、東欧を奪還しようという彼の方策の進行が容易になったということです」問題は、それにいかに対応するかだ。

「クルスクの工業プラントで不幸な事故がありました」と国防長官が言った。なにかを認めたわけではなかったが、声にこめられた皮肉っぽい口調がひとつのメッセージを示していた。その土地には、一九八六年に破滅的メルトダウンを起こしたチェルノブイリ原発と同じ、RBMK-1000タイプという、旧型のロシア原子炉が十一基ある。事故を起こしたその原子炉は三十六時間後にはシャットダウンされたものの、国防長官はこのように報告した。「放射性ガスの雲がゆっくりと北へ、モスクワのほうへ流れている。首都が狂乱状態に陥っているんです」

ロシア全土にわたって、人口密集地近辺にある類似のプラントが危機にさらされているとのこと。放射性降下物によって恐怖が引き起こされているのは、実際に核爆弾を用いるよりも、わが国にとって都合がいい。それは、ロシア自身の原子炉が引き起こしたということになる。さらに好都合なことに、世界の大半の国が、またもや核物質を安全に保管することに失敗したとして、モスクワを非難するだろう。ティルディは、作戦全体が首尾よく遂行されたものと考えた。

しかし、問題はそれだけではなかった。

その午後、バートレット少佐が日次ブリーフィングのためにやってきた。

「よき知らせなら、いいんだけど」そっけなくティルディは言った。

「今回のインフルエンザの流行は七月上旬にピークに達し、報告された症例数は、現在、初春以降では最低数に減少しています」

「まあ、それならよき知らせにはちがいない」

「イエス、マーム。そして、われわれは異なる三種のワクチンの実験に着手しています。秋に、このウイルスの感染が再燃する前に、そのなかの一種が準備され、生産が開始されることが期待されています」

「ずっとそれを言いつづけてるわね。再燃するはずだと考える理由は？」

「インフルエンザはそういうものだからです。理由は、正確にはわかりません。これまでのところ、このパンデミックは一九一八年のスペイン風邪のパターンに類似しており、そのパターンが継続するとすれば、第二波は第一波よりはるかにひどいものになると予測されます。いま、それは世界のいたるところに蔓延しています。十月までには再燃すると予想していいでしょう」

二カ月後だ。

「同じインフルエンザの流行になると？」

「というか、同じウイルス種の。それが、われわれのワクチン担当部門の懸案事項でして。われわれはこのウイルスがどのように変異するかを予測しようとしていますが、それは経験に基づく推測にすぎません。われわれはこのウイルスの塩基配列を何千回と調べて確認しましたが、ワクチンが準備されたときに、ウイルスが変異していないという保証はなにもありません。年によっては、われわれが開発したワクチンの組成は季節性インフルエンザに対してまったく効果がなかったということもあります」

「ロシアのワクチンに関しては？」

「季節性インフルエンザに対してのもので、コンゴリウイルス用ではありません」

「しかし、それは魔法めいた成分を含んでいるという話が耳に入ってきてるんだけど」

「ポリオキシドニウムのことですね」

「あなたがそう言うのなら、そうなんでしょう」

「われわれにわかっているかぎりでは、それはインターフェロンの産生を誘発し、そのために深刻な副反応が生じることになるでしょう。われわれはその有効性を確認できていません。ロシアのコンゴリウイルス罹患率が周辺諸国より低い理由は、われわれにはわかりかねます。ウイルス罹患率の標準偏差範囲内にあるという可能性もあります」

「正確にいつ、コンゴリウイルス用の本物のワクチンができあがるの？」ティルディは問いかけた。

「有効なワクチンを開発したとしても、製造がフル稼働するのは十月中旬になるでしょう」

ティルディはこれまでつねに、いまいましい知らせを運んでくるメッセンジャーに腹を立てないようにしてきたが、バートレットは彼女の忍耐力を試す人物だった。ティルディとしては優先順位を維持しておかなくてはならない。コンゴリウイルスによるインフルエンザが二カ月後、毒性をいっそう増して再流行するという考えは、ひとつの仮説でしかなく——考慮しなくてはならない事柄はそれ以外にはないひとびとによってつくりあげられた最悪のシナリオであるにすぎない。それにひきかえ、ロシアとの新たな種類の戦いは現実のものであり、まずはそれに対処しなくてはならない。

バートレットが彼女の心の内を読んだらしい。

「まだご理解いただけないのですね？」バートレットが問いかけた。

ティルディはそのずうずうしさに怒って頭を反らせた。

「理解するとは、なにを？　わが国は、仮説として、この疾病の第二波に直面する可能性があるということ？　わが国はほとんどの人間がこの疾病を生きのびた。われわれは前進するだろう。これまでつねにそうしてきたように」

「わたしがお話ししているのは再燃のことではありません」とバートレット。「人間に関わる疾病の役割に少しでも注目されれば、人類がいま危険にさらされていることがおわかりになるでしょう。人類は二十世紀にすべての感染症に打ち勝って、思いあがっていました。しかし、自然の力は一定不変ではありません。それは進化し、変化するもので、安定することはけっしてない。いまは、この疾病と戦うことだけに時間や資源をふりむけるべきです。あなたが友好国と考えるか敵国と考えるかに関係なく、世界のあらゆる国が関与しなくてはならない。文明を救おうとするならば、人類は反目しあうのではなく、一丸とならなくてはいけないのです」

ティルディは彼女にしゃべらせておいた。できるだけのことはやっていると言えるようにしてやれば、彼女が担っている重荷が軽くなるだろう。ひとはだれであれ、それぞれの狭い視野で世界を見るものであり、その一方、ティルディは全体を見渡すようにしなくてはならない。つぎのパンデミックはたぶん今回よりひどいだろうという予測は考えるだに恐ろしいことだが、いまはそれより大きな問題が——戦争が——進行中なのだ。

会議のあと、ティルディは大統領と内々の話をするためにオーヴァル・オフィスへひきかえした。オフィスに足を踏み入れるなり、大統領もまた内装をいくぶん変更していることに気がついた。デスクの上に聖書、戸棚の上に家族の写真、エイブラハム・リンカーンの肖像画、そしてチャーチルの胸像。

「戦時の指導者たちだ」大統領が説明した。「自分がその仲間入りをしたいとは思っていなかった。しかし、いまはつねに彼らが自分の心のなかにあるようになったんだ」

45. 運転練習

ガレージにジルの車があった。二〇〇九年型のトヨタ・カムリで、タンクの燃料は半分以下になっていた。泥棒が燃料を抜きとっていたということはなかった。この残量でどこまで行けるものか、ヘレンにはわからなかったが、マギーおばさんの家の近くまでは行けるだろうと予想した。持ちあわせている現金は三十四ドル二十七セント。テディはいまも拳銃を携行していた。

もう家に帰ることはないとわかっていたので、子どもたちはそれぞれ二個のスーツケースに衣類と玩具類、そして教科書を詰めこんでいた。ヘレンはそれに加え、ジルの宝石箱と、いつかテディにあげようと思ってヘンリーの腕時計を持ってきた。そして、それらの物品をスペアタイヤの収納場所に隠した。残していくものがとても多くなるが、出発を急いだので、はっきりとものを考えるのは不可能だった。

「自転車も持ってったほうがいいかも」テディが言った。

「そんな場所はないと思う」

ヘレンは運転席にすわった。これまでここにすわったのは一度きり、父の膝の上にすわって、運転するふりをしたときだった。そのころはまだ五歳で、ペダルがとても遠かった。いまは、脚が長いせいで、近すぎるほどだった。シートを動かすやりかたすら知らないことに、ヘレンは気がついた。ドアのところにあるそれらしいボタンを押してみると、窓がさがった。グローブコンパートメントのなかに運転マニュアルがあるのをテディが見つけ、シート調節ボタンがどこにあるかを突きとめた。

「ミラーの調整をしなくちゃ」テディがアドヴァイスした。

「わかってるって。ちゃんとシートベルトを締めて」

だが、サイドミラーの調整法を見つけだすのはひどく面倒だったので、ヘレンはルームミラーだけを動かし、背後に私道が何マイルものびているように見えた。

やらなくてはいけないことは、たったふたつ。運転の仕方を学ぶこと、そしてマギーおばさんの家への道筋を見つけること。

「あなたが道案内をやって」彼女はテディに言った。

「そんなのかんたんさ」とテディ。「インターステート《I》ハイウェイ－75を北へ」

「それはどっちの方角？」

「ダウンタウンへ走っていけば、見えてくるよ」

ヘレンはキーをイグニションにさして、ひねったが、なにも起こらなかった。目をそばに寄せてみると、〝スタート〟の文字が見えた。さらにキーをひねって、そこでとめると、恐ろしい悲鳴のような音があがった。キーから手を離すと、その騒音はやんだが、自信が揺らいできた。彼女はひとつ深呼吸をして、ギアをリバースに入れようとしたが、シフトレバーはどんなに強く引いても動こうとしなかった。そのあいだもエンジンは動いていて、燃料をむだにしていた。

彼女はエンジンを切り、テディがマニュアルを読む。もしかしたら、このトヨタは壊れているのかもしれない。ミセス・ヘルナンデスもガレージに小さなフォードを入れていたが、それを使うには、彼女の部屋に舞い戻って、キーを見つけださなくてはいけないし、あそこへはもう二度と行きたくなかった。ヘレンの計画は、この家から逃げだして、マギーおばさんのところへ行くことがすべてだったのに、いま車のギアを入れて、ガレージから出すことすらできないありさまになっていた。いらだちのあまり、顔がほてってくる。

「同時にブレーキも踏まないといけないんだと思う」テディが言った。

「へえ、そんなばかなことを」

彼女はふたたびエンジンをかけて、ブレーキペダルを踏んだ。アクセルペダルも少しだけ踏んでみた。車のギアを入れると、車がバックし、野生動物のようにガレージから飛びだした。ヘレンはさらに強くブレーキペダルを踏んだが、アクセルペダルも踏んだままだった。

「ブレーキ！　ブレーキ！」テディが叫んだ。

「ブレーキをかけてるの！」

ヘレンはようやくアクセルペダルから足を離したが、そのときには、私道に沿って設置されている花壇の煉瓦壁に車がぶつかっていた。

破損の程度を調べるために車から降りたとき、ヘレンの手は震えていた。これまでずっと、ジルの車には傷ひとつなかった。ヘレンはいつも、母の運転がひどく慎重で、必要以上にゆっくりなことにいらだちを感じていた。それなのに自分がこんなにヘマをしでかしてしまうなんて、と彼女は思った。ひどいひっかき傷と大きな凹みができ、テールランプが割れていた。車は道路の上におかしな格好で停まっている。私道の先へ目をやると、街路はぞっとするほど遠方にあるのが見てとれた。ジルが雨のときにいつも駐車するようにしていた、ひさし付きの車寄せを通りすぎなくてはいけないのに、いまはそのひさしが私道の上に警護所のゲートのようにのしかかっていて、ぎりぎりでしかすりぬけられないように見えた。

「ぼくに運転させて」テディが言った。

「ふざけてるの？　ハンドルの向こうが見えもしないのに。それに、あなたには道案内をしてもらう必要があるの。忘れてた？」

ヘレンは運転席に戻った。タイヤをきしませながらハンドルをまわし、そのあとギアをドライブに入れる。片足でこのうえなくそっとアクセルを踏み、ほぼすぐさま、またブレーキを踏んだ。動かしてはとめ、動かしてはとめという行動を何度もくりかえしたところで、初めて、これはそんなにむずかしくないように思えてきた。ようやく、車をまっすぐにし、車庫に戻した。

こんどは、もう一度、バックで車庫から出さなくてはならない。

母が車をバックさせるのを何億回も見てきたはずなのに、どんなふうにやっていたかが思いだせなかった。後ろを向いてやっていた？　どっちかのサイドミラーを見ながらだった？

「テディ、車を降りて、わたしに指示して」彼女は言った。

「オーケイ。でも、ぼくを轢《ひ》かないでよ」

「ばか言わないで」

テディがトヨタと、父がそこに置いていた作業台とのあいだに立つ。間隔があまりないので、失敗はできない。テディがヘレンの目をまっすぐに見つめ、そのあと、自分もハンドルを握るような感じで両手を掲げた。

この瞬間ほどふたりの心が通じあったときはない。

ヘレンはトヨタのギアをリバースに入れた。ブレーキから足を離すなり、車が動きだす。彼女が下へ目をやり、両足がちゃんとそれぞれのペダルを踏めるようになっていることをたしかめようとすると、車の向きがちょっとずれた。目をあげると、テディが首をふりながら、両手をまわすしぐさをしていたので、ヘレンはその動きに対応して、ハンドルをまわした。すると、テディが反対の方向へ両手をまわしたので、ヘレンは同じようにし、ブレーキをかけたり緩めたりしながら、このうえなくゆっくりと、テディから目を離さないようにして、車をバックさせていった。車が影に覆われるようになり、車寄せのひさしの下に完全に入ったのがわかったが、ヘレンにはそんなことを考えている余裕はなかった。テディが誘導をつづけている。そのとき、テディが突然、両手を高く掲げ、私道の突き当たりに達したのがわかったので、彼女は車を停めた。

テディがふたたびトヨタに乗りこんでくる。ふたりは、自分たちが育ってきた家を長いあいだ見つめていた。そこはかつて、すばらしい思い出の数かずが残っている場所だった。だが、いま、そこは死に満ちた家になり、自分たちが戻ってくることはけっして、けっしてないだろう。

「オーケイ」とヘレンは言い、バックで車を街路に入れ、それからナッシュヴィルへ向かった。

46 シューベルト

ヘンリーはサクソフォンの音で目を覚ました。そばにマーフィーが立っていた。

「ええと、ハロー」彼女が言った。「先生」

ヘンリーは返事をしたが、喉ががらがらしていて、かすれ声になってしまった。頭がふらふらしていて、これはめまいなのか、潜水艦が揺れているせいなのか、よくわからなかった。マーフィーが、なにかいいにおいのするものが載せられたスプーンをさしだしてくる。

「チキンスープです」彼女が言った。「いまもこれが一番です」

「わたしは菜食主義者なんだ」彼は言った。

「存じあげていますが、いまのところ、あなたはわたしの患者でもありますから、食べてください」

やりあっている場合ではなかった。ヘンリーは胸の内で、犠牲になった鶏に礼を言ってから、そうした。マーフィーに食べさせてもらうと、自分が子どもになったような気分にさせられた。

「わたしは出血はしなかったんだね？」彼は問いかけた。

「しませんでした、先生」

ヘンリーはその意味をじっくりと考えた。

「クルーへの病原体の接種を開始すべきだろう」彼は言った。

「それはすでにわたしがすませました、先生。うまくいけばいいんですが」

「ほんとうにありがとう、マーフィー」

「さらに二名の乗員が失われ、こんなことを申しあげるのもなんですが、みんながあなたのと酷似した状態になりました。重症化した人間が何人かいて、あなたの名があまり好意的ではない感じで口にされました。それでも、娯楽室に収容しておかなくてはいけない患者はわずか七名になり、彼らのほとんどは数日のうちに回復するはずです」

「いま、この潜水艦はどこにいるんだ？」ヘンリーは尋ねた。

「北緯三十四度十七分、西経四十五度十四分」彼女が言った。「大西洋のど真ん中です、先生」

「深度はどれくらい？」

ながら、ヘンリー

「浮上しています。外の空気を吸えば、元気が出るんじゃないですか?」

艦の外に出るというアイデアは、夢物語のように思えるほど魅力的だった。

「その前にシャワーを浴びてもいいかね?」

「それには自力で立てるようにしなくてはいけませんね」

マーフィーが手を貸してヘンリーを起きあがらせ、そのあと、ぐいと力をこめて立ちあがらせた。彼の体がぐらつく。

「だいじょうぶですか?」マーフィーが問いかけた。

「ぐずぐずしたくはないんでね」

マーフィーがタオルを手渡し、彼が通路を歩いていくのを助けた。シャワー室に着くと、ドアにドリー・パートンのサインが出ていた。ふたりはそろって笑いだした。

「ちょっとチェックさせてください」マーフィーが言った。すぐに戻ってきて、「警戒警報解除《コースト・イズ・クリア》」と言い、サインをジョン・ウェインに変えた。

尋ねるのを思いつかなかった疑問が、ひどくたくさんあった。自分はどれくらいの時間、意識を失っていたのか? 断片的な記憶がいろいろと頭のなかに浮かんでくる。本物の記憶なのか、想像の産物なのか? 時間の感覚が完全に失われていた。熱い湯を浴びながら、彼はあれこれと考えた。潜水艦乗員は水を節約するようにと指示されているが、ヘンリーはそれにはかまわず、石鹸と熱い湯で肌と髪とひげをきれいにするという贅沢に身を浴した。病状が洗い流されていくのが感じられた。だが、体力が回復したわけではなかった。

タオルで体を拭いたあと、鏡に自分を映してみると、青白く、痩せこけ、年老いて見えることに気がついた。ひげがよごれた銀色になっている。鏡に映る、持ちこたえてきた若々しさが消え去った証を、彼は受けいれた。それでも、自分は生きているし、長いあいだ忘れていた感覚が、点滴溶液のように全身にひろがっていった。それは歓喜だった。

「まだそこにいてもだいじょうぶですか？」マーフィーが問いかけた。

「快調！」とヘンリーは答えた。タオルを腰に巻いて、ゆらゆらと通路へ出ていく。そのむきだしの腕をマーフィーがつかみ、彼の船室へ連れもどした。彼女がシーツの取り替えをすませ、彼のために新しい衣類を用意してくれていた。ヘンリーは、こみあげそうになる涙を押しかえさなくてはいけなかった。人間のやさしさという感情的攻撃に耐えられるほど、自分は強くないのだと思った。

服を着て、身だしなみを整えたあと、彼はミサイルデッキにあがっているマーフィーと落ちあった。そよ風が温かく抱擁して彼を迎え、日射しは目がくらむほどまぶしかった。彼は目を細めて、あたりを見た。何ダースもの潜水艦乗員たちが大洋へ飛びこみ、うまい空気を吸って、騒いだり笑ったりしていた。あんなはちきれるようなよろこびの声を聞くのは、何週間ぶりのことだろう。

「われわれはこれを〝スチール・ビーチ〟と呼んでるんです」マーフィーが言った。

ヘンリーは、大西洋に飛びこんで濡れた体を乾かしている潜水艦乗員たちとともに、ミサイル・デッキのゴム引きタイルの上に身を横たえた。自動銃を構えて司令塔に立っている将校を、マーフィーが指さした。

「鮫に備えてるんです」さらりと彼女が言った。

「さっきサクソフォンの音が聞こえたように思うんだが、あれは高熱で夢を見ただけなんだろうか？」

「いいえ、先生、艦長が吹いていたんです。彼はとても順調に回復しています」

ヘンリーの実験がうまくいったのだ。彼はすぐ、どうすれば実験の規模を拡大できるだろうかと考え始めたが、国全体を――あるいは世界全体を――対象にして、これまでに知られているもっとも致命的なインフルエンザの変種を接種するとなれば、いくら希釈しておこなうとはいっても、安全性を考慮しなくてはならない。百万人を救うために、一千人を死なせることになるかもしれない。十億人を救うために、百万人を死なせることになるかもしれない。だれがそんなギャンブルを容認するだろうか？　その一方、もしあれを極限まで希釈し、それでもなお免疫を与えることができるようなら、治験を通してよりよいワクチンが生みだされるまでの当座の対応策にはなるかもしれない。ヘンリーは大洋をながめた。その広大さが永遠と静穏の感覚をもたらしてくれた。

「船が何隻か」彼は東を指さして、さりげなく言った。「あの遠方にいる」

「はい、先生。スエズからずっと、われわれを追跡しているんです」

「追跡している？　なぜそんなことをするんだろう？」

「ほほう、ドクター、生きかえりましたね！」ディクソン艦長の声が鳴り響いた。元気いっぱいといった感じで、上方からヘンリーとマーフィーを見おろしていて、その大きな影がふたりに投げかけられていた。

「あなたもそのように見受けられますよ」ヘンリーの声はしわがれていた。「あいにく、まだ大きな声は出せませんが」

「もしその気になれるようなら、一七〇〇時にわたしと夕食をともにしてもらいましょう」

ヘンリーはしばらく日光浴をして、まどろんだ。すばらしい夢を見た。ジルが出てきた。子どもたちはずっと幼い。彼らがどこかへヴァケーションに出かけていく。山脈だ。自分の祖母も出てきたような、そうではなかったような気がしたが、なんにせよ、ほかに何人か、やさしい人間が現れてきたのはたしかだった。自分の両親も出てきて、母が話しかけてきた。ソンブレロをかぶっていて、それが顔に影を落としていた。彼女が、「美しい」と言った。なにが美しいと言ったのか、よくわからなかった。父が自分の名を呼んだ。その夢のなかで、ヘンリーは自分がとても小さいように感じたり、そうではないように感じたりしていた。それは、死んだひとびとが生きている、想像の世界だった。日焼けの痛みを感じて、彼は目を覚ました。

失われた家族を夢想したせいで、感情が枯渇していた。これは回復過程にあることを示す情緒の揺れ動きだとわかってはいたが、それでもやはり、この両極端の感情を——愛するひとびとを失った悲嘆と、潜水艦乗員たちの生命を救った歓喜を——なんとか抑制できないものだろうかと考えてしまう。自分のなかでひどくたくさんの感情がぶつかりあっているために、頭が混乱し、気持ちがふさいでいた。

後刻、士官室に入っていくと、壮麗な楽の音が押し寄せてきて、見ると、ほんとうに弦楽四重奏《ストリング・カルテット》の演奏がおこなわれているのがわかった。そのなかに、あの若いマカリスターがいて、ヴィオラを弾いていた。

「ちょっと音楽を聴いてみては?」ディクソンが言った。「食欲を増進してくれると、わたしは信じているんだ」

「シューベルトの曲!」ヘンリーは叫ぶように言った。

「あなたはなかなか洗練された人物とお見受けしたのでね」とディクソン。「わたしの好みはジャズなんだ。デューク・エリントン。セロニアス・モンク。ハービー・ハンコックがキーボードを、ウェイン・ショーターがサックスを担当していた時代のマイルス・デイヴィス。いちばんのお気に入りは、ウェインだ」

「ええ、さっきあなたのそれを聴きましたよ。あなたの演奏がわたしを生きかえらせてくれたと言ってもいいでしょう」

「そう思ってもらえて、ほんとうによかった」ディクソンがカルテットを指さす。「このグループを編成するには何年もかかった。わたしはいまもクラリネット奏者を探しているんだ。どうしても演奏してみたいベニー・グッドマンの曲がいくつかあってね」

ヘンリーは笑った。

「わたしはハイスクール時代に、クラリネットを吹いていたんです。〈ムーングロウ〉だの、〈ボディ・アンド・ソウル〉だのを」

「おう、なんと！」心底、傷ついたような顔になって、ディクソンが言った。「なぜ海軍に入らなかったんだ？　まだ遅すぎることはないかもしれないぞ！」

「わたしはまだ、どこかのクローゼットのなかにクラリネットをしまいこんでいるかと思いますよ」

ふたりは、シューベルトの曲が誘う——深く、郷愁的で、心の奥に響く——雰囲気に呑みこまれ、寡黙になっていった。

「あなたは最近のニュースを聞いていないと思う」ディクソンが言った。

「ほとんど」

「伝わってきた状況はとても悪い。政権の崩壊。街路に群れる暴徒。アメリカがそんなふうになっているとは、とても信じがたいだろう？　機会の国と言われるアメリカが」彼はちょっと口をつぐんで、Tボーン・ステーキをひとくちぱくついた。「だれがわれわれの国をそんなふうにしたんだろう、ヘンリー？　ただの偶然だとは信じられないんじゃないか？」

「偶然の可能性もありますね」用心して、ヘンリーはそう言った。

「わたしの見立てでは、これはあるパターンの一部を成している。これまでにこの艦の通信手段で得られたことを言うわけにはいかないが——ともかく、すべてを言うわけにはいかないが——これはすべて、ある外国の手によるものであることが強く示されているんだ」

「それはロシアということ？」

「われわれの社会が穴だらけにされている。インフラストラクチャーが攻撃されているんだ。だから、そう、ロシアだ。しかし、ロシア単独ではない。わが国は何年ものあいだ、さまざまな攻撃を受けてきた。イラン、中国、北朝鮮。いや、もちろん、介入する必要のない戦争に加担したためとか、われわれの落ち度によるものも多々あるんだが。いま、それらの国が野合しようとしている。彼らはわれわれの弱点を察知した。狼の群れのように。危機が頂点に達しようとしているんだ」ディクソンがその意味するところをあいまいにしたまま、ふたたび黙りこむ。しばらくして、彼が言った。「あなたはいつまでも好きなだけ、この艦にいてくれてけっこうだ。外の世界は危険なんでね」

「わたしはどうしても家族を見つけださなくてはいけない」ヘンリーは言った。「まだ生きていてくれるかどうか、この目でたしかめなくては」

「もちろん、そうだろうね。なんでこんなことを言ってしまったのか、よくわからん」歓迎の意を個人的に口にしたことに、ディクソンはばつの悪さを感じていたようだった。「いずれにせよ、この艦は傷んだピストンを修理するためにキングズ湾に入港しなくてはいけない」いつものぶっきらぼうな口調になって、ことばをつづける。「あなたが目撃したらしい、あの三隻の船について説明しようか？　ロシアの艦艇だ。彼らはスエズでこの艦のピストンの異音を聞きつけ、それ以来、われわれを尾行するかのようにつけまわしている。わたしはその意図をたしかめるために、浮上することに決めたんだ。いまははっきりとわかっている。彼らはころあいを見ている。いずれ、この艦を包囲し、接近しようとしている。彼らはこれまで待っていたが、いまは、この艦が不調をかかえていることを知っている。この艦の核燃料棒を奪取することもいとわないにちがいない。いまや石油の時代は終わり、それが世界でもっとも重要な物質になっているんだ。それがあれば、永遠に航行でき……さあ食べなさい。まだ口をつけていないじゃないか。もし最後にまた新鮮な空気を吸っておきたいと考えているのなら、食事のあと、上にあがっておくことだ。このあとまもなく、われわれはまた潜航することになるだろう」

47. パーティの始まり

ドーン！　ドーン！

ヘンリーははっと目を覚ました。あの音は艦の内部で鳴り響いているような気がした。声が聞こえてくる。

「戦闘配置！　戦闘配置！　総員、戦闘配置に就け！」

彼は急いで身支度をしたが、自分の戦闘配置はどうなっているのかも、その一員に含まれているのかも、わかっていないことに気がついた。

あわただしい動きが鎮まるのを待ってから――六フィートを超える体格のいい男にうっかりぶつかって、自分が足手まといになることだけは避けなくてはいけない――彼は思いきって通路を歩いていき、潜水艦の司令室に、自分がそこに入っていいのかどうかわからないまま、飛びこんでいった。ディクソンが将校たちとともにそこにいるのが見えた。ヘンリーは用心深くそこに立ち、部屋の隅にいれば目立たずにいられることを願った。

「ターゲットがさらに二艦。方位二七〇、射程六万ヤードに、敵艦4、方位一八五、射程七万五千ヤードに、敵艦5」ソナー操作員が言った。

「やはり、彼らはこの時を待っていたか」ディクソンが言った。「そろそろパーティが始まるぞ」

クルーがそれぞれの部署に張りついている。なにが起ころうとしているかを説明する者はおらず、ヘンリーも尋ねようとはしなかったが、窒息を引き起こしそうな極度の危機感が司令室にみなぎっていた。聞こえるのは、ソナー画面の指針が捜索編隊を組んだロシアの軍艦の上を通過するときに発するビープ音だけだった。一時間が経過した。緊張のさなかにあるのに、ヘンリーの胃がごろごろと鳴った。

「艦長！　水中に魚雷！」

「進路変更！　北へ三十度！」ディクソンが言った。

「北へ三十度！　了解《アイ》！」

「最高速に」

指針の回転軸のほうへ急速に直進する輝点が見え、それがこの潜水艦を追尾し始めたことを示すピング音が鳴った。ピング音が、死の接近を見つめるヘンリーの脈拍のように、大きく、急激になっていく。やがて、ピング音は緩やかになり、輝点が消滅した。

「艦長、訂正します。あれはUUVでした」ソナー操作員が言った。UUVとは無人水中航走体の略称だ。

「彼らはこちらの思惑を読もうとしているんだ」とディクソンが言い、航法士のほうへ顔を向けた。「第一および第二魚雷発射管を開け。準備に取りかかろう」

「アイ、サー、第一および第二魚雷発射管を開きます」

「潜航士官、潜望鏡深度へ」

潜水艦が深度六十八フィートまで上昇すると、ディクソンはただちにUHF無線を用いて、ヴァージニア州ノーフォークにある大西洋艦隊潜水艦部隊司令部へ緊急メッセージを送信した――潜水艦ジョージアは交戦一歩手前を意味する防衛基準態勢《デフコン》ツーにあることを。そして、潜望鏡を使って、すばやく水平線を一望した。レーダーがロシアの対潜ヘリコプターを捕捉する。おそらくそれは、動体センサーを水中へ投下したのだろう。これはゲームなのか？　ロシアは、アメリカ軍の艦艇や航空機を挑発し、ぎりぎりの瞬間に手をひくということをよくやるのだ。だが、このロシア艦隊の動きは、戦端を開こうとしていることを示唆していた。

アメリカがイランでロシアの戦闘機を爆撃し、ロシア太平洋艦隊の進路を妨害したことに対して、なんらかの報復がなされるのはたしかだった。たぶん、ロシアの作戦立案者たちは、一隻のアメリカ軍潜水艦を撃沈するのが適切な報復になると計算したのだろう。いや、もしかすると、もっと大規模な戦闘がすでに始まっているのかもしれない。ロシア軍の艦艇数が五隻に増えていた。ジョージアは十四発の魚雷を搭載しているが、同時に発射できるのは四発が限度だ。まちがいなく、ロシア軍の指揮官は増援の到来を待っていたのだ。ディクソンの最善の方策は、この潜水艦とロシア艦艇との距離を可能なかぎりひろげることだった。海面が荒れているため、ロシア艦艇が音響信号でジョージアを捕捉するのはむずかしくなっているだろうが、潜水艦のピストンが破損しているせいで、音を発せずに回避するのはほぼ不可能だった。

「メイン・バラストベントを開け」ディクソンが潜航士官に命じた。

すぐに、ウーガ・ウーガ・ウーガという轟音が鳴り響いた。突如、耳をつんざく声があがる。

「潜航！　潜航！　潜航！」と命令が下された。

「潜航士官、深度八百フィートへ」

「八百フィートへ、アイ」

潜水艦が艦首をさげて潜航を開始すると、ヘンリーはハンドホールドを握りしめた。海水が騒々しくバラスト・タンクを満たしていく。耳がツンとなった。床の傾斜が急になり、全員の体が、ハリケーンの暴風でなぎ倒されたかのように後方へ傾いた。

下へ、下へ、潜っていく。

「渦流と海流について報告してくれ。水温躍層（水面の近くで、深さに対して水温が急激に変化する層）を発見し、その向こう側に隠れるようにしたい」航法士に向かって艦長が言った。いまごろはもう、地中海にあるアメリカ海軍空母打撃群がF‐18を発進させているだろうと、ディクソンは推測していた。もし無人航走体から逃げきれて、深海で完全に静止することができれば、助かる可能性はあるかもしれない。それができなければ、ジョージアの命運は尽きる。

「艦長、ロシア軍艦船が有効射程に迫りつつあります。距離四万ヤード」ソナー操作員が言った。

ロシア艦艇は潜水艦の追尾を継続するために、ゆっくりと動いていた。速度をあげると、それら艦艇自体のエンジン音が大きくなって、音響信号が聞こえにくくなる。だからこそ、彼らはジョージアを追うために無人航走体を水中へ落としたのだ。ディクソンが副長に、ロシア艦艇を攻撃のターゲットとした最適解を出すようにと命じた。

「妨害物、投射」ディクソンが命じた。

陽動機器——騒音発生器や気泡発生器といったもの——は無人航走体の追跡をまくためのものだが、航走体はばかではない。過去数年のあいだに、ロシアのテクノロジーは大きく進歩しているのだ。第三と第四の魚雷発射管が開かれた。

「艦長、UUVが浮上しています」ソナー操作員が報告した。

無人航走体が、ジョージアのGPS座標の送信が可能になるところまで浮上していた。ロシア軍指揮官の意図がなんであれ、それはまもなく明らかになるだろう。ロシア軍指揮官は、水温の急変層を隠れ蓑にするために深海へ急潜航するというディクソンの意図を察知したにちがいない。どちらも、持ち時間が尽きようとしていた。

「艦長、攻撃の解が得られました」副長が報告した。

ディクソン艦長には、ほんのわずかだが時間的利点があった。無人航走体がこちらの位置を送信すれば、ロシア艦艇はすぐさま魚雷を発射することができる。それは猛攻になるだろう。そうならないうちに、ディクソンは先制攻撃をかけることができる。海面に浮かんでいる船がジョージアのマーク48魚雷の攻撃を逃れるすべはない。その魚雷は有線誘導方式で、それ自体にもセンサーが搭載されているのだ。攻撃をかけるべくプログラミングされた魚雷は、敵船の竜骨を破壊するまで、探知されることはほとんどない。だが、五隻の艦艇を同時に破壊することはできない。

ソナーが突然、大きな騒音を発した。画面に、シャンパンの泡のような粒が充満する。

「艦長、なにか妙なことが！」ソナー操作員が言った。

「発信源は？」ディクソンが問いかけた。

「あたり一面にあります、艦長！」

「周波数は？」

「二百ヘルツです、艦長！」銃声よりわずかに大きい程度だが、ソナーを通しての音は、フライパンでベーコンを炒めているような感じに聞こえた。騒音が音響の霧を生じ、ジョージアの魚雷のターゲットが見分けられなくなっていた。もちろん、それはロシア艦艇にとっても同じだろう。

だしぬけにディクソンが笑いだした。潜水艦乗員の全員が同時に同じことを察知していたが――ヘンリーだけは、なにがどうなっているのか、さっぱり見当がつかなかった。

「方位真西二七〇へ、全速力」ディクソンが命じた。そのとき、彼はヘンリーが途方に暮れた顔になっていることに気がついた。「海老だ、ヘンリー！」ディクソンが言った。

「われわれはテッポウエビの大群に救われたんだ」

後刻、ディクソンは、特別な機会のために保管していたビールをクルーに配給させた。

彼らの歌声がヘンリーの耳に届いてきた。

潜水艦野郎が一度！

潜水艦野郎が二度！

ジャンプするぜ、こんちくしょう！
おれたちゃ浮かび
おれたちゃ沈む
ぐずぐずしちゃいねえ！
ウーガ、ウーガ（アメリカ海軍潜水艦部隊の戯れ歌）

ディクソンが士官室にガンパウダー・アイリッシュジンのボトルを持ちこみ、それを使ったマティーニを士官たちに配った。ヘンリーは、こんなに陽気になったクルーを目にしたのはこれが初めてだった。彼らの顔に表れている安堵感が、さっきどれほど大きな危険にさらされていたかをいっそう明らかにしていた。

「なにが起こったのか、いまだによく理解できない」ヘンリーは言った。「海老があんなに大きな騒音を立てていた？」

「テッポウエビというのは驚くべき生きものなんだ」ディクソンが言った。「人類は最高の兵器を有しているとだれもが考えているが、テッポウエビは、餌食にひどく速く近づいて、爪から衝撃波を発し、殺すことができる。さっき聞こえた騒音は、その爪が衝撃波を発して気泡を生じさせた音なんだ。テッポウエビはマイクロバーストによって、太陽の表面温度に近い熱を生みだす。彼らがソナー画面をぎらつかせたのにちがいない。われわれが隠れるための音響の穴を探していたときに、ヘヴィーメタル・バンドが演奏を始めたようなものなんだ！」

士官たちがあの潜水艦乗員歌を歌いだし、歌詞の内容がますます不敬なものになっていく。

まもなく、彼らは母港に帰り着くだろう。

第四部　十月

48. ドルフィン

キングズ湾にある潜水艦部隊の司令官は、ジョージアのクルーを救うためにヘンリーが果たした役割を知るなり、彼に海軍の最高の栄誉賞である名誉勲章が授与されるように強く推薦すると断言したが、ヘンリーとしては自分にその資格があるとは思えなかった。

「わたしの願いはただひとつでして」彼はその提督に言った。「可能なかぎり早くアトランタに帰らなくてはいけないのです」

「残念だが、輸送手段がほとんど失われているんだ」と提督は答えた。よくいる常識的な田舎男のひとりのようで、ヘンリーは以前はその種の人間に不信感をいだいていたが、いまはそういう堅実な人柄を高く買うようになっていた。「道路は安全ではない。われわれ軍人にとってすらだ。外に出るとき、われわれはコンヴォイを組むようにしている。現在は、この脅威レベルとあって、全員が基地にほぼ閉じこめられているようなものでね。困ったもんだ」考えこむような感じで、提督がつづける。「こういうのはどうだろう。アトランタのすぐ郊外、マリエッタに海軍航空基地がある。あそこから航空機をここへ飛ばし、きみを乗せるというのは。わたしがなにか気の利いた口実を考えだそう。それはどこからどう見ても、常軌を逸したやりかただからね。それはそうと、きみは今夜、身ぎれいにしたらすぐ、ドルフィン・ハウスでのディナーに足を運んでくれ」

身ぎれいにするのは、ひとつの命令だった。港に着いたとき、潜水艦乗員は悪臭を漂わせている。艦内の固形排泄物は、気泡を生じさせて潜水艦の存在を暴露しないよう、圧縮されてから海洋へ投棄されるが、気体のほうは艦内に残る。それは消毒剤によって部分的に中和されるが、消毒剤自体が強烈なにおいを残す。最終的に、ボートの内部には巨人の放屁のような悪臭が充満するが、クルーは徐々に慣れていくので、そのことに気がつかない。しかし、彼らの配偶者たちは、出迎えたときに、腐った魚のような悪臭がすることに気がつく。

ヘンリーは、基地のゲートのすぐ外にある海軍ロッジへ車で送られた。松林のなかにある政府所有の目立たないブロック造りの建物で、テレサという陽気な女性が管理していて、彼女がすぐさまヘンリーを洗濯機のところへ案内した。軍事基地の外では電気機器はほとんど使えないが、海軍ロッジでは一日に四時間、発電機が稼働していた。

陸に戻ると、視覚に大きな違和感があった。何週間にもわたって、目に入る範囲は数フィート程度のものだったからだ。そんなわけで、ヴァンに乗せられて提督の居宅へ行くとき、ヘンリーは目の焦点を合わせるのに苦労することになった。あらゆるものがひどく遠くにあるように見えた。果てしなくつづくハイウェイを見渡すと、方向感覚がおかしくなり、頭痛がしてきた。ふたたび目にすることを切望していた空は、恐ろしいほどまぶしく、はるかかなたにあった。ふと気がつくと、彼はダッシュボードを見つめていた。

ドルフィン・ハウス――提督の居宅――は、左右に椰子の木の並ぶカルデサック（通り抜けのできない住宅地道路）の奥にある、アザレアの花壇に囲まれた赤い煉瓦造りの家だった。ヘンリーは、ほかの将校たち全員が白の正装に身を包んでいるのに、自分はマーフィーが誂《あつら》えてくれた青いオーヴァーオール姿ということで、ちょっぴり気恥ずかしい思いをした。アルコール飲料がたっぷりと用意されていて、室内にはすぐに笑い声が満ちあふれるようになったが、ヘンリーは将校たちと楽しい時間を過ごしはしたものの、自分はよそ者ということを意識せざるをえなかった。これは、キャリアのすべてを軍隊にささげてきた男たちのコミュニティであり、彼のほうは異なる使命のもとに同じことをしてきたのだ。彼らの示す連帯感はヘンリーの熱い思いをいっそう強めることになった。自分の人生に、自分のラボに、自分の同僚たちのもとに、そしてなにより、まだひとりでも生きているのなら、家族のもとに帰りたい。

自分が時間と競争していることはわかっていた。そろそろ十月になろうとしていて、十月になれば、コンゴリウイルスのつぎの波がやってくるだろう。いまはその疾病についてずっとよく理解していたが、自分はラボから離れたところという、恐ろしいほど不利な状況で仕事をしてきた。六週間にもわたって海中にいたあいだに、マルコや世界中のほかの研究者たちがなにを発見したものか、自分にはなにもわかっていないのだ。

提督がヘンリーのために最後のサプライズを用意していた。

「自分の階級に値する働きをした潜水艦乗りにしか渡さないものだ」提督がそう言って、ヘンリーのオーヴァーオールに潜水艦乗員の徽章《きしょう》を留めつけた。それは一対のドルフィンの形状をしていた。「これできみは正真正銘の潜水艦乗組員《バブルヘッド》になったんだ、先生」と提督が言い、全員がヘンリーに敬礼を送った。

ディナーのあと、ヘンリーはディクソン艦長と連れだって、基地のまわりをぶらついた。月明かりの射す麗しい夜で、暖かく、湿気は多いが、空気はすがすがしかった。行く手の小道の周辺で蛍たちが飛び交い、暗い池につづく方角を示してくれていた。聞こえるのは、基地に電力を供給する発電機のうなりだけだった。ヘンリーは、歩くことにちょっぴり苦労した。潜水艦のなかにいるときは、通路が狭くて、つかまるものがいたるところにあったのだが。彼はときどき、艦長の腕をつかんで身を支えるはめになった。

「陸に足を戻すと、つらい思いをすることがときにあるもんだ」ディクソンが言った。

「わたしはそもそも健全な脚を持ちあわせていないんですよ。あなたとはちがって」

「うん、そうだね、わたしはほんとうに恵まれている。ほら、あそこにアリゲーターがいるぞ」

ヘンリーは、ディクソンがジョークを飛ばしたのだと思ったが、そのあとすぐ、池の縁に一頭のアリゲーターがいることに気がついた。居眠りをしているように見えたので、男たちはそのまま歩きつづけた。

「どうやら、わたしの除隊記念パーティは先送りになったらしい」ディクソンが打ち明けた。「将校の階級がひどく手薄になったので、軍はつぎの人員配備のときまで、わたしをへばりつかせておく気になったんだ。そんなわけで、人員が補給されるまで、わたしはキングズ湾に足止めされることになるだろう」

「ここは美しい土地ですね」ヘンリーは言った。

「うむ」

艦長にはなにか心にひっかかるものがあるのだが、それを口にするのに難渋しているようだった。ヘンリーは待つことにした。ヴァーノン・ディクソンは、せっついてもしゃべってくれるような男ではない。ようやく、ディクソンが口を開いた。「あなたに見せたいものがあってね」ふたりは、さまざまなサイズのミサイルが展示されている池のまわりを歩いた。「あなたの前に置かれているのは、潜水艦発射弾道ミサイルの開発プログラムの歴史を物語るものなんだ」ずんぐりしたウイングのある短いミサイルを、艦長が指さす。「あれはＴＬＡＭ――トマホーク対地攻撃ミサイル、もしくはクルーズ・ミサイルというやつで、ジョージアにも搭載されている。なんの変哲もないしろものに見えるのはたしかだが、あれは第一次湾岸戦争以後、われわれが戦ってきた数かずの紛争のなかでアメリカの力を明確に示してくれた。ジョージアのトマホークは通常弾頭だが、オプションで核弾頭を装備することもできる。あちらにあるのは――」トマホークの背後にある、より大型のミサイルを身ぶりで示した。「――すべてがＩＣＢＭで、熱核弾頭が装備される」第一世代のポラリスである白いミサイルが三基あった。「最初のが配備されたのは一九五六年。そのことをよく考えてくれ。半世紀以上前、わたしが生まれてもいない時なんだ」そのあとにあったのはポセイドン。かなり大型で、ずんぐりした形状を持ち、銅色の帯のようなものが巻かれていて、ディクソンはそれを、潜水艦に初めて搭載された多弾頭ミサイルだと説明した。「これでもまだ、わたしが兵籍に入る前のものでね。わたしが入隊したころに配備されたのは、このトライデントなんだ」それは最新型で最大のトライデントD5で、赤煉瓦色をしていて、建物の四階を超える長さがあり、〝先輩たち〟を影の薄いものにしていた。これを潜水艦のなかにおさめられると考えるのは、驚きもいところだ。「わたしがテネシーに乗務したのは、あの艦がこれを二十四基満載したころだった」ディクソンが言った。「それぞれが八発の弾頭を有し、そのトータルの威力は一万一千キロトン以上だった。十五キロトンにすぎない広島型原爆と比較してみよう。一隻のボートに搭載された弾頭に、十四隻のブーマーから成る艦隊の弾頭を乗じれば、広島型原爆二十五万発の威力になるんだ！　想像がつくかね？　われわれのブーマーは、これまでに創造されたもっとも強力な戦闘マシンということだ。対象のターゲットがどこであれ、出港するまでもなく攻撃することができる。だが、敵のほうもそれは同じことだ。戦いが始まれば、この場所は真っ先に狙われるだろう」ディクソンが立ちどまって、空を見あげる。また話しだしたとき、小さく、不安のこもった声になっていた。「なんというか、あからさまに言えることじゃないんだが、この惑星で安全な場所は水中だけになる時が間近に迫っているのかもしれない」

「それほど間近に？」ヘンリーは問いかけた。

「もしそうなれば、いくら考えても、家に帰ることに大きな意味はなくなるだろう」とディクソンは言い、その意味合いを呑みこむのは相手に任せた。ディクソンはヘンリーの命を救ってやりたいと思っているのだ。「探検しようとしているひとびとがいるとだけ、言っておこう」弁解するような調子で、ディクソンがつづけた。「安全な避難場所を見つけようとしているひとびとが。彼らはクルーの人員減少を考慮すれば、潜水艦には一年間の物資が用意されていることになると指摘している。そこには食料と暖かい寝棚があり、それに加えて、〝頭を冷やしておけ〟と敵に言えるトマホークが満載されている。しかし、ひとつ問題があるんだ。医師を乗せる必要がある。なんにせよ、わたしには医師が必要だ」

「それはたしかに当たっていますね」

「わたしが示唆したことを誤解するひとびともいるだろう」ディクソンが言った。ヘンリーがかろうじて聞きとれる程度の、ひどく小さな声だった。「この部隊では反乱をかなり真剣に受けとめかねない連中がいるだろう。もしだれかになにかを話さなくてはいけなくなったら、これはすべて、たあいのないおしゃべりだったと言っておくように。それだけのことだと。たあいのないおしゃべりだったと」

「だれにもなにも話しはしませんよ。誓って」

「われわれは二週間ほど、ここにとどまるだろう。あなたが探しているものが見つからなかったら。われわれはつねに、クラリネットの奏者がいてくれればと思ってるからね」

マーフィーは基地の病院に居室をあてがわれていた。

「ここは人手不足になっていて、わたしが助けになれると思ったんです」ヘンリーが別れを告げに行くと、彼女はそう説明した。「あなたはアトランタへ帰るおつもりですか？」

「あす」

「では、もうお会いすることはないと？」

「人生の先行きはだれにもわからないからね。ウィスコンシンではそういうことは教わらなかったのかな？」

「ウィスコンシンじゃなく、ミネスータです」

マーフィーが別れを告げようと片手をさしだしてきたが、ヘンリーはその手を握って、離さなかった。彼女の親指が彼の手の甲をさすった。

「あなたのお帰りをみなさんが待ってらっしゃることを願っています」彼女が言った。「大歓迎の帰宅になり、だれもがぶじで、しあわせでありますようにと」

ヘンリーは彼女の手にキスをした。もっとも自然な、別れを告げる行為だった。

そのあと海軍ロッジにひきかえすと、彼はベッドに倒れこんだ。すべての感情がごたまぜになっていた。ようやく、ほんとうに家に帰れそうだ。そこでなにを目にするだろう？真実を知るのは恐ろしいが、知らずにすませるわけにはいかない。自分はいま安全だが、危機のさなかにある。歓喜しているが、懸念もしている。そのとき、ドアがノックされ、驚いて目覚めると、すでに夜が明けていた。ぐっすりと眠っていたのだ。戸口にヴァーノン・ディクソンが立っていた。

「あなたを飛行場へ運んでいく車を用意してもらった」とディクソンが言い、この時間になっても、ヘンリーがまだ身支度も出発の準備もしていないのをいくぶん非難するような顔をした。

「歯磨きをしてもいいでしょうか？」

ヘンリーはまだ半信半疑のまま、あわただしく洗顔をすませた。車が待っている。アトランタへ飛んで帰れるのだ。家へ。

ヘンリーがその車に乗りこもうとしたとき、ディクソンが名刺を手渡してきた。

「インターネットか携帯電話がまた使えるようになったら、いつでもここに連絡を入れてくれ」

交換するものはないだろうかと、ヘンリーが財布のなかを探ると、前に水浸しになった名刺が残っていた。その裏側に電話番号を書きつける。

「これがジルの携帯の番号です。なにかあったら、ここに連絡してください」彼自身の携帯電話はペルシャ湾に飛びこんだときに水没していた。

「おっと、あとひとつあった」とディクソン。「昨夜、あなたが歩きまわるのにちょっぴり苦労しているのを目にしたので」

ディクソンが美しく細工された杖を手渡してきた。

ヘンリーはことばが出なかった。

「どこで……?」と言いかけたが、あとがつづかない。

「ここの工作室にはなんでもつくれる連中がいてね。ジョージア産のヒッコリーでつくられた杖だ。いざとなったら、頑丈な棍棒として使える。パターとして使うこともできるだろう」

握りは、ブロンズの潜水艦だった。

49. 墓

芝刈り機程度の馬力しかない、単発の二座席プロペラ機、ビーチクラフトが、滑走路をタクシングしてくる。ヘンリーはその後部にある練習生用のシートにすわり、パイロットのヘルメットの後ろ側に映っている自分の顔を見つめた。パイロットは、「あなたはきっと、とても重要な人物なんでしょうね」としか言わなかった。

「そんなのじゃないさ」とヘンリーは応じた。

ちっぽけな航空機がゆっくりとスピードをあげていき、ふわりと宙に浮かぶ。バブルキャノピーは透明ガラスだったので、眼下にひろがっていく緑なす広大なジョージアの大地がよく見えた。道路を行き交う車はなく、畑地は作付けがされていなかった。クリーク族インディアンが住んでいたころのジョージアの光景はこんなふうだったのだろう、とヘンリーは思った。

あの遠い昔のことが、これからの未来になるのだろうか？　この飛行機自体も骨董品に近く、自分はこれに乗って、時間をさかのぼる飛行をしているような気がした。歴史書はたっぷりと読んできたので、文明はいくつもの千年紀にわたって不均等な興亡をくりかえしてきたが、どの文明もけっきょくは大破滅のサイクルにさらされて滅亡することはわかっていた。ヘンリーは以前から、偉大な文明の崩壊に魅了されてきた。マックスプランク学術振興協会の科学者チームが解明したところでは、十六世紀中盤におけるメキシコ先住民の八十パーセントを死亡させた原因は病原体――おそらくは、アステカ帝国を滅ぼしたスペイン人征服者《コンキスタドール》が持ちこんだサルモネラ菌――であると考えられている。ヘンリーはジルを伴って、エジプトのルクソールやギリシャのミケーネの遺跡への旅をしたり、数日を費やしてスペインの壮麗なアルハンブラ宮殿を見学したりしてきた。それらの偉大な文明はいずれも、いまは滅亡している。一瞬のうちに全市が生き埋めとなったポンペイには、二度、連れだって訪れた。もしそれらの滅亡から学ぶことがあるとすれば、文明は進歩という思い上がりの上に築かれるものということか、とヘンリーは考えた。自然は人類の創意工夫の敵ではなく、飼い慣らすことができると考えられていた。ポンペイの遺跡は、自然の比類なき猛威が飼い慣らされることはけっしてないことを、われわれに思い知らせるものだ。

そんなわけで、眼下にひろがる光景を――自然がすでにその土地の奪還を文明に要求している証《あかし》を――見ても、ヘンリーが意外に感じるはずはなかった。感染の流行がおさまっていても、そこにあった社会は崩壊し、不信に満ち、絶望に覆われている。遺棄された農場家屋や道路際のガソリンスタンドが、繁茂した葛《くず》に包みこまれていた（アメリカではアジアから持ちこまれた葛が生態系を破壊する外来種として問題になっている）。緩慢に、そしておそらくは容赦なく、人類の歴史をむさぼり食うプロセスが進行しているのだ。

それでも、生命の存在を示すものがそこここに点在していた。野焼きの煙があがっているところには、土地を切り開こうと決意した農夫がいるのだろう。飛行機がインターステート・ハイウェイの上空にさしかかり、アトランタのほうへ旋回を始めたとき、二、三台の車が走っているのが目に入った。あの大都市自体は無傷のように見えたが、多数のハイウェイがそこへ蜘蛛の巣のようにつながってはいても、やはり人影はなかった。無防備だ、とヘンリーは思った。コンゴリウイルスの次の波が来たらアトランタの街を滅ぼしてしまうにちがいない。

少なくとも、軍隊はいまも活動している。あの提督が思慮深く、ヘンリーが菜食主義者であることも考慮に入れて、一週間をまかなえるだけの物資――主としてクラッカー、ピーナッツバター、ドライフルーツ、ナッツ、そしてシリアル――を、そして、やむをえなくなった場合に備えて、数パックのバッファロー肉のジャーキーを、バックパックに詰めこんで提供してくれていた。それだけでなく、新しい下着類と靴下とTシャツも用意してくれた。ヘンリーの財布には、まだサウジの通貨が百リヤルほど残っていて、使えるかどうかは疑わしいマスターカードとデビットカードもあった。それ以外の持ちものは、もらったコーランと新しい杖だけだった。

ちっぽけな飛行機が蚊のように滑走路へ降りていき、一群の巨大なC－130輸送機のかたわらをタクシングで通りすぎてから、巨大な格納庫のそばにある舗装された駐機場《エプロン》の上で停止した。

「ここからどこへ行くおつもりで？」パイロットが問いかけた。

「アトランタ」

「そうですか。幸運を祈ります」

「ちょっと待った」ヘンリーは言った。「アトランタへはどうやって行けばいいんだろう？」

「かなり長い歩きになると言っていいでしょう。こういうことです」東を指さして、パイロットが言う。「この方角へ二マイルほど歩けば、インターステートに出会います。そこから街までは二十マイルほど。住民たちはひどく用心深くなっていて、車はめったに通りませんが、運がよければ、乗せてくれる車が見つかるでしょう。あなたはそれほど剣呑な人間には見えませんし」

蒸し暑い九月の日射しの下、一時間ほど歩いていくと、インターステート・ハイウェイの立体交差のところにたどり着いた。さいわい、肩に重みがかかりはするものの、バックパックに水のボトルが三本入っていた。汗が背中に流れ落ちて、シャツがずぶ濡れになった。車が通りかかるたびに、ヘンリーは親指を立てたが、車はめったに通らないうえ、どの車も司法の手から逃げているかのように通過していった。

それでも、自分は生きている。まぶしいインターステートの路肩を歩いていても、生きのびたという恩恵をこれほど痛切に感じたことはなかった。ハイウェイはなんと美しいことか、とヘンリーは思った。実際、それはかつて強大だった文明の証であり、驚異の産物だった。未来のひとびとは——もし未来に人間がいるとすればだが——そのころにはたぶん、蔦《つた》や堆積物の下に埋もれているこの壮大な道路に出くわしたとき、なにを思うだろう。

彼は高架道路が影を落としている場所でバックパックをおろし、アーモンドを食べた。近くに片方だけのビーチサンダルが落ちていて、路面の割れ目にはまりこんでいるポテトチップスの空袋が、車が通りかかるたびにひらひらした。前夜、ディクソン艦長と交わした会話が頭に浮かんでくる。この世の終わり。ほんとうにそうなるのだろうか？　冷戦や核戦争の脅威といった、子どものころの記憶が鮮明に残っていた。あのころはつねにそんな状況だったが、ほんとうにそうなったわけではなく、世界が絶滅するという可能性は、祖母にベッドに寝かしつけられる夜にときどき思い描く空想にすぎなかった。祖母もこの世を去ってしまったら、自分はどうなるんだろうと考えて、よく一喜一憂したものだ。そのとき、羽虫の大群が雲のように周囲を取り巻き、彼は物思いから覚めた。追いはらおうと手をふっても、どうにもならず、そいつらを吸いこまずに息をするのは不可能だった。Tシャツの襟を鼻のところまでひっぱりあげて、歩きだす。

また車が一台、高速で通過していった。

家族の現状をあれこれと推測せずにすむようにと、ヘンリーは、CDCの自分のラボに帰還して、コンゴリウイルスに関する研究の進捗状況を知ったときのことを考えるようにした。いまごろはもう、マルコとそのチームがワクチンを開発しているにちがいない。激論を公正にぶつけあうことができる、あのなじみのあるエキサイティングなラボの空間に身を置いて、彼らの考えを聞くのが待ち遠しくてならない。残り時間はごくわずかしかないのだ。

この日初めて、でかいセミ・トレーラーがこちらへ走ってくるのが見えた。ヘンリーはバックパックに手をつっこんで、ジャーキーのパックをふたつ取りだし、宙でふりまわした。ほかの車がそうだったように、そのトレーラーもスピードをあげたが、そのあとすぐ、エアブレーキの音を立てながら、インターステートを五十ヤードほど行ったあたりで停止した。ヘンリーは、ジャーキーの三パックと引き換えに、アトランタのダウンタウンにできるだけ近いところまで乗せていってくれないかと交渉した――菜食主義者が有利な取り引きのできる、まれな機会のひとつだった。

ドライヴァーは、白い山羊ひげを生やし、なまりのある英語をしゃべる、年配のヒスパニック男だった。男はラジオをつけていて、雑音の混じるスペイン語の放送が聞こえていた。

「メキシコのラジオだ」とドライヴァーが説明した。〝メキシコ〟が〝メイーヒーコ〟という発音になっていた。

「なにをしゃべってるんだ？」

ドライヴァーが笑う。

「メキシコ人たちは、みんな逃げだせと言ってる！　メイーヒーコに来い、わがブラザーたち！　アメリカ人《グリンゴ》はみんな狂《ロコ》ってる！」

「アメリカのラジオ局は？」

「ときどき、ニューオーリンズのＷＷＬラジオが聞こえる。自前の電源を持ってるんだろう。ここはちがって」

ドライヴァーがラジオのダイヤルをまわす。ほとんどは空電だったが、タラハシーの局だけは放送をしていて、アレックス・ジョーンズという男がしゃべっていた。「われわれはみな、こうなると予想していたのではないでしょうか？」とジョーンズが言っていた。「独裁国家《ビッグブラザー》はずっと、完全な統制をおこなう方法を見つけだそうとしていました。これはキリスト教徒を抹殺しようという陰謀なんです。だれがこの疫病を生きのびているか、よく考えてください。そう、そのとおり、これの黒幕はユダヤ人マフィアなんです。ユダヤ人と共産主義者が——全世界で手を組んで、連合したんです。彼らは、このコンゴリってやつはただの疾病だと言っています。そんなことを真に受けてはいけません！それは嘘です！　彼らは水に化学物質を入れた。彼らの標的は、善良なキリスト教徒のアメリカ人で……」

ドライヴァーがほかの局を見つけようとしたが、英語で放送しているのはアレックス・ジョーンズの局しかなかった。

トレーラーは緊急時用の放射能検知器を運んでいるところだった。ドライヴァーは、それが必要とされている理由を知らなかった。アトランタのノース・アヴェニュー出口にさしかかったところで、彼はヘンリーをトレーラーから降ろした。

市街地はいまも壮麗だったが、歩行者はまばらにしかいなかった。高層建築はどれも無人のように見えた。それらの窓を通して、街の向こう側を見ることができた。違和感を覚えはしても、自然の美しさを持つアトランタの地に建設された壮大な建築物には胸を打たれる。世界規模で見れば、それは文明を象徴するひとつの宝石、光り輝く小さな記念碑にすぎないだろう。そんな都市の風景の向こうで、太陽がとても美しい赤い柿のような光を放ちつつ没しようとしていた。その夕陽を見て、ヘンリーはセロニアス・モンクの曲、〈クレプスキュール・ウィズ・ネリー〉（妻のネリーが入院中につくった曲で、ネリーとともにながめる夕焼けの意味）を思いだした。きっとヴァーノン・ディクソンもあの曲が大好きだろう。いつの日か、もしまたいつの日かがあるのなら、いっしょに演奏することができるかもしれない。車の通行がないので、空気はすばらしく澄みきっていた。純粋な酸素を吸っているような気分になる。

ジミー・カーター大統領図書館へ通じるパークウェイを横断したときには、すでに、金星が落ちるのを受けとめる皿のような月が昇っていた——あの惑星と三日月は、いまだに無意味な戦争で自滅しようとしているイスラム諸国のシンボルだ。夜は暗く、歩道は、倒れた木の枝がところどころで行く手をふさいでいて、あぶなっかしかった。徐々に、星明かりがつくる薄明かりに目が慣れてくる。もう家は近い。彼は公園のなかを横切り、ヘレンとテディが幼かったときにふたりを連れていったプレイグラウンドを通りすぎた。ジルがいつも一区画を手に入れたいと思っていたコミュニティ菜園も。もう間近だ。胸が高鳴ってくる。

そのとき、犬たちの声が聞こえた。

最初、犬たちは木々の影に隠れていて、見ることができなかったが、だしぬけに八頭か九頭ほどの群れが出現した。吠えるのではなく、ぎりぎり聞きとれる程度の低いうなり声を発している。小ぶりな犬たちの一頭がキャンキャンと吠えて、跳ねまわり始めたが、いちばん大きな犬が忍び寄るように頭をさげて、じりじりと進んできた。ヘンリーが威嚇の意味で杖を掲げると、そのアルファ犬、ジャーマンシェパードは二の足を踏んだ。だが、群れの集団心理に別の知恵が生まれてきたらしい。犬たちが散開し、ヘンリーを左右からはさむようにした。ヘンリーは最初の一撃でアルファ犬を打ちのめさなくてはならないだろう。

飛びかかれる距離までシェパードが近づいたとき、ヘンリーは杖で地面をたたいて、叫んだ。

「おすわり！」

犬が即座にすわる。ほかの犬たちの大半がその指揮に従った。この犬たちは棄てられたペットたちで、まだしつけを忘れてはいないのだ。ヘンリーは、目を合わせるのを避け、自分が脅威に見えないように心がけながら、ゆっくりと身を折った。一本の枝を拾いあげ、シェパードの鼻先でふってみせる。そのあと、木々のなかへそれを投じた。犬たちがいっせいに駆けだし、それを取りに行く。

ヘンリーは急いで歩きだそうとしたが、犬たちはひどく早く戻ってきて、シェパードがもっと遊ぼうと言いたげに、木の枝をくわえていた。ヘンリーは二度、三度と、犬たちが疲れてくれるのを期待して、木の枝を投げたが、犬たちはもう一種のエクスタシー状態に入りこんでいた。犬たちも以前の暮らしを思いだしているのだろう。行かせてくれそうにない。とうとう、ヘンリーはジャーキーの最後のパックを開き、できるだけ遠くへ投げやった。食いものの争奪戦が始まったので、彼は先を急ぐことができるようになり、リンウッド・アヴェニューを横断し、ラルフ・マギル・ブールヴァードに面したわが家のあるブロックにたどり着いた。

灯りのついている民家はひとつもなく、どの家の窓も暗くて、内部はまったく見てとれなかった。ヘンリーは恐怖を覚えた。近所のひとたちの名を呼ぼうかと考えたが、呼ぶことができなかった。なぜかはわからない。この静寂はあまりに深く、破ってはいけないように感じられた。

ヘンリーは、子どもたちが何度も何度も遊んでいた、長い煉瓦造りのヴェランダの上に立った。フラワーボックスに植えられたマリーゴールドの花が咲いていた。窓ごしに自分の書斎をのぞきこむ。暗かったが、すべてが整頓されているように見えた。自分のデスクと、壁に飾った祖父母の写真を見分けることができた。自分の椅子のアームのひとつに、ジュネーヴへ行く前に読んでいた小説が載ったままになっていた。そんなにひどい状況ではない。自分が怯えていただけだ。

玄関ドアの前に割れたガラスが落ちていた。

ヘンリーはなかに入った。足もとに、またガラスが落ちていた。無言でそこに立って、耳を澄ましたが、聞こえるのはコオロギたちの鳴き声だけで、死のにおいがするだけだった。ここにはだれもいない、と彼は確信したが、それでも呼ばずにはいられなかった。

「ジル？」声がしわがれていた。「ジル？」

子どもたちの名を呼ぶ気には、どうしてもなれなかった。

彼はリヴィングルームとダイニングルームを通りすぎて、朝食用コーナーに行った。そこの雑品用抽斗にフラッシュライトを入れていたのだ。そこにそれがなかった。いまは、パイ用のフライパンと割れた皿がキッチンの床に落ちているのが見てとれるようになっていた。食料貯蔵庫のドアが開いていて、そのなかは暗く、空っぽだった。マッチの置き場所を思いだしたので、その一本に火を点じる。朝食用コーナーの背後にある窓枠に、キャンドルがあるのが見えた。子どもたちが眠ったあと、ジルがときどき、そのキャンドルに火を灯し、ふたりでとても親密でロマンティックなディナーを楽しんだものだ。彼はキャンドルに火を灯した。

円錐形をした小さな光を両手で包むようにしながら、廊下を通って、自分たちの寝室に入る。そこはぐしゃぐしゃになっていた。無人のベッドから血まみれのシーツが半分ほど引き剝がされ、なにか不吉なできごとがあったことを表していた。自分の衣類はちゃんとクローゼットのなかにあったが、それはジルの衣類にしても同じだった。せめて、書き置きぐらいはないものか？ 手紙でなくても、いま家族のみんながどこにいるのか、その手がかりを与えてくれるようなものがあれば。だが、彼らにすれば、これほど長い日々が過ぎても、まだヘンリーが生きているとは信じられなかったのではないだろうか？ いつの日か、ヘンリーが帰ってきて、自分たちを救ってくれるだろうとは思えなかったのではないだろうか？

テディの部屋はもぬけの殻だった。ヘンリーはすべての抽斗を調べてみた。下着も靴下もない。バックパックもなくなっている。あの子はきっとぶじだ、とヘンリーは思った。どこか安全なところに行ったにちがいない。テディのロボットがデスクの上にあった。マスターがどこに行ったかをこいつが教えてくれたらいいんだが、とヘンリーは思った。

ヘレンの部屋に行き、キャンドルの光で照らしてみると、男が床に倒れているのが見えた。ヘンリーはぞっとして立ちどまり、そのあとそろそろと近寄ってみたところ、男は死んでいるのがわかった。乾いた血が海のようになったマットレスの上にうつ伏せに倒れていて、ズボンが半ば脱げ、背中にナイフが突き立っていた。頭部の傷口の周囲に蛆虫《うじむし》が群れている。その傷は銃撃によるものだとヘンリーは判断した。ここでもやはり、割れたガラスが床に落ちていた。ヘレンのミス・ピギー貯金箱。強盗が入ったんだ、とヘンリーは結論づけた。だが、それでは筋が通らない。ドレッサーの下に一枚の硬貨が落ちているのだ。二十五セント硬貨が。

子どもたちは二階にいるのかもしれない、と彼は思った。

階段室へのドアを開くと、数匹の猫が飛びだしてきた。ヘンリーは驚きのあまり、息を呑んで、その場に立ちつくしてしまった。二階はいたるところに猫の糞が散らばり、涙目になるほど強烈な尿の臭気もしていた。そこで目にした光景は、意外なものではなかった。ヘンリーは一階に戻り、キッチンを通って、網戸張りのポーチに出た。淡い月明かりのなか、裏庭に墓がつくられているのが見えた。

彼はシャベルを取りに、ガレージに行った。ジルの車がなくなっていた。ミセス・ヘルナンデスの車はいまもそれ用の場所に残っている。ジルは家を離れたのにちがいない。子どもたちを連れて、逃げたのだ。なにかが起こって、押し入った人間が殺された。それで、ジルは子どもたちを連れて、安全なところへ行こうとしたのだろう。たぶん、妹のところへ。

だが、それでは墓の説明がつかない。

ヘンリーは、ふたつある墓の小さなほうを掘り起こしにかかった。動物が寄りつかないよう、上に石や煉瓦をかぶせて、入念につくられていた。その石などをわきによけて掘り始めると、そこにあってはならないものを見るはめにはなりたくないという思いで、心臓が早鐘を打ちだした。

なにか妙な感触があった。シャベルを放りだして、両手で、そっと慎重に掘ってみる。土のなかへ手をつっこみ、探ってみると、ようやく死体に手が触れた。かぶさっている土をはらいのける。それはピーパーズの死体だった。

ヘンリーは犬の墓のかたわらに膝をついて、すすり泣いた。悲嘆のあまりむなしい気分になり、安堵のあまり身が震えた。だが、あとひとつ、自分を待っている墓がある。彼はピーパーズの死体に土をかぶせ、墓の上に石と煉瓦を戻してから、また掘り始めた。

掘り起こすには長い時間を要した。こんなに深い穴を掘れたのはいったいだれなんだろう、と彼はいぶかしんだ。子どもにはむりだ。ジルがやったのにちがいない。彼女の車がなくなっている。ジルは生きているはずだ。だが、それでは説明のつかないことが多すぎる。ヘレンの部屋で死んでいた男。このふたつの墓。掘っているあいだも、そういうことが頭を悩ませていた。穴のなかに、石ころや大きな木の根が埋もれていた。木の根の両端が切断されている。ジルならこんなことができただろうか？

夜が更けてきて、どこからか蛙たちの鳴き声のコーラスが始まった。きつい作業のせいで腰が痛くなっていたが、手を緩めるわけにはいかない。激しい動きのリズムを崩すわけにはいかない。彼は地面にシャベルを突きたて、それに右足をかけて、土を掘り、左の肩ごしに背後へ放り投げるという作業を、休みなくくりかえした。と、そのとき、土の下に、なにか輪郭のはっきりしたものがあるのが感じとれた。彼はキャンドルを持ってきて、墓穴の縁に置いた。ふたたび、両手で土を掘っていく。かぶさっている土のほんの数インチ下に、死体があるのが感じられた。土をすくいとっていくと、なにか硬いもの、金属かプラスティックのようなものが、手に触れた。彼は必死になって土をかきだした。それはテディのフットボール用ヘルメットだった。

思わず悲鳴が漏れた。テディが逝ってしまった。あの奇跡の子、テディが。

ヘンリーは墓穴の壁に背をあずけて、へたりこんだ。テディはぶじだと思っていたのに。あの子の衣類がなくなっていた。バックパックもなかった。ヘレンがいなくなっていた。ジルの車がなかった。

彼は心を強いて、ヘルメットがかぶされた頭部を覆っている土をはらいのけた。すると、そこに見えたのはジルの顔だった。生を失った彼女の目がこちらを見つめている。

いったいここでなにが起こったのか？

死んだのはジルだった。テディではなく。ヘンリーは茫然自失状態に陥った。

妻の墓を埋め戻したあと、ヘンリーは、子どもたちのためにつくってやったプレイハウスのポーチにすわりこんだ。キャンドルは、ジルの墓の上に置いてきた。家族のみんなになにか恐ろしいできごとが降りかかったのに、そのとき自分はここにおらず、彼らを助けることができなかった。悲嘆をなんとかして抑えこもうとしても、それが絶えず意識の戸口をたたいてくる。ジルが死んだ。彼女の頭にヘルメットがかぶせられていた。彼女の車がなかった。子どもたちがいなくなった。子どもたちを見つけださなくてはいけない。どうにかして。まださまざまな断片がひとつにまとまってくれない。なんにせよ、ジルは死んだのだ。

恥辱と悲嘆の感情に圧倒され、頭が混乱したまま、彼はプレイハウスのなかへ這いずりこみ、そこで何時間か眠った。

50　コスモス・クラブ

街路は暗く、交通信号は作動せず、銀行は融資を停止し、食料品店にはほとんど商品がなく、インターネットはまだダウンしたままで、ワシントンDCはうだるような暑さに見舞われていたが、最高級のホテルやレストランは営業を再開するすべを見いだしていた。マンダリン・オリエンタル、トランプ・インターナショナル、ザ・パーム、カフェ・ミラノなど――権力者たちのオアシスが、ひとつまたひとつと息を吹きかえしていた。富裕で権力を持つ者は安全な高みに身を置くことができたが、ふつうのひとびとはそうはいかず、それは《ワシントン・ポスト》紙の記者たちにしても同じだった。

インフルエンザはトニー・ガルシアにも被害をもたらしていた。妹と妻を失い、彼自身もあやうく命を落とすところだった。いまはアダムズモーガン地区にあるチャイニーズレストラン、ワーク・アンド・ロールの上階に住みついていて、そこには一匹のチワワがいるだけで、街は記録的な秋の猛暑に襲われているというのに、電気もガスも水道もなにもなかった。いまも感染の回復途上にあるひとびとが数多くいる。身体的な後遺症をこうむっているひとも、なかにはいた。ほぼだれもが悲嘆に暮れていた。

サイバー攻撃がニュース・ビジネスを壊滅させた。二、三のテレビ局が放送を再開しつつあったが、新聞は散発的に発行されるだけだった。《ポスト》紙は億万長者のオーナーがいるおかげで、ほかの新聞社よりはうまくやれていたが、にわかに無口になった政府から回答を引きだすことにはやはり苦労していた。噂と想像上の陰謀論が、現実のニュースをわきへ押しやってしまっている。その結果、この国はさまざまな感情の坩堝《るつぼ》と化し──

パラノイアの大統領もそんなひとりだった。

サイバー攻撃の発信源がモスクワであることを裏づける明確な証拠は、だれもがそうだと知ってはいても、いまだに得られていない。ロシアが仕掛けているこの新種のハイブリッド戦争の非凡な点は、責任回避能力のみではなかった。その攻撃は反乱を扇動する魔法めいた能力を持ち──たとえばアメリカ愛国者の軍団という組織は、ロシアのボットにあおられて、武器を持つ何百人ものアメリカ市民たちを実際に引きこみ、ロシアの第五列（味方集団のなかで敵方に味方するひとびとの意味）として動かされていることに気づかぬまま、自国の政府を打倒しようという動きを顕在化させたりもしていた。プーチンがアメリカ愛国者の軍団の運動をつくりだし、そのあとその責任をサイバー攻撃になすりつけた。それだけでなく、プーチンは、ロシアの核プラントに対する破壊工作についてもアメリカを非難した。少なくともその件に関しては、彼は真実を語ったのだが。彼はＣＩＡの暗殺チームの唯一の生き残りにティルディが画策した暗殺計画を説得力をもって告白させていた。

これは、生物兵器としてのウイルスとヴァーチャルのウイルスの両方が投入された戦争であり、どちらの面においてもアメリカは不利な情勢にあった。アメリカの生物兵器プログラムは廃止されたが、ロシアでは地下に潜って続けられた。もしコンゴリウイルスは長い年月をへて生みだされた見事な生物工学の成果だとすれば、ロシアが秘密の研究所のなかにほかにどれほどのものを秘蔵していることか、知れたものではないのでは？　天然痘、マールブルグ、エボラといったものが、いつでも発動可能な状態で、用意されているのかもしれない。西欧のコンピュータに植えつけたウイルスの種がようやく結実した、この数カ月間はファンシー・ベアにとって収穫の時期にあたっていた。

ガルシアは以前にも、コスモス・クラブに呼びだされたことがあった。そこは、歴代大統領や、ノーベル賞受賞者、最高裁判事たちが、彼らの重要性を祝して集まる場だ。クラブに入ったとたん、その豪壮さにではなく、これまで一度も真価を認めたことがないほど贅沢に思えるエアコンがあることに圧倒された。これまで正当に評価してこなかった、かつての人生への郷愁が湧きあがって、身が震えた。喪失感で頭がぼうっとしたまま、彼は動いていた。

クラブの広大なダイニングホールの支配人が、すぐさま軽蔑の目付きでガルシアを値踏みした。携帯寝具《ベッドロール》とバックパックを携えている人間を見るような感じだった。たしかに、このごろはそういう市民が多いのだが。それでも、ガルシアがリチャード・クラークの名を口に出すと、相手は見下すように眉をあげながらも入店を容認した。

「五十二番テーブルへ」と支配人は接客係《ホステス》の女性に指示した。

この強大な権力者たちの隠れ家のなかにも、インフルエンザの余波は見てとれた。贅を尽くした室内に、人影はまばらだった。シャンデリアは灯されていたが、薄暗かった。絨毯は、遠い過去に栄光の日々を誇ったフランス帝国の遺物のように、染みだらけで埃が積もっていた。ホステスたちのブラウスまでがしわくちゃなのは、おそらくはここしばらく洗濯がされていないからだろう。ホステスが曇りガラスのスライドドアを開くと、ふたつのテーブルが置かれた小ぶりなダイニングルームにつづいていた。

「プライヴァシーを重視されているようですね」それを見て、ガルシアは言った。

「この街では、プライヴァシーはもっとも重要な条件なんだ」クラークが言った。「ドリンクはなにがいいかね？　氷は入手できないので、ボトルに入っているものしか飲めないが」

ガルシアは、クラークが自分をじろじろと見て、罹患の痕跡を探していることに気がついた。自分がどんなふうに見えるかは自覚していた。コンゴリウイルスの後遺症で、いまもやつれ、顔色が悪い。それにひきかえ、クラークはこのうえなく体調がよさそうに見えた。若返って、いつでも戦えるような感じというか。ガルシアはクラブ・ケーキ（カニ肉にパン粉やタマネギなどを混ぜて揚げた料理）を注文した。

「明朝、ロシア軍がエストニアに侵攻するだろう」クラークが言った。「それが、プーチンの基本計画におけるつぎのステップだ。まずクリミアに入る。つぎはウクライナ。そのあとはバルト三国」

「どうしてそれを知ったんです？」

クラークが肩をすくめる。

「この朝、無線を傍受した。AFP通信はそのネタをものにするだろう。残念ながら、《ポスト》紙は遅れをとるだろう。またしても」

「それで、大統領はどうするつもりなんでしょう？」

「彼がすべきことはこうだ。彼らの艦隊を撃沈する。彼らの製油所を爆撃する。彼らの港に機雷を敷設《ふせつ》する。クレムリンのすべての窓にクルーズ・ミサイルを送りこむ。彼らがなにを狙っているかは、だれもがよくわかっている。わが国はここ何年か戦時にあったのに、だれもそれを認めようとしなかっただけのことだ。われわれはサイバー攻撃に真の戦争というラベルを貼っていなかった。コンゴリウイルスは大量破壊兵器のひとつだと考えていなかった」

「それは彼らがつくりだしたものだと確信してらっしゃる？」

「ほかにどんな説明がつくのかね？　新奇の疾病が西欧を壊滅させたのに……ロシアは無傷でないにせよ、破壊されていないことを？　わが国の電力網が破綻し、コミュニケーションが途絶し、経済が崩壊した、まさにその時に、ロシア軍がバルト三国へ侵攻しようとしていることを？」

「ロシアでも数百万の人間が死んでいます。世界全体では数億の人間が死んだということはさておくとしても、あなたは本心から、プーチンが自国民をそのような目にあわせようとしたと考えてらっしゃるのですか？」

「もしスターリンが存命なら、きみはそんな質問をするだろうか？」

「いいえ」

「だろうね。彼はそういう男なんだ」

51. 別れのキス

ヘンリーは隣家のドアをノックした。それはマージョリー・クックの家で、彼女はヘンリーとジルがこのブロックに引っ越してくる前からそこに住んでいたのだ。返事がなかった。彼はまだ、ほかの隣人たちはだれひとり目にしていなかった。街路は完全に無人であるように見えた。街路の向こう側の家は焼失していた。

身を転じようとしたとき、だしぬけにドアが開いた。

「ヘンリー」と呼びかける声が聞こえた。

「ハロー、マージョリー」

「また会えるとは思いもよらなかったわ」マージョリーが網戸の向こう側に立っていた。色褪せた長い部屋着《ハウスコート》を着て、ドアのハンドルを、まるでそれが災厄から身を守ってくれると考えているかのように握りしめている。「あなたたちはみんな逝ってしまったと思ってたの。まあ、正直、どう考えたらいいのか、よくわからなかったんだけど。残ったのはあなただけじゃないんでしょうね」

「わからないんです」ヘンリーは言った。「ジルは亡くなりました。だれかが彼女を裏庭に埋めていて、だれがやったのか見当がつかなくて。子どもたちがいなくなっていて、どこへ行ったのかわからないんです。あなたに訊けば、なにか教えてもらえるんじゃないかと思いまして。子どもたちがここにやってきたことはありますか？　姿を見かけたことは？　子どもたちの身になにがあったのか、見当はつきますか？」

「お役には立てないわね」そっけなくマージョリーが言った。

彼女は十五年前からの知り合いなのに、見知らぬ人間のように見えた。

「マージョリー、車がなくなっているんです。だれかに盗まれたんでしょうか？　友人のだれかが子どもたちを連れていったとか？」

「わかってればいいんだけど」彼女が苦悩していることがありありと見てとれた。「恐ろしくて、ヘンリー」吐きだすように彼女が言った。「わたしはずっと隠れてたの。もっといい人間であるべきだったんでしょうけれど。わたしは怖かったの。こんなふうになってる自分を赦すつもりはないけど、これは神の真実なの」

ヘンリーはしばらく彼女を見つめたあと、身をひるがえして立ち去ろうとした。

「一度、銃声が聞こえたわ」背後から彼女が声をかけてきた。「わたしが知ってるのは、それだけ」

近所にはほかにいくつかの家族が住んでいて、子どものいる家もあったのだが、ヘンリーがノックをして、それに応じてくれたひとびとはみな、ヘレンとテディの姿は見かけていないと答えた。彼は、子どもたちの名前と、情報を求めることば、そして自分の住所を書きつけたポスターをつくり、あちこちの電信柱に貼られている同じようなポスターのあいだに貼りつけていった。いたるところにそういうポスターがあった。

彼はディカルブ・アヴェニューに面した消防署へ歩いていき、近隣住民たちのなかの、死亡したひとや行方不明になったひとのリストを調べてみた。死亡者欄に、自分自身の名が記されていた。彼はそれに斜線を引いて消し、ジルの名を書きつけた。そのリストに子どもたちの名はなかった。

だれかが子どもたちを連れていったのだ、と彼は確信した。友人のだれかであればいいのだが。なんにせよ、どこへ行ったのだろう?

「おそらくスタジアムでしょう」消防士のひとりが言った。「そこが孤児たちの一時的シェルターになってるんです。家族が揃っているひとたちはコンヴェンション・センターにいます」

自分のサバーバンがいまもアトランタ空港に駐車したままになっているはずだ。ジュネーヴへの旅は短いものになる予定だったからだ。そこで、ヘンリーはミセス・ヘルナンデスのフォードのキーを見つけだし、アトランタ・ブレーブスのトゥルーイスト・パーク・スタジアムへ車を走らせた。スタジアムの柱の一本に、手書きで〝受付〟の案内が貼られ、一塁側ゲートを指す矢印があった。

ちょっとためらったあと、ヘンリーは観客席に入っていった。思いだす。ここはジルと出会った場所だ。あのトリプル・プレイ。彼女がわたしと抱きあい、わたしの人生が変わった。

スタジアムは子どもたちのための難民キャンプに変えられていた。外野に白いテントが整然と並び、風よけフェンスの向こう側に大勢の子どもたちが収容されている。でっぷりした中年の女性が、双眼鏡ごしに彼らを観察していた。ヘンリーが近寄っていく足音を聞いて、彼女が目をあげる。

「子どもたちを探しに来たんですが」彼は言った。

「ええと、ここには三百十二人の子どもたちがいます」彼女が言った。「何人、お探しですか?」

「ふたり」

「ふたり選んで、里親契約書にサインしてください」

「誤解してらっしゃる。わたしは自分の子どもたちを探してるんです」

女性がため息をつく。

「お名前は？」彼女が問いかけた。

「ヘレン・パーソンズとセオドア・パーソンズ。セオドアじゃなく、テディとなってるかもしれません」

彼女が手に持ったリストに目をやる。

「あのう、名前がアルファベット順に並んでいないので、手作業で全部を調べていかないといけないんです」彼女が指を湿らせてから、一枚また一枚とページをめくっていき、ヘンリーがひどい面倒を持ちこんできたことを見せつける。

「わたしが下へおりて、自分で探すというのはどうでしょう？」

「案内役が必要になりますね」しぶるように彼女が言った。そのあと、「まあ、いいでしょう」と言って、腰をあげ、ゆっくりと、ホームチームのダッグアウトのそばにあるゲートにつづく階段をおり始めた。下におりると、ふたりはフィールドに入り、ピッチャーマウンドを横切って、外野の芝生に足を踏み入れた。子どもたちを囲んでいるフェンスは、十二フィートほどの高さがあった。

「問題が起きないよう、ジェンダーと年齢で分けて、収容していますので、お子さんたちがここでいっしょにいることはないでしょう」

「まるで刑務所だ」ヘンリーは感想を言った。

「あのう、ご存じないのかもしれませんが、孤児のギャング団というとんでもない問題が起こっているんです。ここの子どもたちが問題と言ってるのではありません。ですが、絶望は悪行につながるものでして。ここなら、少なくとも、子どもたちは食事を与えられ、健全な環境のなかにいられます。シェルターになっているので、もしトラブルが発生しても、わたしたちの手で処理できます。わたしが言いたいのは、そんなに性急に判断しないようにということなんです」

ヘンリーは少年たち用の収容所のフェンスに沿って歩きながら、テディの名を呼び、そのあと少女たち用のフェンスに移動して、同じことをやった。子どもたちが、自分の名が呼ばれるかもしれないと期待しているような目で、こちらを見つめてきた。ヘレンの名を呼んだときに、ひとりの少女が返事をしたが、その子はヘンリーのヘレンではなかった。彼が歩きつづけると、少女はどっと泣きだした。わたしも孤児だったんだよ、とヘンリーは言ってやりたかった。わたしもきみたちと同じ身だったんだ。

そのあとコンヴェンション・センターへ行っても、同じいきさつになった。乏しい慈善物資に頼って生きのびている、みじめな家族ばかり。ヘンリーが、寄贈された食料や衣類の箱のあいだを縫って、広大な宿泊場所のなかを歩きまわっても、好奇の目が向けられてくることはほとんどなかった。マジシャンがひとりいて、ディズニーのコスチュームを着た役者たちがパレードする横で、子どもたちを相手に、カードマジックを披露していた。連邦緊急事態管理庁《FEMA》の職員がカードテーブルの背後にすわっていて、その前には、住まいを探している疲れきった応募者たちの長い列があった。

だが、ヘレンとテディはそこにもいなかった。どこに行っても、子どもたちを見つけだすことはできなかった。

ヘレンとテディが通っていた幼稚園併設の小学校は、略奪の場となっていた。ドアが開けっぱなしになっていたので、ヘンリーは廊下を歩いて、がらんとした教室をのぞきこんでいった。竜巻が通りぬけていったように、紙片や本、ひっくり返ったデスクが散らばっていた。テディの小学二年生の教室では、だれかがその真ん中で糞をしていた。

リズミカルな音が聞こえてきて、彼ははたと気がついた。あれはバスケットボールをやっている音だ。その音をたどって、体育館へ行く。子どもたちがぎっしりといた。ヘレンとテディの姿はなかったが、ここには二ダースほどの子どもたちが集まっているし、たぶんこのなかに、ヘレンとテディがどうしたかを知っている子がいるだろう。ティーンエイジャーの子が何人かいたが、ほとんどはそれより幼く、テディやヘレンと同じくらいの年齢だった。自分たちで毛布やベッドロールを集めてきて、宿泊所をつくっていた。年かさの少年たちがバスケットボールのシューティングをやっている。

子どもたちがようやく、彼がそこにいることに気がついた。体育館のなかが静まりかえる。ヘンリーはおとなの姿を求めて、見まわしてみたが、ひとりもいなかった。見知った顔がひとつあった。ヘレンのクラスメートだ。

「ローラ?」と彼は呼びかけた。

少女がヘンリーのほうへやってくる。ヘレンといっしょにサッカー・チームに所属していた子だ。彼女がヘンリーの前に立ち、しばらくして突然、抱きついてきた。ほかの子どもたちが何人か、彼のまわりに集まってくる。

「きみの両親はどうしたんだ?」ヘンリーはローラに問いかけた。彼女が泣きだす。

「みんな死んじゃった」年かさの少年が、うんざりしたような口調で言った。

「どうしてきみたちは、ほかの孤児たちといっしょにスタジアムに行かなかったんだ?」

ヘンリーは尋ねた。

「あそこは刑務所だよ」子どもたちのひとりが言った。

「それに、あそこでなにが起こってるかは耳にしてるし」ローラが言った。

「ぼくたちは自分らだけでちゃんとやっていける」年かさの少年が言った。ベルトの下につっこんだナイフを身ぶりで示す。

ここの子どもたちのなかに、ヘレンとテディの居どころを知っている者はひとりもいなかった。ヘンリーが立ち去ろうとしたとき、年かさの少年が厚かましくカネを要求してきた。ヘンリーは有り金を残らず少年に渡した。

「なにこれ？　おもちゃのおカネ？」少年が言った。

「いや、サウジのおカネだ。わたしが持っているのはそれだけでね」

少年がそれを床へ投げ捨てる。

「こんなの、くそくらえだ」少年が言った。

その午後、ヘンリーは自宅にあった遺体の処理に時間を費やした。ミセス・ヘルナンデスの遺体を、彼女が飼っていた猫たちの死体とともに埋葬した。ヘレンの部屋にあった男の遺体は、そいつのことは二度と思いだしたくないので、プレイハウスの裏手に埋めた。裏庭が墓地と化した。そのあとの時間は、家のなかをかたづけることにふりむけた。それ以外のことは思い浮かばなかった。秩序を取りもどそうと、イスラム熱狂派修道僧《デルウィーシュ》のように、黙々と部屋から部屋へと移動して、掃除や整頓をした。秩序を取りもどすというのは彼の人生でもはやできそうにないことだった。

がらくたを掃き集めながら、彼は手がかりを探してみた。ジルのiPhoneが、彼女の財布のなかに見つかった。バッテリーの電力が少し残っていたが、表示がレッドになっている。最後の通話は、妹のマギーに二週間前にかけたものだった。ヘンリーはマギーに電話をしてみたが、だれも出なかった。応答がない理由を深く考えるのは、やめておくことにした。

シーツを取り替えるために寝室に入ったとき、突然、家が息を吹きかえし、電力が回復したことがわかった。ラジオがついたが、空電の音がするだけで、放送はなかった。WABE。ジルが好きだったラジオ局だ。死んだときも、これを聴いていたのにちがいない。ヘンリーは思った。状況が平常に戻りつつあるのだろうか――それとも、これは一時的な復旧にすぎないのか? なんにせよ、灯りが灯ったことだけで、ばかみたいにうれしくなった。

その晩、彼は洗濯してきれいになった服に着替え、リトルファイヴポイントへ歩いていった。二、三の店が開いていて、よくジルとともに子どもたちを連れていったメキシカン・レストランも開店していた。なんとも驚いたことに、いったん電力が回復すると、これほど早く平常な状況が戻ってくるのだ。ATMでなにがしかの現金を引きだすこともできた。彼は歩道に置かれたテーブルの前にすわり、車はまだめったに通らないので、街路をのんびりと歩いていくひとびとをながめた。どの顔にもよろこびがあふれていた。彼らの心が読みとれそうだった。最悪の時期は終わった。日常が戻ってきた。社会は痛手を受けたが、これからはなにもかもがうまくいくだろう。自分は生きのびたのだ。

ヘンリーもそう信じたいとは思ったが、この先、なにに対処することになるかはよくわかっていた。インフルエンザはけっして、一度の波では終わらない。自分がトマトとモッツァレッラのサラダを食べ、グラスに注がれたメキシコ・ビールを飲んでいる、この平穏な時間は、一時的なもので、残酷な幕間にすぎないのだ。

あすになったら、CDCの自分のラボに戻ろう。何週間もコンタクトを取っていないので、あそこの状況がどうなっているものか、さっぱりわからない。子どもたちを見つけなくてはいけないのだが、このあとどこへ行けばいいものか？　子どもたちはどこへ行ったのか？　善良なひとびとに保護されている？　困難に陥ってる？

答えの出ない疑問が多すぎたが、いまはひとまず、ここに別れを告げるしかない。彼はウエイターを呼んで、グラスのピノグリージョを――最後にここにいっしょに来たときにジルが注文したイタリアの白ワインだ――頼んだ。そのグラスをテーブルの向こう側、彼女がすわっていた席の前に置く。立ち去る前に、彼は別れのキスをするようにそのグラスに口をつけ、ワインをひとくちだけ飲んだ。家に帰ると、屋内はあいかわらず、がらんとしていた。そして、不気味だった。

52. いま、それがわれわれ人類に

一九一八年のパンデミックを総じて展望するならば、事後、そのことを語る生存者はまれだった。同じ日付の墓石が数多くあるという事実がなければ、そんなことは起こらなかったのだと信じてしまうだろう。われわれはそれを生きのびた。それが当時の世間の態度だった。大恐慌や世界大戦やテロ攻撃があったときとは、ちがう。そういうできごとの生存者たちは、そのあとの人生を進みつづけるあいだも、片目で過去の人生を顧みるものだ。彼らは本を執筆したり、社会集団に復帰したり、仲間と再会したりする。孫を戦場跡に連れていって、見せたりもする。心理治療を受けることもある。だが、一九一八年のインフルエンザの生存者たちはそのエピソードをなんとしても記憶から追いはらおうとし——そのため、歴史から抹消される。それが、その時代の一般的な傾向だった。二十世紀初頭のそのころ、コレラ、ジフテリア、黄熱病、そして腸チフスのエピデミックが発生したり、近年のものとして記憶に残ったりしていた。疾病による死はひどくありふれているので、

歴史に書き記されることはめったにない。一九一八年のインフルエンザは、四年間つづいた第一次世界大戦の戦闘による死者数の二倍にのぼる人命を奪ったが、それでも戦闘という大きなドラマの陰に隠されて、つぎのパンデミックを恐れる風潮は生まれなかった。

いま、ヘンリーはこんなふうに思っていた。人類はまたしても、世界の人口を産業的な効率で無作為に刈りとってしまうつぎの大きなパンデミックが席巻しているなか、意味のない、文明を滅ぼす紛争に向かって、夢遊病のように突き進んでいるのではないだろうか。コンゴリは人工ウイルス——戦争行為——なのか、それとも自然発生ウイルスなのかという疑問が、いまも頭を離れなかった。いまにもアメリカとロシアが戦端を開き、世界の終末《アポカリプス》をもたらす道具を飛ばそうとしていることを察している者はごくわずかしかいないが、彼はそのひとりだった。

ヘンリーは、長年そうしてきたように、自転車に乗ってCDCに向かった。何度かの改良が施される前の、重くて無骨な赤いマウンテンバイクだが、ヘンリーはその堅固さを高く買っていた。横道を通って、エモリー大学のキャンパスに入る。学生はいなかったが、維持管理クルーがいて、無人になった寄宿舎の家具類や私物のたぐいを引き取る作業をしていた。ほぼ平常のありように戻っているように見えた。

以前は、ＣＤＣへのゲート（エモリー大学とＣＤＣは隣接している）に警備兵の姿を見かけることはなかったが、いまは完全武装の兵士たちがフェンスの向こう側をパトロールしていた。ヘンリーがゲートに近づくと、そのなかの二名が行く手に立ちふさがった。彼はＩＤカードを見せたが、いかつい顔をした若い兵士が、それはもう無効になっていると告げた。

「しかし、わたしはここで仕事をしている！」愕然としながら、ヘンリーは言った。「感染病セクションを運営しているんだ」

「それは真実なのかもしれませんが、新しい身分証明書が発行されていて、そのリストにあなたの名はないんです」

ヘンリーは、局長に電話をしてくれと激しく詰め寄った。兵士の淡々とした対応が怒りを募らせていた。彼がさらに文句をつけていると、指示をする声が聞こえてきた。

「彼を入れてあげて」

「キャサリン！」ヘンリーは言った。

「ヘンリー、みんながあなたは死んだものと思ってたのよ」キャサリン・ロードが声を返しているあいだに、ゲートが開いた。「長いあいだ、なんの音沙汰もなかったし。よかった。わたしたちにはあなたが必要なの」

研究所は安全が確保されていて、無傷だったが、変更された点が多々あるとキャサリンが説明した。

「わたしが新たな局長に任命されたの。トムは天に召されたの。あなたのチームは、残念だけど、人員が減少したわ。マルコはいまもいっしょに仕事をしている。不足を埋めあわせるために、あちこちに職員を配置転換した。エレベーターがダウンしているから、階段を使うようにしてもらうしかないでしょう。きょうのうちに、新しい身分証明書の手配をしておくわ」

ヘンリーが懐かしいラボに入っていくと、すべての顔が彼に向けられてきた。説明しなくてはいけない事情が山ほどあったが、それは待ってもらうしかなかった。マルコが近寄ってきて、ふたりは無言で抱きあった。そのあと、マルコがラボのなかを案内し、コンゴリウイルスがさまざまな変異を示していて、そのなかには毒性を強めた種もあり、いずれにせよ、現在の治療法やワクチンはそのどれに対しても有効性が見られないだろうと報告した。

「問題は、変異種がうようよいることなんです」マルコが言った。「ただ、NIHがRNAレプリコンワクチンを開発してくれまして」レプリコンワクチンは、ウイルスに感染した細胞を装って、人体をだまし、感染したと信じこませるのだ。うまくいけば、それは細胞を刺激して、抗体を産生させる。「われわれはフェレットを使ってそれの実験をおこないました。うまくいきそうな結果が出てはいますが、いまもまだあれこれと試行錯誤をしているところでして。現状では、われわれが提供できるものはなにもないんです」

ヘンリーは、さまざまなレベルに希釈しておこなった、潜水艦での人痘接種実験のことを説明した。マルコが驚愕をあらわにして、彼を見つめる。

「潜水艦でそれを思いついたんですか？」彼が問いかけた。

「まあ、ほかに打つ手がなかったんでね」

「その人痘接種法をただちに公開しなくては」マルコが言った。

ヘンリーはうわの空でうなずいた。

「ヘンリー！　あなたはやってのけた！　あなたがみごとにワクチンをつくりだしたんです！　自分がなにをやってのけたか、その自覚がないんですか？」

しかし、まだ子どもたちは見つけられなかった。ヘンリーはその翌週、朝と夕方は街のなかを捜索し、午後はラボに詰めるという日々を送った。街は変貌し、荒廃していた。記録文書や見知った人の顔を求めて、病院や墓地を転々とするひとびとが、ほかに何人もいた。センテニアル・オリンピック公園に行くと、行方不明者のポスターが何百枚も壁に貼られていた。ちりぢりになった家族や失われた恋人が大勢いることを物語るものだった。

写真が添付されたポスターもあった。しあわせそうな顔がとても多かった。

街で目にしたもっとも顕著な特徴は、通常の秩序がなにもないことだった。警察官も兵士もおらず、住民たちだけがいた。無政府状態になると、こんなふうになるのだろう、とヘンリーは思った。予期していたほどひどい混沌は生じておらず、ギャングや物乞いたちが街路や公共施設に群れているだけだった。彼らは脅威というより、行儀が悪いだけのように見えた。だれもがまだショック状態のなかにあるのだ、とヘンリーは気がついた。

センテニアル公園でポスターを貼っていると、ひとりの女性が近寄ってきた。

「あなたのお子さんたち？」彼女が声をかけてきた。

「ええ」

彼女がほほえみ、とてもかわいらしいお子さんたちねと言った。そして、こうつづけた。

「わたしの子どもたちは死んでしまったの」

ヘンリーは彼女を見つめた。三十代だろうと思ったが、生きのびたひとびとの多数がそうなるように、彼女の顔も疾病によって損なわれていた。手の肌が赤くなり、荒れている。

ヘンリーは彼女に、子どもたちの喪失を悼むことばを返した。

「あなたがお子さんたちを見つけられますように」彼女が言った。

「ありがとう。必ず見つけだします」

「きっとそうなりますように」そのあと、彼女は身を寄せてきて、ささやいた。「キスしてくれない？」

ヘンリーはさっと身を退き、そのあとすぐ、この無意識の反応は彼女の心に矢のようにつきささったにちがいないと気がついた。

「すまないが」彼は言った。「わたしは喪に服しているんだ。いまはそんなことをするのにふさわしい時じゃない」

女性がついに泣きだし、「わたしは話し相手がほしかっただけなの」と口走った。

「話をするのはいい」ヘンリーは言った。「なにを言ってほしいのかな？」

「あなたは美しいと言って」

ヘンリーは、しみとあばただらけになった顔を見つめた。

「わたしには、あなたは美しく見えるよ」彼は言った。

コンゴリウイルスの人間への最初の感染例がまだ特定されていないことに、ヘンリーは頭を悩ませていた。それがわかれば、このウイルスは動物の宿主から人間に伝染したのか、それとも人工的につくりだされたのかが明らかになるはずだ。潜水艦で家への長い旅をしているあいだに、ラボが以前の中国における感染例を追跡調査し、それらはその地域に限定されていて、鳥から人間に伝染したものであることを確認していた。その感染経路から、コンゴリウイルスは中国の旧満州もしくはシベリアが起源であることが示唆された。彼はマルコに、その地域において中国の感染例に先んじて発生した動物の集団死を追跡調査してくれと頼んだ。その結果が、このウイルスの起源に関する手がかりを与えてくれるかもしれない。

「系統発生に関して、なにか新しい情報は?」彼は問いかけた。

「直線的な進化経路は見つけられていません」ナンディが言った。ずっとヘンリーとともにエボラの研究をしてきた女性技術者だ。彼女が自分のコンピュータの画面に、コンゴリウイルスの系統樹を表示した。それは家系図に似ていて、過去へさかのぼることで、このインフルエンザウイルスがどのように進化してきたかがわかる。それを見たところでは、インドネシアにおける流行はどこからともなく出現したもののように見えた。

「外宇宙から来たものか、それとも人工的なウイルスなのか」マルコが言った。

「そうだね」ヘンリーは言った。「あるいは……」

だれもが、それまでやっていたことをぱたっとやめた。ヘンリーは、突拍子もないことを思いつく人物として名を馳せているのだ。

「これが新奇なものではないとしたら。古くからあるもの——ほんとうに古くからあるものだとしたら」

「なにかの原型《プロト》ウイルス？」マルコが問いかけた。

「だとしても、やはり系統樹のなかにあるはずです」ナンディが主張した。「ここには、一九一八年のパンデミックにまでさかのぼる、百年以上にわたるインフルエンザの変異が網羅されているんです」

「年代のマーカーを延ばせば、昔のウイルスをチェックできるだろうか？」

「それには、別のデータベースをあたる必要があるでしょう」ナンディが言った。「パブメド（生命科学や生物医学に関する文献や要約が掲載されている無料検索エンジン）のどこかで、インフルエンザの初期起源を仮定する系統樹を見たことがあります」五分後、「どこまでさかのぼりましょうか？」と彼女が問いかけた。

「一千年前までを試してくれ」

ナンディがパラメータを打ちこんでいく。そこに表示されたのはありふれたA型およびB型ウイルスの系統図だけで、そのなかにはコンゴリウイルスに似たものはなかった。

「五千年前までては」ヘンリーは言った。

すると、C型インフルエンザが出現し、それはAおよびBウイルスの枝につながっていた。

「迫ってきたぞ」ヘンリーは言った。「一万年前までを試そう」

突然、ナンディが画面から身をのけぞらせた。

「あ、ワオ、なにかが出てきました」

全員が彼女のコンピュータのまわりに集まってきて、ヘンリーの視野をふさいだ。

「あれはなんだ？」と彼は問いかけた。ヘンリーにも見えるように、チームの面々が左右に分かれる。コンゴリウイルスにとてもよく似たウイルスの配列が表示されていた。「この病原体の由来は？」ヘンリーは問いかけた。

「アイスランドが起源です」とナンディ。「この文書によれば、一九六四年の古生物学探索旅行によって発見されたとなっています。氷河のなかから掘り起こされた、凍結したマンモスから取りだされた細胞に由来するものです。まだ分類されたことはありません」

チームの面々が、昔のウイルスの電子顕微鏡写真を考えこむように見つめ、その意味合いを呑みこもうとした。

「いまわれわれが見ているのは、すべてのインフルエンザ種の祖先にあたるものだ」ヘンリーは言った。「マンモスを宿主にして、マンモスとともに死滅するまでに百万年存続していたかもしれない。そして、どうしたわけか、それが活性化した」

「どうしてでしょう？」ナンディが問いかけた。

「だれかが掘り起こし、ラボで増殖させたんだ」マルコが示唆した。

「旧ソ連は生物兵器開発の一環として、一九一八年に流行したインフルエンザにそれと同じことをやった」ヘンリーは言った。「それには、発見した多様な塩基配列を採取し、インフルエンザの全ゲノムを再構成しなくてはならない。ラボで実験的にそれをすることができるだろう。あるいは、自然がひとりでにそれをやり、遺伝子の武器庫に手を入れて、ひどく古いものを再生することもできるだろう」

「マンモスが絶滅した原因はそれだったとか？」ナンディが問いかけた。

「たしかに、その可能性はあるね」

「だとしたら、ネアンデルタールも？　彼らはマンモスと同じ時代にいたんだ」

研究者たちが顔を見合わせ、そのあと、だれもが頭に浮かべたことをナンディが口に出した。

「いま、それがわれわれ人類に」

53. ウスティノフ変異種

ヘンリーが数カ月前にあとにした除菌室のペグに、彼の名が記されたバイオハザード用防護服がそのままぶらさがっていた。身になじんだプラスティック製の防護服を装着してから、その胸ソケットに黄色いホースを接続すると、外部の音が聞こえなくなるほどの勢いでエアが吹きこまれ、防護スーツが風船のようにふくらんだ。レベル4生物学的封じ込め実験室という、世界でもっとも危険な場所に入るには、こういうスーツを装着しなくてはならないのだが、いつまでたってもこれの動きにくさに慣れることはなかった。

準備室のなかを歩いていき、エアホースを外してから、ひとつ目のエアロック・ドアを抜ける。背後でドアが固く閉じられ、エアを失ったスーツがしぼんできた。ふたつ目のスチール製ドアを抜けたところに、レベル4実験室がある。彼はそのドアを開き、別のエアホースを接続した。

研究者たちがそれぞれの持ち場に就き、遠心分離機や培養器を操作したり、ウイルスのサンプルをピペットでスライドに載せたり、従事している危険な作業に集中したりしていた。ヘンリーがラボを通りぬけて小部屋へ入っていくあいだ、彼に注意を向けてくる者はひとりもいなかった。その小部屋には、液体窒素のタンクに隣接して、ふたつの巨大な冷凍庫が置かれていた。冷凍庫のひとつのキーパッドにコードを入力すると、グリーンのランプが光った。彼はその扉を開いた。

内部には、これまでに知られているもっとも致死的な病原体が保管されていた。エボラ。マールブルグ病。ラッサ熱。それぞれの疾病の病原体が冷たいラック上のエッペンドルフ・チューブ（セーフロック式の実験用チューブ）におさめられて、災厄の図書館のごとく、慎重に保管されていた。病原体が意識的にとか故意にとかで疾病を生じさせると見なすのは無意味だと、ヘンリーにはわかっていた。病原体は無慈悲でも狡猾でもない。たんに存在しているだけだ。その目的は存在することにある。だが、病原体は絶え間なく自己改変するものであり、彼らがみずからを生みだした生物を攻撃するために採用する、多様な自然の兵器を収容しきれるほど大きな冷凍庫はけっしてありえないこともわかっていた。そして、ここには新参者のウイルスもそれ用のチューブにおさめられて存在していた。これほど多数の死をもたらし、さらに多数の死をもたらすであろう、コンゴリウイルスが。

ヘンリーは、この疾病を迎え撃つにあたって、自分にできることはすでにやったと感じていた。彼の人痘接種法は当座の感染対策手段として認められ、迅速に世界全体で実行に移されるだろう。有望なコンゴリウイルス・ワクチンの実験が、ようやく治験の段階に入ろうとしていた。できるかぎり多数の人命を救うための、競争だ。だが、この冷凍庫のなかには、ほかのウイルスが山ほどある。疾病との継続的な戦いが敗北に終わるのは避けられないという、いやな予感があった。人類は微生物を兵器のひとつに仕立てた。この冷凍庫におさめられた病原体がすべて外へ解き放たれた日のことが、目に見えるようだった。

自分自身がどうなるかも含めて。

ヘンリーが生みだした病原体ウイルスは、ピンクのアイスキューブのように見える溶液におさめられていた。彼はもう何年ものあいだ、頭を悩ませてきた。なぜこのウイルスは、ラボにあるときは無害なのに、あのジャングルではあれほど大勢の人間を殺したのか？ 彼はずっとその研究に励み、その秘密を解き明かして、自分の過失を赦すための理由を見つけだそうとしてきた。自然を制御下に置こうという人類の試みはいかに無力であることか、とヘンリーは思った。疾病を治療するのではなく、殺人の兵器として扱えると信じるのは、いかに軽率であることか。われわれはマッチをもてあそんでいる学童のようなものだ。いつの日か、家を燃やしてしまうことになるだろう。

ナンディがなにかを発見した。

「シベリアの鶴のことは憶えてらっしゃるでしょう？」と彼女が言ったのは、ヘンリーがラボにひきかえしてきたときだった。「あの鶴たちはもう、ほぼ絶滅していますが。鶴たちはシベリアの繁殖地から中国東部の鄱陽湖《ポーヤン》へ渡っていて、そこは人間へのコンゴリウイルスの初期感染があった場所です。生き残った二十羽ほどの鶴たちには、渡りのパターンを追跡するために衛星経由発信器が取りつけられています。鶴たちが疾病を運んでいたことはわかっています。それはさておき、発信器が装着された鶴たちのうちの五羽が渡りの最中に消息を絶ったことが確認できました。それは通常のことなのかどうか、わたしにはわからないので、鳥類学者に問いあわせてもらうしかありません。なんにせよ、そのことでわたしは、やはり絶滅が危惧されているほかの動物たちの生息数はどうなのかと考えたんです。そういう動物たちは、世界自然保護基金《WWF》やほかのさまざまな機関によって、実際に行動が追跡されていますからね。

　それで、二〇一九年に、ロシアの北極圏にある小さな諸島にホッキョクグマの侵入があったことが判明しました。そこには、ノーヴァヤゼムリャという入植地があります。どうやら、その熊たちは浮氷に乗って漂流してきて、その町のゴミ処理場を発見したようです。あちこちの街路を歩きまわったり、アパートの建物に入りこんだりして——大きな迷惑の種になりました。なにはともあれ、その熊たちは麻酔で眠らされて、首輪をつけられ、十月革命島と呼ばれる環礁の島へ移送されました。シベリアの北部、北極圏にある島です。問題は、そのすべてが死んだことなんです。首輪のGPS発信器が、移送されたあとの約一週間のうちに、一頭また一頭と動きをとめたことを伝えてきました」

「もしかすると、場所が変わったことで健康を害したとか」マルコが示唆した。

「そうかも。あるいは、捕獲のために使われた麻酔剤が汚染されていたとか。わたしには、ホッキョクグマが集団死したことはわかっていて、その原因は明瞭になっていないとしか言えません」

「その発信器はほかの情報は送っていなかったんだろうか。心拍数とか、呼吸数とかいった、発症の手がかりとなるようなものは?」ヘンリーは問いかけた。

「残念ながら、みなさん、わたしに言えるのはそれだけなんです。彼らはGPSによる追跡装置を用いた。それが知らせてくるのは、熊たちがどこを動きまわったか——あるいは動きをとめたかということだけなんです」

マルコがヘンリーを見やった。

「これはどういうことなんでしょう?」彼が問いかけた。「あなたがなにかを思いついたように見えるんですが」

「遠い昔のあることを」ヘンリーは言った。「十月革命島には、旧ソ連時代に生物化学兵器開発の出先機関があった。わたしが思いついたのは、彼らがこのウイルスを生みだしたとするならば、そこは理に適った場所――生物実験を比較的安全におこなえる、辺境の地ということだ。あそこは、熊たちがやってくるまで、住民はまったくいなかったんだ」

翌朝、ヘンリーは車を運転して、テディの遊び友だちのひとり、ジェリー・バーンウェルの家を訪ねることにした。もしテディがどこか安全なところへ行こうとしたら、なんとかしてバーンウェル家にたどり着いたかもしれない。バーンウェル家は、アトランタのすぐ東の郊外、ディケーターにあった。子どもが徒歩で行くには遠すぎるので、ヘンリーはまだそこを訪ねていなかったのだ。

運転しながら、その子の両親の名を思いだそうとした。授業が終わったあとでジェリーを家まで送ってやったことが何度かあり、そのときにその両親と会話を交わしたことも一度ならずあったのだが、名前が出てこない。ジェリーには姉がふたりいたことは憶えているし、たぶんそのひとりはヘレンより一歳年上だった。バーンウェルの住まいは、白いトリムのあるヴィクトリア様式の青色のバンガロー式住宅だった。ひと目見ただけで、そこは空き家になっているのがわかった。バーンウェル夫妻はとても几帳面だったのに、いまその庭は草がのび放題になり、この郊外の地にまで葛《くず》が進出してきていた。郵便受けに、何カ月も前に配達された郵便物が残っている。宛名を見て、両親の名はトーマスとジャネットだとわかった。せっかくここまで来たのだからと、彼はドアをノックした。

すぐに足音が聞こえ、ドアが開いた。ジェリーだった。

「こんにちは、パーソンズ先生」ジェリーが言った。行儀がよく、きちんとした話しかたのできる、小柄なブロンドの少年で、記憶にあるより背が低かった。驚いているようには見えなかった。

「ジェリー、ここにひとりきりでいるのかい?」

ジェリーがうなずく。

「いまはひとりきりですけど、ときどき姉のマルシアが来てくれます」

ヘンリーは両親のことは尋ねなかった。

「テディは元気ですか?」ジェリーが問いかけた。

「どこにいるかわからないんだ」ヘンリーは言った。「きみならあの子を見かけたことがあるんじゃないかと期待していたんだが」

ジェリーが強く首をふった。

「いまはもう、ぼくと遊びに来てくれるひとはいないんです」

「だれがきみの世話をしてくれているんだい？」

「マルシアがおカネを工面してくれてます」ちょっと間を置いて、彼がつづけた。「ときどき、男のひとたちがマルシアを迎えに来て、明くる日に送りとどけてくるんです。あなたがあのひとたちのひとりじゃないかと思ってたんですけど」

「いや、わたしは自分の子どもたちを探しているだけなんだ」

「テディに会えなくて、ほんとにさびしいです」

「わたしもそうだよ」


キャサリン・ロードが、十月革命島のことを耳にしたあと、すぐさま国土安全保障省に電話をかけていた。そしてヘンリーは抵抗むなしく、政府の車に押しこまれ、猛スピードでドビンズ航空予備軍基地へ連れていかれるはめになった。ヘンリーは、これは緊急事態で、自分が強く必要とされていることは理解したが、子どもたちを必死に探している最中に、それを中断させられたせいで憤慨していた。

その基地から、彼は空軍のガルフストリームに乗せられ、航空交通が完全に停止した状況のなか、たったひとりの乗客として、ワシントンへ飛んだ。そして午後の四時には、ラングレーにあるＣＩＡ本部の窓のない小さな会議室に連れていかれ、マティルダ・ニチンスキーと、そしてディズニー映画の邪悪なキャラクターのだれかに似ているひとりの女と対面することになった。彼はやむをえず話をし、彼女たちはそれに強い関心を示した。

「その熊たちが足を踏み入れたところに、なにか持続時間の長い毒物があったのかもしれません」ヘンリーは言った。「それに相当する毒物は一ダースほど考えられ、特に北極圏では低温が保存の方向に作用します」

「ロシアが古い生物化学プラントを転用し、なにか新たなものをつくりだしたのかもしれない」とティルディが示唆した。「わずかひと握りのひとびとしか存在を知らない場所で」

「わ、われわれは知らなかったです」エージェンシーの女性が白状した。

「わがほうはこのような状況にあります」とティルディ。「NATO軍がエストニアの向こうまで手をのばそうとしている。適切な対応はなにか？　手始めに、ロシア艦隊を排除する。第一七三空挺旅団をラトヴィアへ移動させる。しかし、それは敵のさらなる侵略を阻止することにしかならない。コンゴリウイルスの黒幕がプーチンであることがわかれば、好都合なんだけど。それがわかれば、全世界が彼に、その暴虐な統治に、敵対するでしょう。全世界が彼をハーグの国際司法裁判所の審理にひきずりだし、断罪する。それがわたしの夢です。けれども、ことの展開が速すぎて、どうにもならない。あなたをあの島へ送ることができたらいいんだけど。ウイルスのサンプルを手に入れるために。われわれがみな知っていることを世界に証明するために」

ドアが開き、ひとりの男が入室した。黒眼鏡に銀髪という男だ。ヘンリーは息を呑んだ。だれかに紹介してもらうまでもない。

「大統領は選択肢を必要としています」ティルディがつづけた。「われわれが否認できるなにかを。われわれの形跡を残すことのないなにかを」

「言い換えれば、化学的もしくは生物学的ななにかを」エージェンシーの女性が銀髪の男を正面から見つめて、そう付け足した。

「だが、わたしはもうこの件から手を退いている」ユルゲン・スタークが言った。

「アメリカは、おそらくニクソンの時代以後、この件から手を退いています」とティルディ。「しかし、われわれは、あなたが9／11同時多発テロ事件のあとも、フォート・デトリックの秘密プログラムを継続していることを把握しています」

ユルゲンが値踏みするような目をヘンリーに向けてきたが、彼は目を合わそうとはしなかった。

「あなたはこの分野では最高の人物と言われている」エージェンシーの女性が付け加えた。

「現在、わが国の生物兵器分野における備蓄はすべてが破壊されています。製造方法を知る者は残っていない。その技法を知る者も。あなたたちふたりが所属していた組織に蓄積された記録もです。いま、わが国はあなたがたを必要としている。あなたがた、おふたりを――」

「大統領は本気で、数億もの人間を死なせようとしているのか？」ユルゲンが問いかけた。

「すでにコンゴリウイルスによってその事態が生じています」ティルディが言った。

ユルゲンが、ＣＩＡ本部の地階にあるスターバックスで購入した冷たい飲料を、ひとくち飲んだ。

「どうしてロシアに責任があるとわかったんだ？」

「情報の出どころは明かせません」エージェンシーの女性が言った。

「言いかえすようだが」とユルゲン。「この情報の信頼性レベルはどの程度なんだ？」

「中度ないし高度」

「その評価だと、不確実な部分が多いということだ」

エージェンシーの女性は、情報が不足していることは承知していたが、ではどうしたものか？　口には出せないが、よくわかっている。プーチンがわが国のスパイを抹殺し、わが国は暗中模索しているのだ。

ヘンリーは夢を見ているような調子で、そのやりとりを観察していた。頭のなかで、かつての忠誠心とおのれの至らなさを思い起こさせる感情が渦巻いていた。目の前にいる年長の男をしげしげと見ながら、自分たちは初めて出会ったときからこれほど変わってしまったのかと感じていた。どちらも、そもそもふたりが協力することになった仕事から身を退いている。ユルゲンはいかにも彼らしく極端に走り、その特異な才能を絶滅危惧種や絶滅種の動物たちの復活に費やした。すべての生命形態は平等であるとおおっぴらに発言し、進んでポリオウイルスを再活性化させ、絶滅したドードー鳥をよみがえらせようとした。彼はいまも、ヘンリーの知るかぎりではもっとも危険な男なのだ。

「われわれは大統領に勧告を持ち帰らなくてはならない」とティルディが言っている。「彼は、この攻撃を――アメリカに対してだけではなく、全世界に対しての攻撃を――傍観しているわけにはいかないのです。プーチンがこのウイルスをつくりだし――」

「憶測だ」ユルゲンが口をさしはさんだ。

「――人類にこの疫病を解き放った。そのあと、彼は電力網をダウンさせた。憶測ではない。事実です。われわれがもっとも弱体化した時を狙って、攻撃を加えた。何百万ものひとびとの命が、偶発的もしくは計画的に奪われた。経済は実質的に壊滅した。わが国は報復しなくてはならない。大統領は行動にかかろうとしている。彼に選択肢はない。この攻撃に対して反撃せずにすませるわけにはいかないのです」

「両政府が交戦を選択するかどうかなどは、わたしの関心の埒外《らちがい》にある」ユルゲンが言った。「それに、きみたちが鳥類の生息数を激減させたのは許しがたいことだ。きみたちはすでに戦いの最中にある。だが相手はロシアではない。はるかに強大な敵がいる。それは自然だ。きみたちが自然との戦いに勝つことはないだろう」

「ええ、たしかに、われわれはその非難に値します」ティルディが言った。「人類は、鶏とかに対してだけではなく、恐ろしいことをいろいろとやってきました。まずい判断がいくつもなされたのはたしかです。とはいえ、なってしまったことはなってしまったこと。

大統領たちは、いまのわれわれ四人と同様、みなで部屋で議論しているところです。いくつかの選択肢が議題にのぼっています。政治は外の世界で大騒ぎをつくりだしますが、この部屋にいるわれわれが、恐ろしい選択肢のなかから数少ない選択肢のどれかを採るしかないのです。それをするとどうなるか？　第一の選択肢を採ると、どうなるかを言わせてもらいましょう」彼女がエージェンシーの女性に顔を向ける。「現時点において、ロシアの核戦力はどのような態勢にあるのか？」

「最高度警戒態勢」

「いかにもプーチンらしい」ティルディが言った。「彼は、わが国の対応をすみやかに凍結させるところまで戦闘態勢を強めているということだ。このあと、彼はいくぶん態勢を弱め、わが国に、なにかに勝利したと考えさせるようにすることができる。わが国がロシアと結んだありとあらゆる軍備管理条約を、彼はないがしろにしてきた。では、エージェンシーの判断では、彼が最初に核攻撃を加える可能性はどれくらいなのか？」

「ロシアの安全があやうくなったことを示す兆候がほんのわずかでも現れた時点で、彼はやるでしょう」

「この議論の主題は文明の終焉であり、それはロシアとアメリカだけではなく、どこにでもあてはまるということです。そして、それはあなたの関心事でないことは承知しています」ユルゲンに向かって、ティルディが言った。「母なる地球にとっては、われわれがいないほうがいいということなんでしょう。しかし、核による相互完全破壊後の世界がどんなふうになるかは、あなたにも予想できるでしょう。たとえば、あなたの愛する動物たちは」

ユルゲンはその論議にひきずりこまれるのを拒否し、じっとティルディを見つめるだけだった。

「第二の選択肢。果てしないサイバー戦争。不断の攻撃が進行する。徹底的にはできず、明瞭な終結はない。死者がほとんど出ないことは、認めましょう。しかし、われわれは不利な戦いをすることになる。ロシアは何年にもわたって、わが国にサイバー戦争を仕掛けてきた。われわれは生き残り、彼らも生き残った。だが、プーチンはやりすぎ、われわれのインフラストラクチャーに全面攻撃をかけた。それは、彼が長い長い年月、温めてきた計画です。そして、もちろん、われわれは同じやりかたで彼を懲らしめることはできる。しかし、それが彼にそれほど痛手を負わせることにはならないのはおわかりですね。彼にはもう、失うものはたいしてない。われわれとはちがって。ならば、われわれは別の対策を見いださなくてはならない。そして、そのためにあなたに来ていただいたんです、スターク博士。第三の選択肢のために」

「病原体をつくってほしいということか？」

「その時間はありません。いま、必要なんです。すぐに入手できるものが。ロシアのラボから出てきたもののように見える、なにかが。ただし、われわれがこうむる反動は最小限ですむものが」

「そんなものは存在しない。コンゴリウイルスを見るがいい。それは三週間のうちに世界中に蔓延し、すさまじいパンデミックを引き起こした。炭疽菌のような、ひとからひとへは感染しない病原体を選ぶことはできるだろう。だが、それだと、ばらまくようにするしかない。毒物についてもそれは同じだ。農薬散布用飛行機で撒いたり弾頭に詰めこんだりすることになるが、そのやりかたでは不慮の事態は生じない。ひとからひとへ感染する疾病のように——おそらくコンゴリウイルスがそうだったように——〝ラボから出てきた〟ように見せかけることはできない。それは明々白々なことだ」

ティルディは、ユルゲンがいま目の前にあるこの危機をまったく気にかけていないことにショックを受けた。機密事項を——まさしく最高レベルの秘密を——知らされたというのに、彼はなにも感じていない。冷たいやつだ。痩身。蜘蛛のような。ハンサムな男というか、あの輪郭のくっきりした顔立ちと長い銀髪が印象的なことはまちがいない。そして、恐怖を感じさせる男。すばらしいナチスの一員となれたことだろう、と彼女は思った。そのとき、パーソンズ博士が黙りこくっていることに気がついた。このふたりはかつていっしょに仕事をしていた、とブリーフィング・メモに記されていた。

「では、あなたならどのようになさるのでしょう、スターク博士？」ティルディが問いかけた。

「わたしなら別の薬《エージェント》物を選ぶだろうね」

「なにを選ぶことになると？」

「わたしの知る理想的な候補はただひとつ。これまでに知られているかぎりでは、それは人間にのみ死をもたらし、その死亡率はきわめて高いことが明らかになっている。それを開発したのは、もちろん、ここにいるパーソンズ博士だ」

やはりこうなったか。ヘンリーはいつも、自分の秘密がいずれは暴露されるだろうと恐れていたのだ。起訴され、裁判にかけられることを。そうなったら、家族のみんなは自分のことをどう考えるようになるのだろうと。自分が刑務所にいる光景が目に見えるようだった。だが、まさかユルゲンがあからさまに自分の秘密を漏らすとは、そして、自分の国の政府が死をもたらす能力のみを持つものを開発したということで自分に牙を向けてくるようになるとは、予想もしていなかった。

「あなたは、わたしが開発したウイルスの在庫はすべて処分されたと請けあいましたね」とヘンリーは言ったが、その声はかすれていた。

「そのとおり。きみの薬物は、われわれがブラジルでおこなったささやかな実験で使いつくされた」ユルゲンが言った。「そして、きみの実験メモは残っていないので、ふたたび製造することはできない」

「あなたのおっしゃる薬物をモスクワとサンクトペテルブルクで、その出どころの証拠が残らないよう、秘密裏に、ばらまくということはできるでしょうか？」ティルディが問いかけた。

「それがもし、われわれが考えているような強い感染力を持っていれば、短期間でロシアの人口は激減するだろう」ユルゲンが言った。「彼らにはその感染力を制御することはできない。だが、それはわれわれにしても同じだ」

「あなたがたのやった実験の倫理レベルはどれほどのものだったのでしょうね？」ティルディが問いかけた。その皮肉のこもった声が、すでに倫理を考慮する事態は遠い過去のものになったことをほのめかしていた。

「ほぼ全滅だった」ユルゲンが言った。「別の手段で処理された被験者が少しはいたが、彼らもいずれは死ぬことになっただろう」ヘンリーに目を向けてくる。「生き残った人間がひとりだけいることはわかっているが、それは胎児だった」

「完璧な感じがしますね」エージェンシーの女が言った。

「わたしはどこまでも強調しておきたい。あなたがたはなにをばらまこうとしているか、まったく理解していないんだ」ヘンリーが言った。

「われわれはいくつかの恐ろしい選択肢のどれかを選ばなくてはならないのです」ティルディが言った。

「たぶん、パーソンズ博士はシカゴで大流行が発生したという最新情報を知らされていないんでしょう」エージェンシーの女が言った。

ヘンリーは室内を見まわした。ほかの面々はみな、それを知っているようだった。

「プーチンはずっと、コンゴリウイルスが流行した責任をわが国になすりつけようとしてきました」ティルディが言った。「なんとも鉄面皮なことに。なんにせよ、彼はつぎのステップに進もうとしている。シカゴにおいてこの二日のうちに、マールブルグ出血熱によって五人が死亡したことが報告されているのです。シアトルでも同様の症例が発生している。マールブルグは生物《バイオ》テロリズム薬物のひとつに分類されています」

「ウスティノフ変異種だ」ユルゲンが付け加えた。

ヘンリーは、抵抗してもむだだと感じた。すべての線が、同じひとつの方向を指し示していた。このとき初めて、胸中で煮えたぎっていても、いままで抑えこんできた激しい怒りと非難の感情がこみあげてきたが、それをぶつけるすべがなかった。いま、明らかになった。彼らがジルを殺したのだ。墓のなかで見た、彼女のうつろな目が記憶によみがえってくる。われわれは、ユルゲンとわたしは、世界がこのようになるのを防ごうと奮闘していたのだ、と彼は思った。われわれはこれまでずっと、このような事態が起こるかもしれないと予想していた。それに備えようとしてきた。それは彼らにしても同じだろう。だが、われわれには倫理という重しがのしかかっている。たしかに、われわれのなかにも、わが国の生物兵器倉庫に収納されていた研究成果がもたらす光景を見たいがためだけに、それを世界に拡散するのを熱望していた人間が少しはいるだろう。そして、いま、それがなされたのだ。

だとしても、適切な対応はなんなのか？　さらなる死をもたらすことなのか？

「ところで、その薬物はどのように呼ばれているのですか？」ティルディがヘンリーに問いかけた。

彼に代わって、ユルゲンが答えた。

「われわれはその開発者にちなんで、エンテロウイルス・パーソンズと名づけた」

54 エデン

ヘレンとテディはやっとのことでマギーおばさんの農場にたどり着き、その一週間後、ヘレンが死体を発見した。そのときふたりは、ティムおじさんが春に植えつけたトウモロコシの刈り入れをしていた。マギーおばさんの食料貯蔵室は荒らされ、乾燥用の納屋に干されていたマリファナはすっかり奪いとられていたが、強盗たちは種イモやカブが収納されている地下室を見落としていた。テネシー州のこのあたりでは、まだ電力が復帰していなかったが、ガスレンジは機能してくれた。

「ずっとここで暮らすこともできるわ」とヘレンは言った。

まさにその日、彼女はトウモロコシ畑でブーツにつまずき、それに脚の骨がつながっていることに気がついた。叫びたかったが、すでに叫び声は嗄《か》れ果てていた。生きのびることだけの動物的な無関心が、ヘレンを支配していた。

そこにあったのは、片脚だけだった。一部が食われていた。ヘレンはそのブーツに見覚えがあったので、これはマギーの脚だとわかった。彼女は熟したトウモロコシの実を詰めたバスケットを下に置き、そびえたつトウモロコシの茎のあいだから、目で探ってみた。テディにこんなことはやらせたくなかった。テディが近くでごそごそしている音が聞こえていた。

マギーの遺体の残存物が散らばっているのが見えた。ショットガンが見つかり、頭がどこにあるのかの答えが出た。その銃はまだ使えそうということで、ヘレンはそれを手に取った。マギーのドレスの切れはしが、更紗《さらさ》の旗のように、トウモロコシの茎にひっかかっていた。胴体が引き裂かれ、内臓がコヨーテかノブタに食われていた。マギーとジル。姉妹がふたりとも死んでしまった。家の裏手、東屋のそばに、ティムおじさんの墓があった。そこにはケンダルの墓も。彼らがテレビ番組のために育てていた草木や低木の花が咲き誇っていた。ここには美がよみがえっていたのだ。マギーおばさんの遺体をハゲタカに食いつくされるがままにしておくのは、どうしても避けたいと思った。

そのとき、マギーのドレスのポケットがふくらんでいることに気がついた。彼女の携帯電話。

ヘレンはトウモロコシ畑を出て、ゲートのそばに立ち、テディの名を呼んだ。テディが満載にしたバスケットを持って、声がしたほうへやってきた。ショットガンを見て、その目が大きく見開かれる。

「これを見つけたの」ヘレンは言った。「それと、これも」マギーの携帯電話を掲げてみせる。

「おばさんがあそこに？」

ヘレンはうなずいた。

「ケータイのバッテリーは残ってるの？」

「完全に切れちゃってる」

ふたりは家のなかへひきかえした。テディがひとりで寝るのをいやがるので、ふたりはマギーとティムの寝室をいっしょに使っていた。テディはまた、南北戦争の兵士の幽霊を見るようになっていた。前に見たときほど幽霊を怖がっているわけではなかったが、それを見ると、ジルの膝にすり寄って、抱きしめられ、ほっとしたときのことを思いだすのだ。

テディが寝室のデスクの抽斗を開けて、充電コードを見つけた。

「それでなにをするつもり？」ヘレンは問いかけた。

「思いついたことがあるんだ」

ふたりがガレージに行くと、ティムおじさんのピックアップ・トラックがあった。キーがイグニションにささったままになっている。テディが運転席に乗りこんだ。

「だめ、そんなことをしちゃ」ヘレンは言った。

「トラックを動かすんじゃないよ。ケータイの充電をするんだ」

テディがエンジンをかけ、ダッシュボードのUSBポートに充電コードをさしこむ。一、二秒後、写真を用いたスクリーンセーバーが画面に現れてきた。マギーとティム、そしてケンダルが、賞をもらったケンダルの豚の一匹といっしょに、家畜品評会会場を背景に写っていた。みんながしあわせで、美しく、生きいきとしているように見えた。

「インターネットが使えるようになってるか、チェックしてみる」テディが言った。ブラウザーがちらつきながら、起《た》ちあがってくる。八月に送信されてきて未開封のままになっているEメールが何通かあり、さらに何ダースものEメールのダウンロードが始まった。それが終わったところで、テディが通話アプリのアイコンをタップした。画面を見つめ、手をのばして、携帯電話を顔の前から遠ざける。そこになにか、恐ろしいものか不可解なものが表示されたのだろうか。

「どうしたの？」ヘレンは問いかけた。

「ママが電話してた。二日前みたいだった」

ユルゲン・スタークの研究所は、ペンシルヴァニア州中部、アーミッシュ集落のへんぴな場所にあった。ゲートのそばを、ときおり軽装馬車の馬が蹄の音を立てて通っていく。そこに表示されていたのは、聖書の無味乾燥な一節のみだった。空気はきれいで、畑は丁寧に耕され、フェンスに沿ってトウモロコシの花が並んでいた。人類がまだこの世界の脇役であり、土地の召使いだった、産業革命以前の時代を彷彿させる光景だった。それは、宗教の問題はさておき、ユルゲンが熱烈に支持する社会が具現化された光景だった。

政府の車が州道を外れ、鉄製のゲートの前で停止する。その土地はスチールの障壁に囲まれていたが、刑務所とか連邦政府の要塞とかには見えないようにするために、巧妙にしつらえられていた。ゲートが開き、車が除菌室に入って、車体下部に消毒剤がスプレーされる。ふたつ目のゲートを抜けたところで、ヘンリーとドライヴァーは車から降りて、わきに立ち、警備員たちが車のトランクと車内に電気掃除機をかけ、エンジンブロックをパワーウォッシャーで水洗いした――それはすべて、ユルゲンがこの一画の土地に再生したユニークな生活形態を破壊するかもしれない病原体の侵入を防ぐためのものだと、ヘンリーにはわかっていた。

ヘンリーは、髪を短く切り詰め、〝アース・ガーディアン〟帽をかぶった、くたびれた感じの中年女と会った。彼女の名は、ハイジとそのシャツに縫いこまれていた。

「お会いできて光栄です」彼女がヘンリーに言った。「スターク博士がよくあなたの名を口にしてらして。おふたりはすばらしいお友だちなんですね」

ユルゲンの最小限主義者《ミニマリスト》としての美意識が、この構内を取り囲む低い石造りの建物群に表現されていた。どの庭も、見慣れない花や野菜であふれかえっている。根覆いが施された苗床に、新奇な色合いのヒヤシンスや百合やチューリップが置かれていた。

「このセクションだけでも、よみがえらされたカボチャ属の種が百ほど植えられています」ハイジが言った。「ご覧ください。すばらしいじゃありませんか？　今夜のスープで、このいくつかを召しあがっていただけます」いっしょに林檎《りんご》園を通りすぎていくと、そこには珍しい色やサイズの果物が実っていた。「心ない文明によって、とてもたくさんのものが失われました」

構内の一カ所に、動物園のようなものがあったが、もちろん、ハイジはその名称は使わないようにと注意した。

「わたしたちはこの動物たちを、野生に還してもだいじょうぶな数に増えるまで、保護しているだけでして。彼らをかつて繁栄していた生息地に戻して慣れさせ、ふたたび自力で生きていけるようになることを願うんです。そして、ここにはひとつ、わたしたちの最大の成果があります」目が赤い灰色の鳩が五十羽ほど収容されたボックスカー・サイズのワイヤケージを、ハイジが指さした。「リョコウバトです」彼女が言った。「かつてはアメリカでもっともありふれた鳥だったのに、百年前に死に絶えました。ユルゲンがよみがえらせたんです。そのことをよく考えてください。神がこれらの生きものを創造し、わたしたちが再創造した。これぞまさに、神の仕事です」

ヘンリーは、畏怖の念を浮かべたハイジの顔をしげしげと見て、かつての自分もあのような顔をしていたにちがいないと思った。それは、なにかを心から信じている人間の顔だった。

ユルゲンがオフィスで待ち受けていた。

「クレイグに、なにかすばらしいものを用意させてくれ」ヘンリーがその部屋に入ったとき、ユルゲンがハイジに言った。

小川の岩だらけの岸に沿うアカガシワ《レッドオーク》の森に向かって突きだすように、高いガラスの壁がしつらえられていた。壁にはなんの絵も飾られず、自然そのものが芸術というわけだ。まさしくユルゲンのような、そっけなく人間味のない芸術。

「ハイジは、きみ用のラボに案内したかね？」ふたりきりになったところで、ユルゲンが問いかけた。

「まだです」

「フォート・デトリックの基準にはおよばないが、基本的なものは揃っている」ユルゲンはめったに笑みを見せないが、いまは、なじみのないやさしげなまなざしになって、ほほえんでいた。「いいかね、ヘンリー、わたしはこうなることを、われわれがふたたびともに仕事をすることを、よく夢見ていたんだ」ヘンリーがことばを返さなかったので、ユルゲンがつづけた。「われわれは、きみが合成に使用した、ポリオウイルスとエ《E》ンテロウイルス《V》71のハイブリッドウイルスと同じ系統の変異種を、なんとか手に入れた。きみなら、あれを再生するのに苦労しないだろう。おそらくもうきみにも呑みこめているだろうが、ここでしているのはそういうことだ」

「命を奪うことは、わたしの能力の範囲にあるかもしれません。それには、深甚《しんじん》な謙遜と、おのれの弱さへの認識をもって向きあい、恐ろしい責任を担わなくてはならない」ヘンリーは言った。「そしてなにより、神としてふるまってはならない」

「それはなにかの引用かね？」ユルゲンが問いかけた。

「医師になったときに自分に誓ったことばです」

ユルゲンが物問いたげな目を向けてくる。

「わたしはここでわれわれがする仕事に関して、なにも弁明するつもりはない。地球を救いたいと思うのなら、神としてふるまうことが唯一の選択なんだ。人類がこの惑星にしでかしたことを考えてみるがいい。きみのめざましい発見は、この惑星のバランスを復活させる助けになるだろう」

　歴史上の巨大な犯罪はこのようにして始まったのだろう、とヘンリーは思った。加害者たちがみずからを祝して。

「ずっと疑問に感じていたことがありまして」ヘンリーは言った。「あのハイブリッドウイルスは、ラボにあるときはけっして致死的ではなかった」

「マウスでの実験では」とユルゲン。

「ええ、マウスでの実験では致死的ではなかった。それがいまも、頭を混乱させているんです。あの先住民野営地に行った日のことをよく思いだします。人間だけではなく、ひとつの小屋のなかで一匹のネズミが死んでいたんです」

「異なる種だったにちがいない」

「そうでしょうが、それでもやはり。あなたのおっしゃった〝実地テスト〟では、なにかがちがっていたのか？　変数が多すぎる。そのことが長年、わたしの悩みの種でした。そんなわけで、あのオリジナルの実験の成果物を再現できるかどうか、やってみようと決心したんです。そして、同じハイブリッドウイルスをふたたび作製し、それをマウスに与えた。マウスたちは意識を失ったが、前の実験とまったく同じく、完全に回復した。それは意外でもなんでもないことだった。そこで、フェレットとモルモットを使ってテストしたところ、同じ結果が得られた。自分が作製したあのハイブリッドウイルスはだれも殺しはしない、そうと判明するのではと、ずっと疑問に思い、望んでいたのです」

ユルゲンはなにも言わなかった。

「あなたがどのようにやってのけたのか、その答えを見つけるにはかなりの時間がかかりました」ヘンリーはつづけた。「一見、無害なものを――あなたはそれをどう呼んでいたか？――一時的活動不能化剤でしたか？――大量死をもたらす病原体に改造するなどということを思いつけるのは、あなたのような天才的人物だけです。ウイルスの遺伝子制御分子を改変して、毒性を変える技術を備えている人間は、あなたしかいないでしょう。わたしはラボの動物たちを使って数多く実験をおこない、ようやく同じ結果を得ました。それで、あなたがどのようにやってのけたのかがわかりましたが、それでもまだ、その理由が理解できなかった。あなたは何度も何度も、言いましたね。実験動物が害をこうむることはないと、これは世界から邪悪を取り除く、人道にかなったことなのだと」

ユルゲンが窓の外へ目をやり、紅く色づいて、大地に落ち葉の絨毯を敷き始めたばかりのオークの木を見つめる。

「それはあのクライアントが望んだものではなかった」つぶやくように彼が言った。

ヘンリーはしばらく考えてから、言った。

「あなたが望んだものでもなかった」

「たぶん、うん、同意しよう」とユルゲン。「わたしにとって、あれはひとつのテストでもあった。人類の大半を絶滅させる完全な方法があるかどうかを確認するための。わたしがいまのことばを口にしたときに、きみがなにを考えたかは察しがつく。しかし、われわれはいま、ひとつの選択に直面しているんだ、ヘンリー。地球を救うのか、それとも人類が地球を破壊しつづけるのを許すのか。わたしは自分の選択をした。きみも、この状況を完全に客観的に見たならば、それが正しい選択であることに同意するだろう。きみのような、家族や友人のいる男にはこの状況を明瞭に見てとれないことはわかっている。それは非人道的なことだ、ときみは思うだろう。もちろん、そのとおりだ。だが、そう思うのは、きみが人類の一員だからだ。もしきみの家にシロアリがはびこって、建物を壊そうとしたら、きみはそいつらを駆除することをなんとも思わないだろう。きみはこの状況をシロアリの視点からは見ていない。だからこそ、われわれは、きみとわたしは、立場がちがってくるんだ。わたしにとっては、シロアリと人類は、対等だ。どちらも生きるに値する。ほかの生きものたちのことを、彼らに成り代わって話そう。わたしは彼らを擁護する。自分もそうだと言うひとびとは多いが、うまくいくであろう解決策はひとつしかないことを強調する人間はわたしのほかにはだれもいない。それは、われわれ人類以外の貴重な生物種の数が維持されるところまで、人間の数を減らすことなんだ」

「生命を保護するためということなら、もっといい方法がいろいろとありますね」ヘンリーは言った。「まさにここでも――さっき見せてもらったように――あなたの手で、さまざまな絶滅種が復活させられています」

「不十分だ」とユルゲン。「時々刻々と種が絶滅させられ、地球が荒らされているんだ。この現実が改善されるという希望をいだくわけにはいかない」

「あなたは本気で、そんな常軌を逸した企てにわたしが手を貸すと期待してらっしゃるんですか？」ヘンリーは問いかけた。「わたしをあてになさった理由がわからない」

ユルゲンがこわばった笑みを浮かべる。

「きみに真実を伏せておくことはできないようだ。それがつねに、ひとつの問題だった。きみが言ったとおりでね。あのウイルスをふたたび作製するのは、不可能ではない。わたしもすでにそれをやったことがある。それでも、きみが必要なんだ。なぜなら、この世界に、わたしの代役を務められる人間はほかにおらず、ウイルスをこれほどよく知る人間はほかにおらず、ワクチンや治療法を生みだす能力を有していそうな人間はほかにいないからだ。だから、われわれの仕事が完了するまで、きみにここにいてもらわなくてはいけないんだ」

ヘンリーはドアのほうへ歩いた。ドアはロックされていた。この構内は完全な警備がなされていた。

「ヘンリー、あっさりここを出ていくことはできないぞ。この構内は完全な警備がなされているんだ」

「わたしをここに閉じこめようとするのは無意味なことです」ヘンリーは言った。

「わたしが残酷な人間に見えるのは、よくわかっている。もし神がいるのなら、わたしは呪われるにちがいない。しかし、われわれはどちらも神を信じていないんじゃないのかね、ヘンリー？　創造と破壊をもたらす究極の力を有するわれわれが、神に代わって行動しなくてはならないんだ」

「われわれが生みだしたものは失敗作です」ヘンリーは言った。「あれは、二度とよみがえらせてはならないものです」

ユルゲンがはねつけるように首をふる。

「いま言ったように、きみにはこの病原体が仕事を完遂するまで、ここにいてもらうことになる。きみに恩恵を施そうとしているんだよ、ヘンリー。囚人になれば、倫理的罪悪感に苛まれることはない。責任はすべて、わたしが担う。きみには理解できないかもしれないが、わたしはこのことで苦悩してきたんだ。わたしが発狂したのではないことはわかってくれるだろう。われわれがなすことによって、この世界はよくなるんだ」

「あなたがウイルスをどのように操作したかを突きとめたとき、おそらくあなたはまたその手法を使うだろうと予想しました」ヘンリーは言った。「それで、わたしは貴重な時間をたっぷりと注ぎこんで、その秘密を解き明かそうとした。そして、それに成功したんです、ユルゲン。わたしはエンテロウイルス・パーソンズによる疾病の治癒に成功した。いまはもう、あなたがやろうとしている虐殺に、わたしの名が関連づけられることはないんです」

「ありえない」ユルゲンが言った。「あのウイルスはきわめて複雑な性質を持っているんだ」

「わたしはすでに、その詳細をインターネットに公表しています。いまごろはもうあなたにも、あのウイルスとその治療法が記されたEメールが、WHOのマリア・サヴォーナから届いているでしょう」

ユルゲンが疑わしげにヘンリーを見つめたのち、Eメールをチェックした。マリアからのEメールは、全世界への保健問題助言メールの一通として届いていた。それに記された学術文書を、ユルゲンが無言で読んでいく。しばらくして、彼が目をあげた。

「すばらしい仕事だ、ヘンリー。きみがこれをやってのけていなければよかったのにと思うよ」

ユルゲンがガラスの壁のところへ歩いていき、しばらく無言でそこに立っていた。

「わたしはきみを死なせておくべきだったんだろう」許可を求めるような感じで、彼が言った。

「あなたはわたしを好きなようにできるでしょう。しかし、わたしはあの研究所の時代に立ちかえるつもりはありません」

「どのみち、われわれ抜きでも、ことは進行するだろう」ユルゲンが言った。妙に落ち着きはらった表情になっていた。「きみはこれを受けいれるべきだ、ヘンリー。われわれが関与しようがしまいが、その結果が変わることはない。この疾病は、われわれがこうしてしゃべっているあいだにも蔓延していく。これは、人類が選択した自殺の手段なんだ」

ユルゲンが電話を取りあげて、ハイジに連絡を入れる。

「いまからパーソンズ博士がお帰りになる」彼が言った。「行かせてあげるように」

55. 十月革命島

届いたメッセージは短いものだった――35・1013390、マイナス77・0475
23。十月三十一日、〇六三〇時。
ハロウィーン当日の夜明けごろ、ヘンリーは、ノースカロライナ州ニューバーン近辺の、トレント川とニュース川が合流する地点の砂州にある市民公園のピクニック・テーブルの前に、ヘレンとテディとともにすわっていた。ここで待機すべきことが、GPSの座標の数字で伝えられてきたのだ。よく晴れた麗しい一日になりそうで、こんな光景を目にするのは当分、これが最後の日になりそうだった。ヘンリーとしては、それを自分の子どもたちに知らせて、不安にさせたくはなかった。たとえ、子どもたちが自分の記憶と違う人間に成長していたとしても。子どもたちは強くなっていた。ヘンリーは思った。未来の子どもたちはきっと、そんなふうになるのだろう。
コンゴリウイルスの第二波が世界全体に拡大していた。医師たちはヘンリーの人痘接種法を懸命に学んで、感染を食いとめようとしている。その間にも、どこかの研究所で新たに合成されたウィルスがつぎつぎに、週末を狙って世に放たれ、無防備なひとびとを襲っていた。最初の大規模な生物戦争《バイオウォー》が進行していて、これまでの戦争とは異なり、それを阻止することはできなかった。

空が明るんできた。波の障壁となっている島々のすぐ向こうにひろがる大西洋は、広大で、なにごとにも無頓着だった。波が押し寄せてきて、地球温暖化で海面が上昇するようになる時代のはるか前に建設された擁壁を、海水が越えてくる。ここのような、海に面したコミュニティはどこも、内陸へ撤退していた。世界中の大都市が、アトランティス大陸のようにひとつまたひとつと海に呑みこまれていく光景が、目に見えるようだった。

テディが水辺へくだっていき、石の水切りをやり始めた。

「あそこに雲が見えるだろう？」陽が昇ってきたとき、ヘンリーはヘレンにそう問いかけた。「あれは層積雲というんだ。あれがあると、よく大嵐がやってくる」

ヘレンが、隙間から朱色をした太陽光が射しているその雲をながめる。

「きれいね」彼女が言った。

「この日をよく憶えておくように」ヘンリーは言った。

ヘレンがうなずく。なぜと尋ねはしなかった。

テディがつぎの石を投げようとしたとき、水中でなにかがうごめいた。テディが一歩あとずさる。だしぬけに、巨大な物体が川面へ浮きあがってくる。川幅全体を占めるほど大きいように見えた。USSジョージアだった。

ブリッジにディクソン艦長が現れ、SEAL隊員の一団がゴムボートを漕いで、川岸に向かってくる。ヘンリーはあらかじめ子どもたちに、バックパックに詰めこめる分だけの着替えを持ってくるようにと指示していた。彼自身は、ハイスクール時代に使っていたクラリネットも、くたびれた革ケースにおさめて持参している。

「クルーが増える？」ディクソンが言った。

「彼らはとても有能ですよ」ヘンリーは言った。

「まあ、役に立ってくれるだろうね。なにしろ人手不足だから。これは、全員が志願者の任務なんだ」

ディクソンが子どもたちをブリッジに立たせると、潜水艦は満潮で水面があがっている川を航行して、大西洋へ向かった。大陸棚の端に達したころには、陽が高く昇っていて、潜航が開始された。

マーフィーが医務室で待っていた。ヘンリーは彼女を子どもたちに、マーフィーだと紹介したが、彼女は子どもたちにこう言った。

「サラと呼んでね」

ジョージアは北へ航行して、ラブラドール半島をまわりこみ、バフィン湾の浅い海を通って、北極海に入ったところで、氷の下へ潜航した。シベリアの沿岸まで二百マイルほどのところだ。ディクソン艦長は、この二年のあいだに北極の海表面が隙間だらけになったことを知って、驚愕していた。前回の航行では氷の下をくぐって、北極点を通過したのだ。いまはそこに、不凍海域《ポリニア》と呼ばれる開けた海面が、長く、幅広く生じていて、潜水艦が潜望鏡深度まで上昇して、短いコードで発信されるメッセージを受信することができた。いま、そのメッセージは国家空中作戦センターから発信されていて、それは、大統領と政府の中核メンバーが、このバイオウォーが荒れ狂うあいだ、地球最後の日《ドゥームズ・デイ》に際して使われるその空中作戦基地で指揮を執っていることを意味した。

SEALの兵員輸送潜水艇《SDV》を搭載するオハイオ級潜水艦は二隻あり、ジョージアはその一隻だった。その潜水艇は、ボートから離れた地点で隠密作戦を遂行する特殊部隊員の一個チームを運ぶことができる。バッテリー駆動のSDVは小さく、音を立てず、探知される恐れはほとんどなかった。

ヘンリーは、自分に同行するSEALチームと合流した。

「われわれは戦士としてではなく、歴史家として行動する」チームの面々に向かって、彼は言った。「いつの日か、ひとびとは問いかけるだろう。〝だれがわれわれにこんなことをやったのか？〟と。だから、われわれはその証拠を押さえなくてはならない。われわれが発見したものをもとに、歴史が判断を下すだろう」

SEALチームの筋骨たくましいリーダー、クックジー大尉が、ヘンリーには彼らと行動をともにできる体力があるのかという不安をあからさまにした。

「われわれはこういう作戦のための訓練を受けています」彼が言った。チームの全員がNFLでプレイができそうな男たちであることは、彼が口にするまでもなく見てとれた。

「なにを探せばいいかを知っている人間は、わたしだけだ」そっけなくヘンリーは言った。だれがこの任務から自分を外そうとしても、そうはさせない。

チームがSDVに乗りこむ前に、ヘンリーは子どもたちのところに行って、話をした。テディは、不安でならないときにいつもするように、貧乏揺すりをしていた。

「水のなかは寒いよ」テディが言った。「パパが凍っちゃうんじゃないかと心配で」

「特別なスーツがあるんだ」ヘンリーは言った。「夕食のころには戻ってくるよ。そのあとは、この戦争が終わるまで、みんなが水中にとどまることになる。わたしたちは安全にしていられるんだ」

ヘレンはなにも言わなかったが、目が潤んでいた。無言でヘンリーを抱擁し、そのあとテディの手を握りしめる。

マーフィーがささやきかけた。

「この子たちの世話はわたしが引き受けます」

ヘンリーは、SEALチームの十一名が待機しているロックアウト・チェンバーに入った。スキューバの装備を身につけるのはひさしぶりのことだった。最後にこれをしたのは熱帯のバハマで、あのときはウェットスーツを着るまでもなかった。こういう極寒の海では、ダイヴァーにはドライスーツが必要になり——それはウェットスーツよりはるかに装着が面倒だった。ヘンリーは、クックジー大尉が示したお手本に倣い、順を踏んでそれを装着した。ダイヴァーたちはすでに、キルトのジャンプスーツとぶあついウールの靴下を身につけていた。上衣のダブルジッパーの開きかたを、クックジーが教える。ジッパーは片方の肩からへそのところを経由して反対側の肩へつづいていた。解剖の切開とまったく同じ道筋だ。ヘンリーはそれを頭からかぶり、それぞれの腕をスーツのアーム部分に通して、スーツ自体の合成ゴム《ネオプレーン》製手袋に指が深く入るところまでのばした。ネックシールに自分の大きな頭を通すのはひと苦労だった。クックジーに助けられて、ボンベとレギュレーターを装着したのち、ヘンリーはマスクをつけ、水が隙間から入りこんでくることがないように、フードのエッジをひっぱって、マスクのリップに接続した。風船のなかにいるような気分になった。彼は親指を立て、オーケイであることをクックジーに知らせた。隊員たちが各自のフィンを持って、潜水艇が格納されている二重の水密格納筒《ドライデッキ・シェルター》に入りこんでいく。パイロットとコ・パイロットがそれぞれ艇前部の持ち場に就き、取水口が開いて、開放された筒のなかへ北極海の海水が流れこんできて——絶縁が完全なドライスーツを装着していても、その冷たさが感じとれる気がした。約四十五分後、筒の内部が満水になったところで、格納扉が開いて、二隻のSDVが手動操縦で海中へ出た。そして、二頭の赤んぼう鯨のように海中に漂った。下方でジョージアが、沈没したガレオン船のように待機していた。そのあと、二隻が動き始めた。

　ここにも生命はいた。ゆらめくケルプの群落、浮氷の底面から苔のようにぶらさがっている藻類、そして、海中を蛇のようにするすると動く、ひれの退化した小さな魚。一頭のセイウチがこちらを一瞥し、すぐに逃げていった。ヘンリーは自然の豊かさを思い、人類はいまこの時、自然になにをやらかそうとしているのだろうと考えた。

一時間をかけて、予定された侵入地点にたどり着いた。パイロットがもう一隻の潜水艇と交信し、二隻がそろって停止した。SEAL隊員たちがひとりずつ、潜水艇から泳ぎ出ていく。ヘンリーは最後に海中へ出た。タラの群れのなかを泳いでいく。水面に顔が出たとき、二名のSEAL隊員が両腋《わき》の下へ手をつっこんで、狭い岩だらけの岸辺へひっぱりあげてくれた。

マスクを外すと、遠方に、氷で覆われた低い山地があるのが見えた。海岸とその山地のあいだにひろがる平地は氷が後退して、不毛のツンドラが露出していた。世界の最果ての地だ、とヘンリーは思った。旧ソ連がここを選んだのは不思議でもなんでもない。地図を見ると、生物兵器プラントは内陸へ半マイルほど行ったあたり、氷の丘の向こう側にあることがわかった。SEAL隊員たちがちょっと時間をとって武器の準備をしたのち、そこへの接近を開始した。

いまは昼下がりだというのに、極地の太陽は低く、秋の薄明かりのなか、隊員たちがぬかるんだツンドラを踏んでベタベタという足音を立てながら、進んでいく。ヘンリーが全員の進行を遅らせていた。クックジーがチームに身ぶりを送り、彼らが隊形を組んで散開し、それぞれの方角からその施設へ接近していく。氷の丘にたどり着くと、ヘンリーはクックジーとともにそこをのぼっていき、頂上の手前で身を伏せた。クックジーが双眼鏡でそこを見て、そのあとヘンリーに双眼鏡を手渡した。

施設は、吹きだまった雪になかばうずもれていた。そびえたつ三本の煙突から噴きだしているものはない。近辺に、古びた鉄道の線路があり、それに沿って電信柱が並んでいたが、柱に電線はなかった。

クックジーが、前進せよとチームに手をふる。

彼らがその入口にたどり着いた。納屋の扉のようなドアが、大きく開いていた。内部にはいまも、加熱炉や、炭疽菌や天然痘ウイルスが収納されていたであろう容器類といった、ラボの遺物があった。たぶん、それらの病原体はまだ残っているだろう。明白になったのは、この場所でコンゴリウイルスが作製されたのではないということだ。このラボは何十年も前、おそらくはソ連が崩壊したときから、遺棄されているのだろう。

クックジーがヘンリーに目を向けてきた。

「ここではもう、することはなにもないですね、ドク？」

ヘンリーは老朽化した建物から、薄暗い北極の日射しのなかへ出た。クックジーがチームに、撤収せよの合図を送る。

「きみたちは行ってくれ」ヘンリーは言った。「わたしにはまだ確認しなくてはいけないことがある。それがすむまで、あちらで待っていてくれるか」

「ひとりきりでどこかへ行かせるわけにはいきませんよ、ドク」とクックジー。「そこまでの距離はどれほどなんです？」

「ここから一マイルほどもあるんじゃないかな」

「なにを探せばいいんです？」

「ホッキョクグマの死体」

貴重な薄明かりのなか、べたつくツンドラを踏みしめながら、一時間を超える時間をかけて、そこまで歩いていく。ヘンリーがGPS装置で座標を調べると、あの熊たちが動きをとめた場所が表示された。熊たちはかなり小さな円周の範囲に倒れていただろうし、いくら永久凍土が溶けかけているとはいっても、この気候なら死体は良好に保存されているはずだ。そして、ここには熊たち自身以外に捕食獣はほとんどいない。

最初、ヘンリーはそれらを見分けられなかった。白い体毛が雪の一部のように見えていたからだが、いったんそれとわかると、群れの全体が目に入ってきた。十頭ほどの群れ。地面の上に、死によって収縮した体が並んでいる。

「くそ、あれはいったいなんだ？」SEAL隊員のひとりが丸太のように見えるものを指さして、言った。

積雪の裾のところに、氷が溶けたせいで出現したなにかが見えていた。丸太ではなかった。牙だ。

ヘンリーが地図を使って雪をはらいのけると、巨大な頭部があらわになった。毛むくじゃらの胴体がホッキョクグマに食い荒らされている。

「これはマンモスだ」ヘンリーは言った。「触れてはいけない。コンゴリウイルスに汚染されている」

SEAL隊員たちがあとずさる。世界中で彼らだけが、なにが起こったのかを知ることになったのだ。

「はてさて、ドク、われわれは歴史にどう書き記すのがいいんでしょう？」クックジーが問いかけた。

ヘンリーは目をあげた。最後に残ったシベリアの鶴の群れが、中国をめざして飛び立とうとしていた。

「これはわれわれ人類がみずからにしでかしたことであったと書き記すのがいいだろう」

謝辞

公衆衛生分野におけるもっとも著名な数人のひとびとの助力がなければ、この作品を書きあげることはできなかっただろう。調べものを始めた当初は、コロンビア大学感染症・免疫センターの所長を務める高名な疫学者、イアン・リプキンの助力を得た。リプキン教授はじつに親切なことに、当時は彼の研究助手で、現在はストーニー・ブルック大学の上級科学研究員であるラン・クアンをわたしに紹介してくれた。ランは、本書に用いたラボにおけるさまざまな手順を根気よく説明してくれた。ほかにも、アイオワ州エイムズにある国立獣医学検査機関の獣医官ジェイミー・リー・バーナビー、ガイ・L・クリフトン医学博士、動物疫学者のサリー・アン・アイヴァーソン、リーディング・エイジ（ボストンに本拠を置く高齢者支援サポート機関）の元CEOであるラリー・ミニックス、ブリティッシュ・コロンビア大学自然科学部教授カーティス・サトルも、快く時間を割き、専門知識を授けてくれた。

長いインタヴューに応じてくれただけでなく、正確を期するために草稿の大部分に目を通してくれた、きわめて忍耐強いひとびとの名を挙げておかなくてはならない。彼らへの借りは、ここで謝意を示す以外にはなにもできないからだ。コロンビア大学法学部教授のフィリップ・ロビット、グッド・ハーバー・コンサルティングとグッド・ハーバー・インターナショナルの取締役会長のリチャード・A・クラーク（彼はその名前も貸してくれた）、ファイザー社ウイルスワクチン部門主任科学研究員のフィリップ・R・ドーミツァー博士、メリーランド州ベセスダにある国立衛生研究所のウイルス免疫学者でありワクチン専門家であるバーニー・グレアム博士、ダートマス大学ガイゼル医科スクールの助教授ケンダル・ホイト、動物疫学者のサリー・アン・アイヴァーソン、メリーランド州フォート・デトリックにあるNIH／NIAID統合研究所のジェンズ・クーン、独立研究機関ローニン・インスティテュートの動物疫学者エミリー・ランカウ（本書にも実名で登場してもらった）、退役海軍大将ウィリアム・H・マクレイヴン、そして、スタンフォード大学の科学ジャーナリズム教授であり、地球規模の保健問題の発言者であるシーマ・ヤスミン博士に謝意を。

また、ジョージア州キングズ湾を本拠とする第十潜水艦グループの広報官を務めるキャサリン・A・ディーナー大尉には特別な謝意を表したい。彼女の厚意により、わたしはポール・サイツ中佐の監督下、アメリカ海軍艦艇《USS》テネシー（戦略ミサイル原子力潜水艦《SSBN》－7

34）に乗艦してツアーをすることができ、きわめて有能で好意的な同艦のブルー・クルー（アメリカのミサイル原潜はブルーとゴールドのふた組のクルーが交代制で乗務する）との面談をすることができた。タイラー・ホイットモア大尉と副長のジェイムズ・ケッパー少佐が艦内を案内し、恐るべき兵器を見学させてくれた。数多くの潜水艦乗務将校たちと会話を交わすこともでき、彼らは海中で送る日々のことをとても率直に語ってくれた。副作戦将校のスティーヴ・ハックス大尉、調理担当二等兵曹サントス・アラルコン、情報システム主任技官（潜水艦乗務）ライアン・ドイル、先任衛生下士官リカルド・パール、作戦指揮官ジャスティン・ケイパー中佐、そして参謀長代理クリス・ホーガン中佐に。コネティカット州グロートンにある潜水艦部隊博物館のマイク・リーゲル大佐、そしてアルバート・H・コネツニ・ジュニア退役中将もまた、相当な専門知識を授けてくれた。

例によって、第一稿に目を通し、執筆に有益な助言をしてくれたスティーヴン・ハリガンに。この物語は、そもそもが映画製作者のリドリー・スコットの提案に端を発する。彼に、そして独創的な意見を注ぎこんでくれたマイケル・エレンバーグに謝意を。

幸運なことに、わたしはこの職歴のなかで最高のひとびととともに仕事をしてくることができた。それらのひとびと、エージェントのアンドリュー・ワイリー、編集者のアン・クローズに、そしてまたクノップ社の有能な同僚たちと、ヴィンテージ・ブックス社のエドワード・カステンマイアーおよびケイトリン・ランデュにも謝意を。

解説

書評家
古山裕樹

意図せずに予言者になってしまった人物がいる。

一九九八年に製作・公開された映画『マーシャル・ロー』。ニューヨークで相次いでテロ事件が起き、FBIが犯人を追う。その捜査の先にはCIAや軍の思惑も絡み合い、事態は意外な方向へ……という内容のポリティカル・サスペンスだ。三年後の九月十一日にニューヨークで同時多発テロが発生してからは、事件を予見した映画とも評されている。

この映画に原案を提供し、脚本家としても名を連ねたのが、ローレンス・ライトだ。彼が二〇二〇年四月に発表した小説が、ウイルスによる感染症の世界的な蔓延を扱った、本書『エンド・オブ・オクトーバー』*The End of October* である。新型コロナウイルスの感染が世界に広がるなかでの刊行によって、ライトはまたしても予言者となってしまった。

インドネシアの難民キャンプで、若年層の死亡率が異様に高い感染症が蔓延していた。過去にアフリカで感染症対策チームを率いたことのあるヘンリー・パーソンズは、調査のためインドネシアに向かう。やがてウイルスはメッカ巡礼に向かったイスラム教徒を介して中東へ、そして全世界へと広がっていく。

世界を揺るがすのは感染症だけではない。感染対策をめぐるメッカでのトラブルをきっかけにサウジアラビアとイランが武力衝突を起こし、ロシアもアメリカに対して不穏な動きを見せる。世界が激しく混乱し、社会が崩壊の縁に立たされたなかで、ヘンリーの、そして彼の家族の運命はどうなるのか……？

本書はあくまでも小説である。ここに描かれたウイルスの症状や、社会が混乱に陥る様子は、私たちが二〇二〇年から経験してきたコロナ禍とはもちろん異なる。とはいえ、いま私たちが目の当たりにしている光景と似通っているところが多いのも確かだ。ウイルスが変異を起こし、新たな感染の波が起きる。ウイルスとともに拡散するデマと陰謀論。物資の不足とスーパーでの買い占め。程度に違いはあるものの、既視感を覚える場面も多いはずだ。さらに、本書刊行時のアメリカ大統領、ドナルド・トランプが、感染症にどのように対処するのかも見通していたと言っていいだろう。

この物語の中心にあるのは、ウイルスだ。

ただし、本書は単にコロナ禍の情勢を予見しただけの作品ではない。単なるパンデミック・スリラーとして読んでしまうのはもったいない。これは決して、ウイルスの感染拡大と、それに立ち向かう人々を描いただけの物語ではない。

物語の前半に、作者はぎっしり情報を詰め込んでいる。その内容は人類と感染症との戦いに関するものが中心ではあるが、本書が扱うトピックはさらに広範に及んでいる。ここには現代の世界についてのさまざまな情報が織り込まれているのだ。

たとえば、二〇一六年のアメリカ大統領選挙に飛び交ったフェイクニュースと、その背後でのロシアの工作。ネットを通じて拡散し、猛威を奮う偽情報は、ウイルスとは異なる形で社会を蝕んでいる。二〇二〇年のアメリカ大統領選挙に、ネットで培養された陰謀論が噴出し、翌年一月のアメリカ議会襲撃事件へとつながったことは記憶に新しい。

ロシアは本書の重要なキーワードだ。序盤からプーチン大統領が実名で登場する。ロシアの秘密工作と軍事行動は、終盤まで世界を揺さぶる。フェイクニュースを操る世論工作だけでなく、さらに直接的なサイバー攻撃も大きな影響を及ぼす。

また、主人公ヘンリーが赴くサウジアラビアをはじめとする中東の描写は、作者のこれまでの蓄積が発揮された領域だ。登場人物のちょっとした発言や、小さな描写から、中東諸国の入り組んだ状況が浮かび上がる。

物語に医療や世界情勢を織り込むこのようなやり方は、フレデリック・フォーサイスや、マイクル・クライトンの作品を想起させる。

医療や世界を描く一方で、本書はヘンリーと家族の物語でもある。あるいは、フォート・デトリックでのヘンリーの過去。後半は、混乱するアメリカで生き延びようとする彼の家族の苦闘と、家族のもとへ帰ろうとするヘンリーの旅路――オデッセイを描いている。特に後半のヘンリーは、「体当たり」で感染症に立ち向かう。きわめて変則的ではあるが、自然の脅威に対峙する冒険小説と言ってもいいだろう（そもそも、感染症対策の前線に立つ医療関係者は、すでに命がけの危険な状況に身を置いているのだ）。

本書の作者、ローレンス・ライトについて。

冒頭に記したとおり、映画『マーシャル・ロー』の原案と脚本に携わっている。とはいえ、主な活動分野はノンフィクションの領域だ。その代表作は『倒壊する巨塔――アルカイダと「9・11」への道』（白水社）である。入念な取材のもと、アルカイダが生まれた背景から、テロ事件の捜査の過程、さらにはビンラディンやFBI捜査官たちの人物像までをも描き出したこの作品は、二〇〇七年にピュリッツァー賞を受賞した。後にドラマ化され、ライトも製作総指揮を担った。

他に二〇〇〇年に発表した、パナマのノリエガ将軍を扱った小説 *God's Favorite* がある。つまり『エンド・オブ・オクトーバー』は、ライトにとって二〇年ぶりのフィクションということになる（そして、かつての『マーシャル・ロー』と同じく、フィクションのはずが現実と重なってしまった）。

事実の積み重ねから『エンド・オブ・オクトーバー』というフィクションを作り上げたローレンス・ライト。彼の目に、新型コロナウイルスの感染に向き合う現代の世界はどのように映っているのだろうか。もしも、彼が取材を重ねて、コロナ禍の世界について書くことがあれば、ぜひ読んでみたい。

もちろん、そのときは本書も読み返すことだろう。

二〇二一年四月

訳者略歴　1948年生，1972年同志社大学卒，英米文学翻訳家　訳書『脱出山脈』ヤング，『不屈の弾道』コグリン＆デイヴィス，『スナイパー・エリート』マキューエン＆コールネー，『狙撃手リーパー　ゴースト・ターゲット』アーヴィング＆テイタ（以上早川書房刊）他多数

HM=Hayakawa Mystery
SF=Science Fiction
JA=Japanese Author
NV=Novel
NF=Nonfiction
FT=Fantasy

エンド・オブ・オクトーバー

〔下〕

〈NV1481〉

二〇二一年五月二十日　印刷
二〇二一年五月二十五日　発行
（定価はカバーに表示してあります）

著者　ローレンス・ライト
訳者　公《く》手《で》成《しげ》幸《ゆき》
発行者　早川浩
発行所　株式会社　早川書房
郵便番号　一〇一 - 〇〇四六
東京都千代田区神田多町二ノ二
電話　〇三 - 三二五二 - 三一一一
振替　〇〇一六〇 - 三 - 四七七九九
https://www.hayakawa-online.co.jp
乱丁・落丁本は小社制作部宛お送り下さい。
送料小社負担にてお取りかえいたします。

印刷・精文堂印刷株式会社　製本・株式会社川島製本所
Printed and bound in Japan
ISBN978-4-15-041481-8 C0197

本書は活字が大きく読みやすい〈トールサイズ〉です。